Notre histoire

Hélie de Saint Marc
August von Kageneck

Notre histoire
(1922-1945)

Conversations avec Étienne de Montety

J'AI LU

À nos lecteurs de vingt ans,
de part et d'autre du Rhin.

Prologue

Deux fraternels adversaires

Voici deux hommes qu'aux yeux de l'Histoire, tout oppose.

August von Kageneck est né en 1922 en Rhénanie. Jusqu'en 1918, son père fut aide de camp du kaiser. Les amis de sa famille se nommaient Hindenburg et Papen. Adolescent, il fut témoin de la montée et de l'installation du nazisme dans la société allemande, sans être toutefois jamais contaminé par l'idéologie hitlérienne. En 1939, à l'exemple de ses quatre frères, il s'est engagé dans la Wehrmacht et a servi comme lieutenant de panzers sur le front russe. En 1942, il fut grièvement blessé et évacué, ce qui lui épargna certainement d'être englouti dans la débâcle de l'armée allemande, après la bataille de Stalingrad. Au lendemain de la guerre, devenu journaliste, il entreprit courageusement une réflexion sur son pays et ses responsabilités devant l'Histoire.

La vie d'Hélie de Saint Marc est mieux connue des lecteurs français. Né également en 1922, dans une famille de hobereaux de robe du Sud-Ouest, entré dans la Résistance en 1941, arrêté par les Allemands à la frontière espagnole, il a été déporté au camp de Buchenwald. Sauvé d'extrême justesse par les Américains, il a embrassé la carrière d'officier et servi dans la Légion étrangère, d'abord en Indochine, la grande passion de sa vie, puis en Algérie. En 1961, commandant par intérim le 1er régiment étranger de parachutistes, il a suivi le général Challe dans le putsch d'Alger.

August von Kageneck et Hélie de Saint Marc ne se connaissaient pas et se sont rencontrés il y a trois ans seulement. Ce jour-là, leurs visages éclairés par des yeux d'un même bleu se sont simplement jaugés. Pour Kageneck, Saint Marc était un nom entendu, il y a quelque quarante ans, en Algérie. Correspondant à Alger pour les journaux allemands (dont le Bild Zeitung), il fut l'un des principaux observateurs étrangers de « la semaine des barricades », en 1960 : le 1er REP était chargé d'encercler les insurgés algérois. Quand Kageneck allait interviewer les étudiants assiégés, les légionnaires – certains d'origine allemande – lui faisaient une haie d'honneur, l'appelant « Monsieur Bild ». Il sympathisa avec quelques-uns. Dans ce milieu, déjà, le nom de Saint Marc circulait comme un sésame.

Pour Saint Marc, August von Kageneck était un officier allemand dont lui parlaient des amis communs, dans les années 1970. Aux yeux des Français, il était une sorte de phénomène, acteur d'une aventure qui suscitait la curiosité et l'interrogation : à dix-huit ans, il avait été engagé sur le front russe, avait connu l'exaltation des premières victoires contre l'armée Rouge, l'hiver russe, puis, au printemps 1945, avait livré un incroyable baroud d'honneur contre les armées alliées.

Pendant plusieurs mois, Saint Marc et Kageneck se sont entretenus. À Paris, à Lyon ou en Provence. Leur conversation a d'abord été hésitante, formelle, l'un et l'autre se contentant de rendre les honneurs à l'officier de la rive d'en face, sans oser se raconter ni se questionner. Pourtant, très vite, sont apparus des souvenirs analogues, ceux de « la classe 22 » : leur enfance provinciale, les années de collège chez les jésuites, la naissance de leur vocation militaire. Et aussitôt après, la plongée dans la guerre, l'ivresse du feu, la souffrance, l'humiliation.

Il y eut des moments de passion à la découverte de ces expériences communes, d'émotion aussi quand, par exemple, ils constatèrent qu'en avril 1945 ils se trouvaient tous les deux dans le massif du Harz, au cœur de l'Allemagne. Le Français, à l'agonie dans un camp de concentration ; l'Allemand, à quelques dizaines de kilomètres, officier d'une armée en déroute face aux troupes alliées. Chez le déporté et le vaincu s'est nouée la certitude de faire partie d'une même fratrie, celle qui a connu un monde et son écroulement, qui a souffert dans sa chair des fautes de ses aînés et est devenue adulte avec, pour héritage, les ruines d'un pays à reconstruire.

Pourquoi l'idée d'un livre en commun ? Chacun a déjà publié des mémoires qui ont rencontré un large écho[1] : leurs lecteurs y ont trouvé un même souci,

---

1. Pour August von Kageneck, *Lieutenant de panzers* (Perrin, 1994) et *Examen de conscience* (Perrin, 1996). Pour Hélie de Saint Marc, *Les Champs de braises* (Perrin, 1995) et *Les Sentinelles du soir* (les arènes, 1999).

celui de rassembler les éléments épars et parfois contradictoires de l'histoire de leur pays pour la rendre plus intelligible. Leurs ouvrages ont permis aux jeunes générations de lire le passé, moins comme une succession de ruptures, d'affrontements et de crimes que comme un puzzle formé de multiples pièces aux contours et aux reflets divers.

Les deux « fraternels adversaires » ont voulu poursuivre ensemble ce chemin de la mémoire commune et conflictuelle de leur patrie. Aussi incroyable que cela puisse paraître, plus de cinquante-huit ans après la capitulation nazie, c'est certainement la première fois qu'une telle entreprise avait lieu, la première fois qu'à partir de leur expérience, un Français et un Allemand acceptaient d'échanger, de confronter, voire de réfuter, leurs points de vue sur les années 1930 et la guerre.

Au verbe exhaustif, inlassable, d'August von Kageneck, puisant au plus profond de sa mémoire, répondaient les propos d'Hélie de Saint Marc, plus laconiques, composés de faits précis suivis d'une analyse sobre, incisive, rarement dénuée d'ironie. Leur commune volonté de comprendre n'a jamais laissé de côté un scepticisme de méthode.

L'Allemand a raconté la liaison que sa famille entretient avec la France depuis des siècles. Chez les Kageneck, la langue de Molière était considérée comme celle de la conversation et des usages les plus raffinés. Mais ce sont des soldats parlant cette langue qui ont occupé son pays, après 1918, lui faisant dire qu'il est né « sous l'occupation française ». De là date peut-être la relation complexe et passionnée qu'il a entretenue avec la France jusqu'à en adopter le passé et les turbulences.

En 1955, il s'est installé à Paris puis a épousé la veuve d'un officier français.

Chez Hélie de Saint Marc aussi, ont resurgi des images enfouies. Les premiers uniformes vert-de-gris croisés place de la Comédie, à Bordeaux ; les accents gutturaux venus du Rhin résonnant dans la ville, les mêmes qu'il entendra au fond de la nuit, à Buchenwald et au camp satellite de Langenstein. Les mêmes, encore, dans la bouche de ses légionnaires en Indochine : de nombreux soldats de sa compagnie étaient allemands. Et comment aurait-il imaginé qu'il reviendrait, en 1957, non loin du lieu de son calvaire, cette fois pour se marier à Neustadt, où son beau-père était en garnison ? Et qu'un jour, ses livres paraîtraient traduits en allemand, donnant à ses propres souvenirs un écho à la fois familier et troublant ?

Chacun des protagonistes a lu les livres de l'autre. Dans leur esprit, il ne s'agit pas d'égrener une nouvelle fois des faits d'armes. Ils savent que « l'ancien combattant » n'a plus tellement cours aujourd'hui. Mais ils n'ignorent pas non plus que l'Histoire s'est accélérée, que certaines phases de leur vie paraissent déjà aussi lointaines et insolites aux lycéens d'aujourd'hui que les guerres napoléoniennes.

Leur propos n'est pas de s'ériger en professeurs d'histoire contemporaine, mais plutôt de contribuer à l'édification d'un récit subjectif, constitué de souvenirs épars, rassemblés au gré de discussions et d'échanges écrits qui ont duré plus de deux ans[1].

1. Des notes en bas de page ont été établies pour compléter les propos des deux interlocuteurs ou les resituer dans leur contexte historique.

Quelques coups de projecteur sur des replis de la mémoire pour aider à éclaircir le passé. Quitte à laisser pour compte des aspects de leur époque qu'ils n'auraient pas vécus, qui leur seraient étrangers ou qu'ils auraient simplement oubliés. Ce risque et ses conséquences, ils les ont assumés pour s'attacher aux événements considérés de leur promontoire personnel : l'avènement d'Hitler vu par un enfant de onze ans, le passage de la ligne de démarcation par un adolescent épris de liberté, l'offensive de Russie relatée par un simple chef de peloton, la France de la Libération sous les yeux d'un déporté de vingt-trois ans...

Dans ce face-à-face intime et amical, ils ont accepté la présence d'un intrus. À moi le rôle de M. Loyal, chargé de mettre en harmonie le récit de ces existences exceptionnelles. À moi aussi celui du « Huron » de Voltaire. Alors que jusqu'à aujourd'hui l'Histoire m'était essentiellement apparue comme nichée dans les fonds d'archives, au risque parfois de conserver jalousement son secret, soudain elle jaillissait sous les traits de deux contemporains capitaux, de ces témoins qui m'avaient manqué jusqu'alors.

Grâce à August von Kageneck et à Hélie de Saint Marc, elle prenait chair. Mieux, elle se mettait à ma disposition pour répondre à toutes mes questions, me révéler à voix haute ce que les livres ne m'avaient pas forcément appris : la violence de la vie politique dans la République de Weimar des années 1920, l'attitude de la société allemande face à Hitler, l'organisation et la vie quotidienne au camp de Buchenwald : pourquoi ? comment ? Tous deux se sont prêtés de bonne grâce à cet exercice, acceptant les interrogations ou les incompréhensions d'un de leurs cadets né, jour pour jour, vingt ans après la capitulation de l'Allemagne.

Ensemble, ils ont voulu faire à leurs compatriotes le récit de l'existence d'un Allemand et d'un Français au cours d'un XXe siècle de fer et de sang. Pour que leur histoire devienne aussi notre histoire.

Étienne de MONTETY

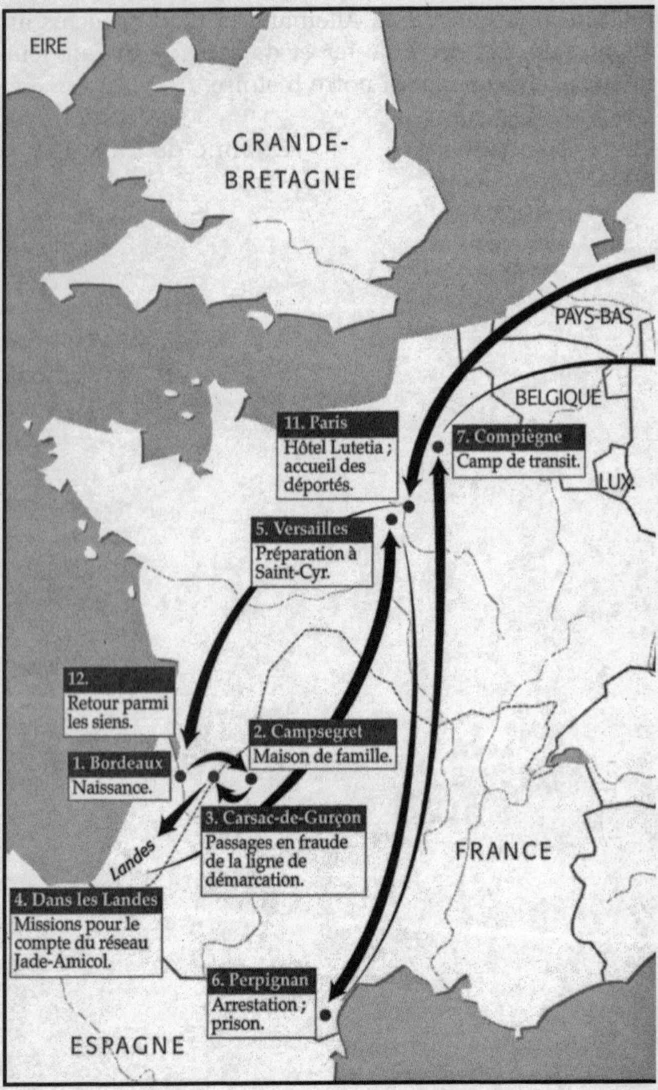
EIRE
GRANDE-BRETAGNE
PAYS-BAS
BELGIQUE
LUX.
11. Paris
Hôtel Lutetia ; accueil des déportés.
7. Compiègne
Camp de transit.
5. Versailles
Préparation à Saint-Cyr.
12.
Retour parmi les siens.
2. Campsegret
Maison de famille.
1. Bordeaux
Naissance.
3. Carsac-de-Gurçon
Passages en fraude de la ligne de démarcation.
Landes
FRANCE
4. Dans les Landes
Missions pour le compte du réseau Jade-Amicol.
6. Perpignan
Arrestation ; prison.
ESPAGNE

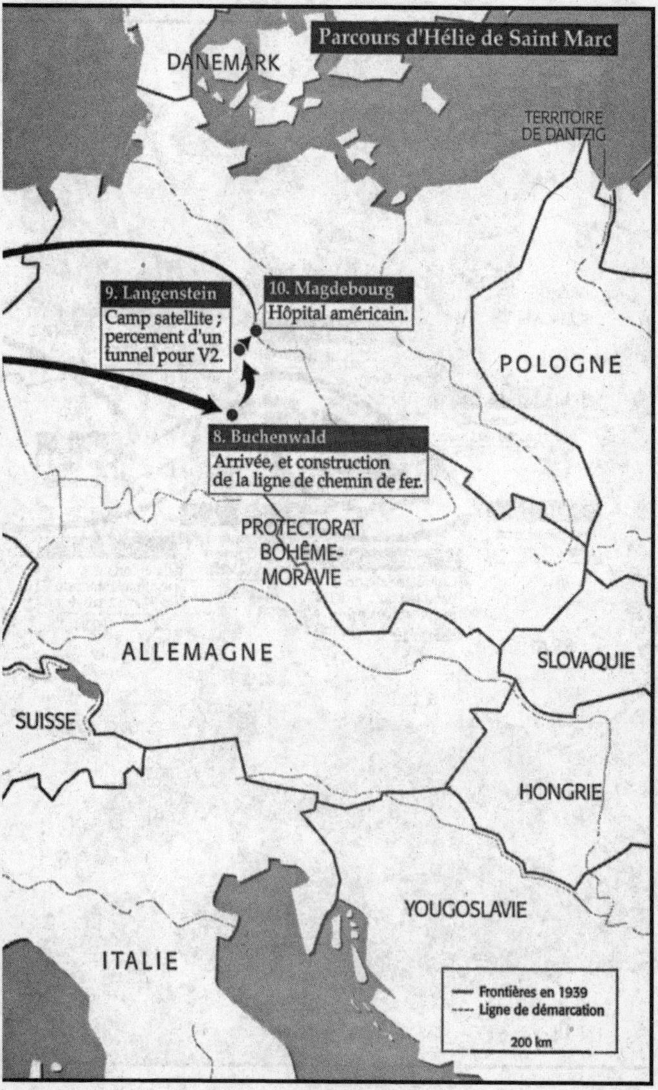
Parcours d'Hélie de Saint Marc
DANEMARK
TERRITOIRE
DE DANTZIG
9. Langenstein
Camp satellite ;
percement d'un
tunnel pour V2.
10. Magdebourg
Hôpital américain.
POLOGNE
8. Buchenwald
Arrivée, et construction
de la ligne de chemin de fer.
PROTECTORAT
BOHÊME-
MORAVIE
ALLEMAGNE
SLOVAQUIE
SUISSE
HONGRIE
YOUGOSLAVIE
ITALIE
Frontières en 1939
Ligne de démarcation
200 km

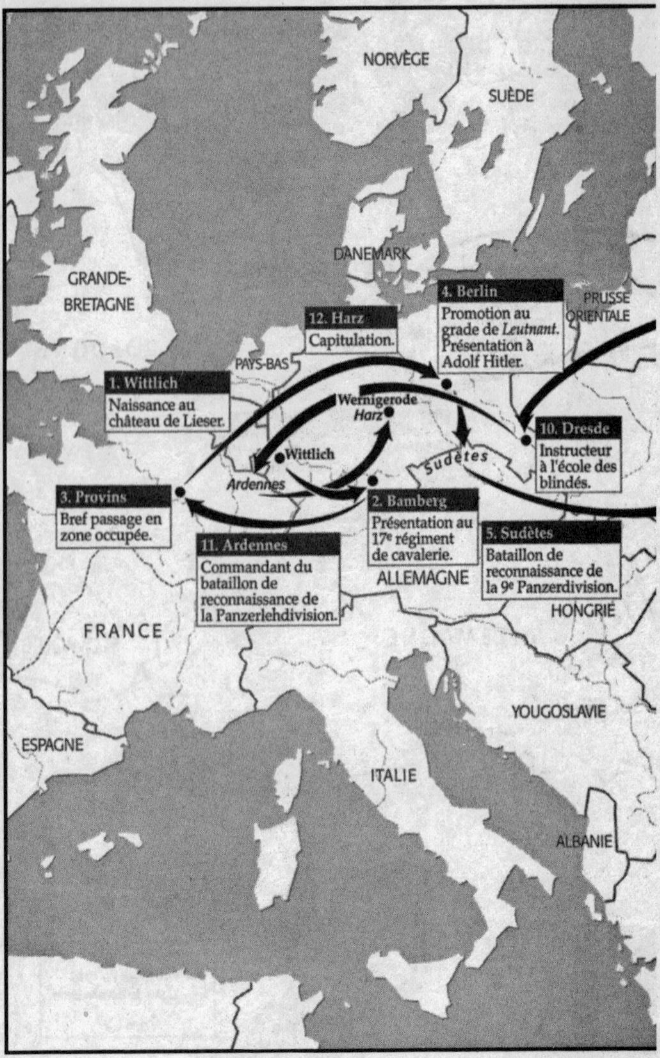
NORVÈGE
SUÈDE
DANEMARK
GRANDE-
BRETAGNE
4. Berlin
Promotion au grade de *Leutnant*. Présentation à Adolf Hitler.
PRUSSE ORIENTALE
12. Harz
Capitulation.
PAYS-BAS
1. Wittlich
Naissance au château de Lieser.
Wernigerode
Harz
10. Dresde
Instructeur à l'école des blindés.
Wittlich
Sudètes
Ardennes
3. Provins
Bref passage en zone occupée.
2. Bamberg
Présentation au 17e régiment de cavalerie.
5. Sudètes
Bataillon de reconnaissance de la 9e Panzerdivision.
11. Ardennes
Commandant du bataillon de reconnaissance de la Panzerlehdivision.
ALLEMAGNE
HONGRIE
FRANCE
YOUGOSLAVIE
ESPAGNE
ITALIE
ALBANIE

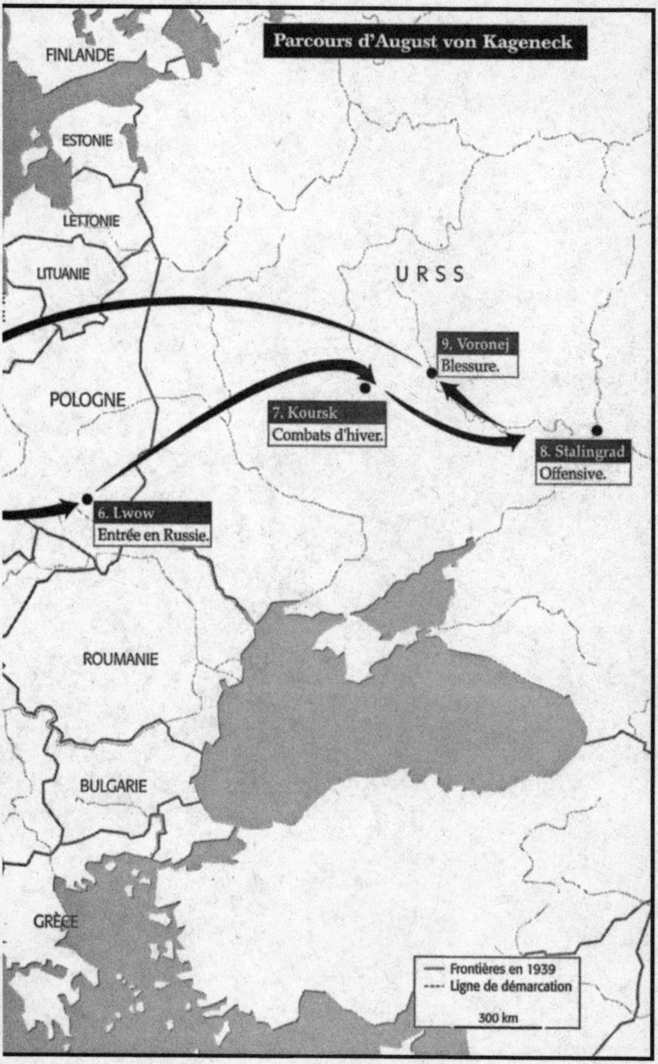
Parcours d'August von Kageneck
FINLANDE
ESTONIE
LETTONIE
LITUANIE
URSS
POLOGNE
9. Voronej
Blessure.
7. Koursk
Combats d'hiver.
8. Stalingrad
Offensive.
6. Lwow
Entrée en Russie.
ROUMANIE
BULGARIE
GRÈCE
Frontières en 1939
Ligne de démarcation
300 km

PREMIÈRE PARTIE

Le monde d'hier

1922. La paix a quatre ans. En Allemagne, l'après-guerre est un calvaire. Le désespoir et le désordre ont succédé à la défaite. Le spectre d'une dictature militaire rôde. Les tentatives de coups d'État se succèdent.

Cette année-là, à Berlin, le ministre des Affaires étrangères, Walther Rathenau, est assassiné par des officiers nationalistes. Cet attentat porte à trois cent soixante-seize le nombre de meurtres politiques depuis 1916. L'homme était la bête noire de l'extrême droite. En Haute- Silésie, la chanson d'un corps franc avait pris pour refrain : « Abattons Rathenau/Ce maudit juif de salaud... » Le lendemain, Adolf Hitler, encore marginal, se félicite de la disparition de ce « sale juif apatride et dégénéré ». Arrêté, l'assassin de Rathenau ne fera que quatre ans de prison. Comme si l'Allemagne s'habituait à la violence politique, comme si un mort de plus ou de moins ne changeait rien à l'affaire.

1922, c'est le début de la grande inflation. En un an, les prix sont multipliés par cent. Le sucre devient une denrée rare et la viande un luxe inabordable. La spirale infernale a commencé. Un an de plus, et les prix valseront d'une heure à l'autre, on verra circuler des brouettes remplies de marks. Déjà, un Allemand sur quatre est au chômage ; un sur deux ne travaille pas à temps complet.

Les incidents se multiplient dans la zone d'occupation. Toujours en Haute-Silésie, un détachement français est attaqué à la grenade. Dans l'indifférence encore, mais pour combien de temps ? Adolf Hitler, un ancien caporal qui éructe contre le « diktat de Versailles » et « la menace juive », rassemble cinquante mille fidèles lors d'une réunion du Parti national socialiste des travailleurs allemands. Il organise sa section d'assaut (SA) avec un capitaine d'aviation décoré et désœuvré, Hermann Goering.

Casqué, botté, les moustaches triomphantes, le maréchal Hindenburg est à l'Allemagne vaincue ce que le maréchal Pétain représentera pour la France de 1940 : une image mythique contre l'humiliation, un recours pour les foules perdues.

1922. Le traité de Versailles a trois ans. L'ordre international, que les alliés pensaient avoir figé pour un demi-siècle, se fissure imperceptiblement. Le chancelier allemand Wirth refuse de poursuivre les versements aux vainqueurs : « D'abord le pain, ensuite les réparations. » Il faut s'y résoudre : après d'âpres marchandages, la France et l'Angleterre accordent au vaincu un étalement de la « dette de guerre ». Décidément, la paix ne sera pas aussi triomphante que l'avait voulue Clémenceau. En cavalier seul, et au mépris des engagements pris en 1918, la Russie soviétique signe une paix séparée avec Berlin. Déjà... Moscou autorise les Allemands à expérimenter sur son sol des armes interdites par le traité de Versailles. Ce n'est pas la guerre, mais ce n'est plus tout à fait la paix.

*1922. L'*URSS *s'enferme dans la répression et l'Italie bascule dans le fascisme. Le totalitarisme façonne ses deux visages : à Moscou, Lénine meurt et Staline prend le pouvoir. Sous sa férule, le Guépéou remplace la Tcheka : la police secrète est chargée de contrôler les infiltrations* étrangères et contre-révolutionnaires. À Rome, la marche des quarante mille « chemises noires » permet à Benito Mussolini de prendre le pouvoir. Sous la pression, dans une capitale en état de siège, le roi Victor Emmanuel III appelle le « Duce » à la tête du gouvernement.

Staline et Mussolini en pleine lumière. Hitler qui émerge sur les décombres de la guerre... la Seconde Guerre mondiale est déjà en germe dans cette année 1922.

Pourtant, la France commémore sa victoire. Qu'on en juge : en un seul été, une plaque est posée au Panthéon en l'honneur de Guynemer, le héros de vingt-trois ans, aux cinquante-trois victoires aériennes, disparu en 1917 « en plein ciel de gloire » ; ici ou là, des stèles sont élevées pour le huitième anniversaire de la bataille de la Marne ; à Toulon, des milliers de fleurs sont jetées à la mer en mémoire des marins engloutis lors des combats ; le maréchal Pétain inaugure le coq gaulois de Jemmapes, détruit par les Allemands ; l'Alsace multiplie les Marseillaise et les défilés sous l'œil de Maginot, ministre de la Guerre ; le Memorial Day, en souvenir des soldats américains morts au combat, est commémoré simultanément aux États-Unis et en France ; le 14 juillet, sur l'hippodrome de Longchamp, en présence de Foch, Pétain et Joffre, la République consacre deux nouveaux maréchaux : Fayolle et Franchet d'Esperey, l'Africain ; à Bar-le-Duc, le président du Conseil, Raymond Poincaré, pose la première borne de la « voie sacrée », d'où s'élancèrent les soldats chargés de défendre la citadelle de Verdun ; à New York, Clémenceau reçoit un accueil de légende, tandis que Roland Dorgelès rate de peu le prix Goncourt pour Les Croix de bois, le roman qui bercera des générations d'écoliers et fournira chaque remise de prix solennelle.

Ce n'est plus un après-guerre ; c'est un armistice qui n'en finit pas.

C'est cette année-là, alors que les boyaux des tranchées sont encore frais, que les « gueules cassées » reviennent *à la vie, que les cadres de crêpe noir trônent sur toutes les cheminées de part et d'autre du Rhin, qu'en France, et en Allemagne, naissent August Clemens Karl Maria von Kageneck et Hélie Marie Joseph Denoix de Saint Marc.*

Racines

August von Kageneck (AK) : Je suis né dans un univers dont les racines puisent loin dans l'Histoire. J'ai vécu les premières années de mon existence chez ma grand-mère maternelle, dont la famille illustre les relations étroites qui ont pu se nouer, au fil des siècles, entre les Allemands du Sud et les Italiens du Nord. Elle était née Puricelli, de riches Piémontais arrivés en Rhénanie au XVIIIe siècle. L'un de mes frères, Fritz Leo, témoignait d'ailleurs de cette ascendance méridionale : ma mère l'appelait « œil brun », alors que nous étions tous des petits blonds aux yeux bleus.

Pendant l'occupation napoléonienne du Piémont et de la Lombardie[1], la famille de ma mère avait obtenu de l'administration française une concession pour l'éclairage des villes au gaz, à commencer par Milan et

1. Après la campagne victorieuse de Bonaparte en 1796-1797, une République cisalpine fut instituée par le traité de Campoformio. Calquée sur le modèle révolutionnaire, elle prit Milan pour capitale et se dota d'un drapeau tricolore – vert, blanc, rouge –, réplique du drapeau français. Les Français y régnaient en maîtres. En 1801, Napoléon envahit toute l'Italie. Son frère fut intronisé roi de Naples. L'occupation française s'acheva à la chute de l'Empire et après le traité de Vienne, en 1815.

Turin. Grâce à cette manne, les Puricelli avaient investi dans l'industrie, en installant des usines qui fabriquaient des fourneaux qu'ils vendaient ensuite aux aciéries de la Lorraine et de la Sarre. La famille Puricelli possédait également des centaines d'hectares de terre dans le Palatinat, en Bavière, dans les montagnes de la Sarre, et tout le long de la Moselle…

Par le mariage de ma grand-mère, les Puricelli s'étaient alliés aux Schorlemer, une famille catholique qui avait tenu tête à Bismarck pendant le Kulturkampf[1]. Mes grands-parents habitaient le château de Lieser, construit à la fin du XIXe siècle, sur les bords de la Moselle, entre Coblence et Trèves. Goethe a décrit ce pays mieux que je ne pourrais, avec « *ses vignes, partout soigneusement cultivées, annonçant un peuple joyeux, qui n'épargne aucune peine pour produire la précieuse liqueur* ».

Le château de Lieser était un monde en soi, avec ses mille recoins, un nombre incalculable de fenêtres, de tours et de tourelles. Dans *Le Guépard*, le prince de Lampedusa a écrit qu'un château digne de ce nom était un château dont on ne peut pas connaître toutes les pièces. Lieser était de ceux-là. Je me souviens du grand escalier de marbre où mes parents avaient posé le jour de leur mariage, de la chapelle privée, des appartements réservés au kaiser lors de ses visites à ma grand-mère, et, bien sûr, du parc : pour les enfants que nous étions, il fut un éden.

---

1. Le *Kulturkampf* (combat pour la civilisation) est le nom donné à la lutte menée par Bismarck, entre 1871 et 1878, contre les catholiques allemands (35 % de la population du Reich) pour affaiblir leur rôle politique. Les catholiques allemands étaient attachés à l'indépendance des États, alors que Bismarck voulait accentuer l'unification du pays. Il les suspectait également d'obéir autant au pape qu'à l'empereur. Le *Kulturkampf* s'exprima notamment par des lois anticléricales et une mainmise de l'État sur l'Église.

Personne ne peut se représenter aujourd'hui ce monde disparu. Ma grand-mère menait grand train. Une troupe de domestiques s'activaient à tous les étages. Je me souviens d'avoir connu un mécanicien chargé des carrosses, un autre des voitures à moteur... Il y avait deux valets de pied. Dans la maison proprement dite, une cuisinière en chef commandait vingt jeunes filles pour la confection des repas... L'été, le château se remplissait de plusieurs dizaines de petits-enfants, sous la responsabilité d'une armée de nurses.

Ma grand-mère aimait recevoir. Mon grand-père, Clemens Schorlemer, avait été président de la province de Rhénanie et ministre de l'Agriculture de la Prusse, et mon oncle était préfet du canton de Bernkastel, près de Lieser. Avant la Première Guerre, Lieser avait reçu plusieurs fois le kaiser en personne. Pour comprendre le prestige que nous retirions de ces visites, imaginez un séjour du roi Louis XVI dans une propriété française dans les années 1780... Nous avions, sur ce plan-là, cent cinquante ans de décalage avec la France.

Enfant, j'ai entendu des dizaines de fois les mêmes anecdotes sur ces visites. C'était pour ma famille une manière d'en prolonger la saveur. Je me souviens de l'une d'entre elles. En se promenant autour du château, l'empereur Guillaume avait avisé un vieux vigneron, en lui demandant son âge :

« Quatre-vingt-dix ans, Majesté.

— C'est la preuve que le vin de Moselle conserve en bonne santé.

— En effet, Majesté. Et vous verriez comme ma femme va bien : elle est ivre tous les jours... »

Comme toute l'aristocratie allemande, nous étions profondément monarchistes. Nos liens avec la famille impériale s'étaient même renforcés avant la guerre, lorsque les fils du kaiser, le kronprinz Guillaume, Oskar, August Guillaume et Eitel Fritz vinrent à Bonn pour suivre leurs études de droit. Le week-end, les quatre princes se rendaient à Lieser, jouaient au tennis avec ma mère et ses sœurs. Je possède encore des photos d'eux, en tenue de l'époque, échangeant des balles sur le cours avec mes tantes. Au mariage de mes parents, en 1910, deux d'entre eux – August Guillaume et Oskar – étaient présents.

Voilà pour mon ascendance maternelle.

Les Kageneck, eux, bien qu'originaires du pays de Bade, se confondent avec l'histoire de l'Alsace depuis 1259. Une rue du vieux Strasbourg porte encore notre nom, en souvenir des innombrables Kageneck qui l'ont servi comme magistrats. D'ailleurs, les armoiries de la ville sont l'inverse des nôtres : de gueule à la bande d'argent.

Après le traité de Westphalie, en 1648, l'Alsace est passée sous domination française. Une partie de ma famille est restée en France. Vous retrouvez plusieurs Kageneck parmi les officiers du régiment le Royal Alsace, à Strasbourg, ou le Royal Allemand, à Sélestat. Le dernier d'entre eux, Jacques Bruno, fréquentait la cour de Louis XVI. Jeune page à la chambre du roi, il devint officier des gardes du corps. Il a même laissé un récit des mœurs de l'époque, à la manière de Saint-Simon, Les lettres de M. Kageneck au baron Alströmer, que je possède. Il est mort pendant la Révolution française.

D'autres Kageneck, fidèles à l'empereur, franchirent le Rhin et s'installèrent dans le pays de Bade, qu'on appelait alors l'Autriche occidentale. L'un d'eux, Jean Frédéric, fut statthalter (préfet) de cette province[1]. Sa petite-fille, Marie-Béatrice von Kageneck, est devenue

1. Il fit bâtir, en 1673, le château de Munzingen, sur la route de Brisach à Fribourg, dans le Brisgau, qui appartient toujours à la famille Kageneck.

la mère du futur chancelier Metternich. Son portrait orne toujours le mur d'un des salons du château.

Les Kageneck épousent donc l'histoire de cette région déchirée entre la France et l'Allemagne, le protestantisme et le catholicisme. Comme un symbole, mon père est né le 10 mai 1871, le jour même de la paix de Francfort, qui marquait la fin des hostilités entre la France et la Prusse.

Hélie de Saint Marc (HSM) : Vous êtes né aux confluents de la fortune et de l'Histoire, dans un monde où chaque tableau au mur représente une gloire du passé. Vos aïeux ont servi le roi de France et l'empereur d'Allemagne, ils ont bâti un empire industriel et leurs propriétés comptaient des milliers d'hectares... Ma famille est l'antithèse de la vôtre.

Si vos ancêtres ont été à cheval sur trois frontières, les miens ont labouré inlassablement le même canton du Sud-Ouest... Je viens d'une tradition où, quelle que soit la branche de l'arbre généalogique que l'on emprunte, la main débouche toujours au même endroit. Du plus loin qu'il m'en souvienne, aucun Saint Marc, avant ma génération, n'a vécu en dehors du Périgord. Notre horizon se borne depuis des siècles à la forêt de Montclard ou de Lagudale : vingt kilomètres de bois de châtaigniers entrecoupés de chemins creux. Les premiers Saint Marc dont on ait retrouvé la trace habitaient déjà, au XVIe siècle, le petit village de Campsegret, où j'ai passé les plus belles heures de mon enfance. Aujourd'hui encore, le patronyme Denoix remplit plusieurs colonnes de l'annuaire du département.

Sous l'Ancien Régime, les Denoix de Saint Marc étaient des hobereaux de robe. De père en fils, mes ancêtres ont tous embrassé le droit. Ils étaient avocats à Bergerac, avoués à Bordeaux ou magistrats à Périgueux. La tradition juridique et légitimiste est profondément ancrée dans toutes les fibres de ma famille. L'élan ne s'est pas arrêté : un de mes neveux est aujourd'hui vice-président du Conseil d'État. Sur quatre siècles, je suis le seul hors-la-loi de la famille – et a fortiori, le seul à avoir connu, à deux reprises, la prison[1].

Le Périgord est une terre heureuse et pauvre. La douceur de l'Aquitaine et la rudesse du Massif central se fondent dans une harmonie de combes, de bois et de vignes, de grottes et de ruisseaux à écrevisses. La nature a été prodigue en beauté avec le Périgord. La chère est bonne, l'accent savoureux. Pourtant, cette terre de châteaux imposants et de petits fiefs est assez pauvre : les exploitations n'ont pas le rendement des grandes plaines de la Garonne ; la charrue peine à labourer les pentes des combes, recouvertes de châtaigniers. Le pays a connu d'épouvantables misères et de violentes révoltes, notamment au début du XIXe siècle. Certains soirs, mon père nous lisait à haute voix des pages bouleversantes de *Jacquou le Croquant*[2].

La pauvreté environnante nous donnait des devoirs. Chez nous, les tableaux aux murs n'évoquaient ni ministres, ni princesses, ni rois. Tout simplement des nobliaux de province en jabots et dentelles, des femmes au teint de jais en tenue austère, des serviteurs du royaume la plume d'oie à la main. Si je ne devais trou-

---

1. Hélie de Saint Marc fut détenu à la prison de Perpignan en juillet 1943, après son arrestation par la Gestapo et avant sa déportation à Buchenwald, puis d'avril 1961 à décembre 1966 à la prison de la Santé, à Clairvaux puis à Tulle, pour sa participation au putsch d'Alger.

2. *Jacquou le Croquant* se présente comme un roman, écrit à partir de faits véridiques, qui se sont déroulés en 1830, sous la Restauration. C'est l'histoire d'un enfant, orphelin à neuf ans, qui se révolte contre la misère et un seigneur arbitraire et violent. Écrit en 1899 par Eugène Le Roy, un républicain, lui-même fils d'une femme de chambre, contrôleur des impôts et proche du peuple, *Jacquou le Croquant* est le plus gros succès de la littérature paysanne du XXe siècle.

ver qu'un seul mot pour caractériser les Saint Marc, je choisirais la fidélité. Sur la cheminée de la bibliothèque trônait un buste de la reine Marie- Antoinette. Dans ma famille, on était royaliste de naissance.

Chez nous, la persévérance est un trait de caractère qui vient de loin. Ainsi mon grand-père avait quitté, à dix-sept ans, la propriété du Fournial. Sa mère, devenue veuve, s'était résolue à vendre la maison. Avec cette détermination des jeunes garçons butés, il s'était juré, dans la calèche qui l'emportait loin de la maison de son enfance, d'y revenir en maître. Il tint parole et la racheta quelques décennies plus tard, l'embellissant avec passion, plantant des centaines d'arbres et d'arbustes de toutes les essences. On n'arrache pas facilement les Saint Marc à leur terre, et le mot racines prend ici tout son sens. Je pense que le plus lointain voyage que mon père effectua fut à Verdun pendant la Grande Guerre.

Par rapport aux propriétés de votre famille et à ce château dans lequel vous vous perdiez, notre maison du Fournial n'avait rien de faramineux. C'était un long bâtiment, sans étage, à la mesure de ces petits nobliaux désargentés, aux toits de tuiles plates, aux murs recouverts de vigne vierge. Mais je la voyais avec mes yeux d'enfant. J'aimais son odeur, le craquement des parquets, le grincement des contrevents brûlants de soleil. Le premier souvenir de mon existence est au Fournial. Je revois mon grand-père Saint Marc dans la bibliothèque. Il était assis dans un fauteuil, avait une barbe blanche impressionnante, était entouré d'un halo de fumée, parce qu'il fumait beaucoup. J'ai aimé cette maison d'amour, et le Périgord de passion. La vie m'a conduit en mer de Chine ou dans le Sahara. Mais aujourd'hui encore, je suis ivre de la lumière dorée qui enveloppe, en fin de journée, ce côté-là du monde, de l'ombre de ses brassées de châtaigniers, de ses chemins creux et de sa sensualité heureuse.

Deux familles

AK : Mon père est entré à dix-sept ans dans le régiment des hussards de la garde de Guillaume II. Jeune homme, il a connu les fastes de la cour de Berlin, partageant sa vie entre la garnison – où il devint capitaine au grand état-major –, les bals et les courses de chevaux. C'était les années de gloire de l'Empire. Envoyé à Bruxelles comme attaché militaire, il rejoignit Vienne en 1908, l'année où l'Autriche-Hongrie annexa la Bosnie.

Proche de l'archiduc François-Ferdinand, mon père devint l'un des confidents du vieil empereur autrichien François-Joseph, à Schönbrunn. Mon père a tenu un journal de ces années-là, durant lesquelles il était un lien privilégié entre les deux souverains. Il a échangé une correspondance avec Helmut von Moltke, le chef d'état-major des armées allemandes. Il était aux avant-postes de l'Histoire.

Durant l'été 1914, mon père a assisté aux négociations qui suivirent l'assassinat de l'archiduc à Sarajevo[1]. Il a

1. Le 28 juin 1914, Gavrilio Princip, un étudiant serbe, assassina l'archiduc héritier d'Autriche – et futur empereur – François-Ferdinand à Sarajevo. Cet attentat fut le détonateur de la Première Guerre mondiale. Un mois plus tard, le 23 juillet, l'Autriche, en accord avec l'Allemagne, adressa un ultimatum à la Serbie, qu'elle accusait d'être responsable de ce crime.

tenté d'éviter l'escalade tragique, cherchant en vain à dissuader le kaiser Guillaume de s'aligner sur l'Autriche. Mon père pensait que l'Autriche avait raté le coche, qu'elle aurait dû intervenir en Serbie avant 1908, lorsque les Russes étaient encore sous le coup de leur défaite contre le Japon. Dans le contexte de 1914, une alliance austro-allemande était un terrible engrenage. Rien n'y fit. Mon père dut se résigner à la déflagration. Plus tard, il nous confiera qu'à partir de la fin juillet et la publication de l'ultimatum autrichien, il avait compris que la guerre était devenue inévitable.

Pendant la guerre, mon père fut d'abord officier de liaison à l'état-major austro-hongrois, puis général commandant une brigade de cuirassiers sur le front de la Somme. En juin 1918, il fut fait prisonnier à l'issue d'une offensive générale – que les historiens allemands nomment aujourd'hui la Grande Bataille – au cours de laquelle le général Ludendorff tenta une dernière fois d'emporter la décision. Sa capture eut lieu lors d'une contre-attaque près de Péronne. Mon père fut envoyé dans un camp pour officiers généraux en Angleterre.

Il rentra un an plus tard, à la fin de 1919, dans une Allemagne en plein chaos, en partie occupée par les Français. Le choc fut rude. Mon père avait été au cœur des événements, et, avec la défaite, il devait reconstruire sa vie du tout au tout. Il s'installa avec ma mère et leurs premiers enfants à Lieser. J'ai déjà dit combien le château était vaste. Ma grand-mère réserva un étage entier à la famille. C'est dans une de ces pièces que je suis né.

Mon père avait décidé de repartir de zéro. Il s'était inscrit à la faculté d'agriculture de Bonn pour apprendre le métier de la terre. À l'époque, mes parents pouvaient seulement compter sur la retraite d'officier de mon père et sur sa petite fortune personnelle. La dot de ma mère avait beaucoup fondu : mon grand-père ayant dû souscrire aux emprunts de guerre lancés par le kaiser, ses intérêts avaient été engloutis dans la défaite. En outre, l'inflation galopante de l'après-guerre n'avait pas amélioré l'état des finances familiales.

Mon père choisit de demeurer dans la région, dans les bois et les vignes de l'enfance de ma mère, pour lui être agréable. Jeune diplômé de cinquante ans, il fit, en 1924, l'acquisition d'une ferme non loin de la ville de Wittlich, à une vingtaine de kilomètres de Lieser. Cette propriété portait le nom de Blumenscheidt (*la Maison des fleurs*, en mosellan). C'était une maison de maître avec des colombages datant du début du XIXe siècle. Nous avons vécu là avec mes quatre frères, Clemens Heinrich, Franz Joseph, Fritz Leo, Erbo, et bientôt ma sœur Elisabeth, née en 1925.

Notre ferme faisait cent hectares, ce qui n'était pas grand-chose si l'on compare aux propriétés de l'est de l'Allemagne, qui comptaient douze ou quinze mille hectares. Pour exploiter la terre, mon père pouvait compter sur un régisseur, quatre garçons de ferme, six chevaux et un demi-tracteur (je précise demi-tracteur parce qu'il ne marchait pratiquement jamais). Mon père arpentait sa propriété à cheval. J'avoue ne l'avoir que rarement vu participer au travail des champs. Mais contrairement au pays de Bade, encore très traditionnel[1], la Rhénanie avait subi l'influence de la Révolution française et du Code Napoléon. C'était une province plus ouverte, plus raffinée, moins formelle.

Ainsi, mon enfance a été doublement protégée. Deux gouvernantes travaillaient pour nous. L'une, originaire de Bonn, Frau Kranz, que nous n'appelions que Krännie et qui resta jusqu'à sa mort une amie de ma mère. L'autre était une Suisse allemande qui parlait couram-

---

1. À Munzingen, les paysans se découvraient devant l'oncle Kageneck quand il passait devant eux en automobile.

ment le français, et grâce à qui j'ai reçu les premiers rudiments de votre langue. Je me rappelle son extrême sévérité. Elle nous infligeait des punitions avec une règle qu'elle claquait sur nos doigts.

Notre train de vie n'avait rien à voir avec celui de Lieser. La guerre était passée par là. La domesticité se composait quand même d'une cuisinière, de deux filles de chambre, sans parler d'Annie, une Autrichienne qui était le bras droit de ma mère. Mes parents l'avaient engagée avant la guerre de 1914 – à l'époque, ils habitaient Vienne. Nous étions très attachés à elle, et elle est restée à la maison jusqu'à sa mort en 1965. Sa tombe se trouve aujourd'hui à côté de celle de mes parents. C'est ainsi que nous avons vécu : adossés à l'Histoire, et déjà déstabilisés par le nouvel ordre de l'après-guerre, nourris de tradition militaire et installés dans une nature riante. L'impression dominante, c'était un grand bonheur, même si, déjà, quelques nuages striaient le ciel.

HSM : Mes souvenirs se partagent entre Bordeaux, où mon père était avocat, et Campsegret, notre petit village du Périgord. À Bordeaux, nous habitions près de la Garonne, dans une rue sombre, la rue de la Verrerie, qui débouchait sur le Pavé des Chartrons, le quai noble de la ville où était installée la « noblesse du bouchon », c'est-à-dire les grands négociants en vins. Notre maison, chaleureuse et cossue, s'élevait sur deux étages, le cabinet d'avocat de mon père occupant le rez-de-chaussée.

Comme le vôtre, mon père est né dans la foulée de la guerre de 1870. Sa carrière était en plein essor lorsqu'il fut mobilisé. Il avait quarante-deux ans en 1914. Il a connu Verdun et le Chemin des Dames. À son retour du front, il a repris son cabinet, qui n'avait plus de clients et plus d'affaires. À quarante ans, comme votre père, il a dû recommencer sa carrière à partir de rien. La génération de nos parents portait le deuil de ce que Stefan Zweig a appelé « le monde d'hier »[1], cet âge d'or d'avant la Grande Guerre. Ces hommes jeunes, à qui tout souriait en 1914, avaient perdu leur confiance dans l'avenir.

Mon père était un notable, conseil de la ville et de grandes maisons de négoce. Ses pairs l'avaient élu bâtonnier à deux reprises, à une époque où le barreau de Bordeaux jouissait encore d'un prestige national. De taille modeste, droit, chauve avec des yeux bleus perçants, un nez busqué, sa vigueur physique et son esprit acéré, rapide et sec, à l'ironie cinglante, m'impressionnaient. Sa puissance de travail était hors du commun. Il cultivait un certain détachement vis-à-vis du monde extérieur. Une anecdote le résume assez bien. Une partie des habitants de notre quartier s'était mobilisée contre l'avis de l'autre pour débaptiser une grande avenue proche de la maison. Mon père, par distraction, a signé les deux pétitions qu'on lui présentait... Il ne voulait pas s'embarrasser de querelles inutiles.

Dernier de sept enfants – mon frère aîné avait vingt ans à ma naissance –, je n'ai pas un souvenir enchanteur de mes premières années. La vie quotidienne chez nous était austère. Mon père faisait la traque aux dépenses superflues. Quelques ampoules palpitaient dans le salon ; le chauffage était réglé à feu doux. Il tenait le travail pour une vertu rédemptrice. Tout se réglait par l'effort. Je me souviens qu'il entrebâillait régulièrement la porte du salon où nous étudiions avec mon frère, Louis, et Suzanne, ma plus jeune sœur, pour nous surveiller. Il répétait, en frappant la table de sa paume :

1. *Le Monde d'hier* est le titre des *Mémoires* de Stefan Zweig, l'auteur allemand le plus lu et le plus prestigieux dans les années 1920, dont les livres furent brûlés en autodafé et interdits par les nazis.

« Dans la vie, il faut travailler, et quand je dis travailler, ce n'est pas travailloter ! » Pour lui, le labeur acharné, l'absence de luxe étaient une manière de vivre debout, sans s'abandonner au confort. Les valeurs chrétiennes et traditionnelles lui servaient de colonne vertébrale.

Mes parents se tenaient à l'écart de la vie mondaine de Bordeaux. La famille de ma mère, les Buhan, se complaisait davantage dans les plaisirs de la bonne société. L'hôtel particulier de mes grands-parents, rue Ferrère, et leur propriété de Moulerens, dans la périphérie de Bordeaux, étaient l'occasion de réceptions plus brillantes. Peut-être menait-on là une existence qui se rapprochait un peu de celle que vous avez décrite : dans cette demeure Louis XVI, agrémentée d'un tennis et d'un parc, c'était la dolce vita avant l'heure : réceptions, musique, sport et nurses anglaises, les Buhan avaient fière allure.

Mon grand-père était sénateur. Les frères de ma mère avaient fait de « beaux mariages » : ils s'occupaient quelques heures par jour à la direction de maisons de vin sans mobiliser de manière excessive leur quotient intellectuel, ce qui provoquait un haussement d'épaule chez mon père, qui ironisait volontiers sur la paresse des grandes familles bordelaises, habituées à vivre sur des richesses acquises : les pins, la vigne et le négoce.

Je vous l'ai dit, le tropisme des Saint Marc les attirait davantage à l'est, dans le Périgord profond. À cette époque, la région n'avait rien du paradis pour touristes anglais, hollandais – ou allemands ! – qu'elle est devenue aujourd'hui. La modernité n'avait pas atteint les combes profondes et reculées où j'ai vécu. Les hameaux étaient pauvres, entourés de taillis de noisetiers et de brassées de châtaigniers. L'électricité était rare : la lampe à pétrole ou la flambée servaient de lampadaire. Le tracteur était inconnu. Dans notre ferme du Fournial, le premier tracteur est arrivé au début des années

1970. Jusqu'en 1974, un attelage de bœufs servait encore aux labours.

L'eau se puisait à la source. Les intérieurs étaient austères et parfois crasseux. Beaucoup de bâtiments s'écroulaient, en raison de l'exode rural, et les charpentes faisaient des vagues menaçantes au-dessus des fermes. Le rafistolage était une seconde nature. Les paysans se déplaçaient à pied, ou à vélo à pneus pleins. Une fois par semaine, ils allaient à Bergerac à bicyclette, à quinze kilomètres de là, en tirant leurs carrioles avec de vigoureux coups de pédales, sur des routes de pierrailles défoncées par les nids-de-poule ou les rigoles. On n'imagine plus aujourd'hui l'énergie qu'il leur fallait dépenser pour, simplement, survivre.

Lorsqu'il faut écrire l'Histoire, il est facile de regarder le passé à la lumière des événements ultérieurs, puisque le dénouement est déjà connu. Les chroniqueurs commettent souvent une erreur de perspective, car le progrès n'avance pas de manière continue. Dans les années 1920, le cubisme, Picasso, le fox-trot, la mode à la garçonne, la vie folle de Paris n'avaient pas atteint le Périgord, loin s'en faut. Il n'y avait pas de radios, et seulement une cabine téléphonique à la poste du village. C'était le monde de la veillée et de l'abattage du cochon, des châtaignes que l'on épluche et des bœufs que l'on attelle. Le monde rural que j'ai connu était plus proche de celui que parcourait au grand galop mon grand-père, Hélie, à l'époque de la Révolution, que de celui que nous connaissons aujourd'hui. Rien, ou presque, n'avait bougé depuis des siècles.

AK : Nous avons l'un et l'autre longuement évoqué notre père. Comme si nos mères étaient absentes de nos souvenirs ou qu'il s'était formé dans notre mémoire une hiérarchie, où elles tiendraient une place secondaire...

HSM : Pourquoi ai-je d'abord parlé de mon père ? L'explication tient au rapport, qu'à cette époque, un enfant entretenait avec chacun de ses parents. La femme était attachée au foyer, plus qu'elle ne l'est aujourd'hui. Elle était proche des petits, surtout dans leurs premières années. Elle se confond avec les premiers souvenirs. Le père représentait un idéal lointain, objet de toutes les admirations et de toutes les craintes. Ce fut le cas pour moi. Je l'ai dit, mon père n'était pas très affectueux. Son caractère affirmé tenait les autres à distance. Les mots du cœur ne venaient pas facilement à ses lèvres. Les gestes tendres étaient rares. Je l'admirais, sans avoir d'intimité avec lui.

Ma mère, en revanche, avait cette présence indéfinissable qui prédispose à l'abandon. Elle représentait pour moi la douceur et la tendresse... Elle avait dépassé quarante ans lorsque je suis né. Aussi n'ai-je pas le souvenir d'une toute jeune femme. Elle avait été très belle. Sa beauté s'était concentrée sur son visage et dans ses yeux verts. Elle était brune, avec d'admirables cheveux châtain clair montés en chignon, une nuque délicate. Ses premiers enfants avaient quitté la maison. J'étais le signe d'un bonheur qui allait lui échapper à son tour et qu'elle voulait retenir encore un peu. Elle me pardonnait beaucoup. Ses apparitions, le soir, dans ma chambre, pour le dernier baiser avant la nuit, faisaient l'objet d'un cérémonial magique. Si je devais la définir en deux mots, je choisirais la générosité et l'altruisme. Ma mère ne pensait jamais à elle. Elle était entièrement donnée aux siens.

AK : Ce portrait me trouble, car j'aurais pu tracer le même. J'étais le plus jeune des cinq garçons. À ma naissance, ma mère attendait avec impatience une fille qui n'est venue qu'en 1925, à la naissance de ma sœur Elisabeth. Malgré sa déception, son affection ne m'a jamais manqué. Cette femme ravissante, avec beaucoup d'allure, avait hérité de sa propre mère les yeux très foncés des Italiennes, et une abondante chevelure brune. Comme ma grand-mère, ma mère se prénommait Maria. Le 15 août était le jour de leur *namenstag*, leur fête, célébrée en Allemagne avec plus d'éclat que les anniversaires. Toute la famille était réunie à Lieser à l'occasion des vacances d'été. Chacun devait réciter un poème. Le jour venu, vers 11 heures du matin, dévorés par le trac, nous nous rendions au salon. Là trônaient les deux récipiendaires. Nous nous acquittions de notre tâche, et la cérémonie se terminait sous les applaudissements, les embrassades et la remise des cadeaux.

Sportive, ma mère jouait beaucoup au tennis et montait à cheval quasiment tous les jours. Elle s'occupait non seulement de la maison, mais aussi de l'administration de la ferme, car elle considérait que sa famille ne se résumait pas aux liens du sang. Elle l'étendait à tous ceux qui vivaient sur la propriété, du régisseur aux ouvriers agricoles. Son énergie était remarquable. Pendant la guerre de 1914-1918, pendant que mon père était au front, elle s'était occupé des blessés à Lieser, transformé pour l'occasion en hôpital. Enceinte de son quatrième enfant, devenue infirmière pour la Croix-Rouge, ma mère s'était dépensée sans compter. Elle allait recommencer plus tard, pendant la Deuxième Guerre, quand Wittlich fut bombardée et pratiquement détruite : elle ouvrit sa maison à tous les habitants qui avaient perdu leur toit.

À l'instar de ma mère, nous avons grandi dans les champs, au rythme des saisons. Je raffolais des grandes fêtes qui concluaient les moissons et les foins à Blumenscheidt. Le dernier chariot de foin, le *letzte erntewagen*, était décoré, et les chevaux ardennais qui le tiraient étaient pavoisés de bandes colorées. En haut des gerbes, nous placions l'*erntedankkrone*[1], pour remercier Dieu de sa prodigalité. Tous ceux qui avaient pris part à la moisson étaient juchés sur le chariot, en costume traditionnel. Tout cela formait une sorte de *Thanksgiving Day* à l'allemande. C'était l'un des événements de mes vacances. La chasse prenait également une grande place à Blumenscheidt. Mon père, qui était un très bon fusil, avait loué quelques bois supplémentaires pour agrandir son terrain de chasse. Perdrix, chevreuils, lièvres, renards, le gibier ne manquait pas. À l'automne, avec mes frères, nous passions pratiquement toutes nos soirées sur un *hochsitz*, sorte de tour de guet, à l'affût d'un chevreuil. Ces plaisirs simples nous tenaient lieu de loisirs, et comme nous n'en connaissions pas d'autres, ils suffisaient à nous combler. Qu'aurions-nous fait d'autre ? Une fois par an, il y avait le *Flugtag*, un meeting aérien au-dessus de Wittlich, auquel nous assistions d'une petite colline près de la maison. Nous ne faisions jamais de longs voyages, hormis de rares excursions dans le voisinage immédiat : le Luxembourg et la proche France. Et ces quelques escapades cesseront à partir des années 1930, quand le régime hitlérien isolera l'Allemagne du reste de l'Europe. Au fond, du plus loin que je me souvienne, l'horizon de mon enfance reste cantonné à la ferme de mes parents. Je n'en demandais pas plus.

HSM : Notre frontière d'alors, c'était un vallon boisé, giboyeux et mystérieux. L'imaginaire se fixait là. J'ai passé mon enfance sur un vélo, vêtu d'un simple short et d'un tricot de corps, des lunettes d'aviateur sur le nez. J'avais le culot des petits derniers auxquels les adultes pardonnent tout car ils sont pour eux le dernier visage

1. Couronne confectionnée avec les épis de la récolte : blé, orge, avoine et seigle.

de l'enfance. Au Fournial, j'ai vécu des heures intenses, baignant dans un contact quasi païen avec la nature. La chaleur des mois d'été, les foins, les baignades, les vendanges… cette existence pleine de saveurs provoquait en moi une joie animale. Enfant, je me gavais de noix et de figues et je suivais partout Elina, une vieille paysanne d'une ferme voisine que ma mère aimait beaucoup. L'exploitation des terres du Fournial était confiée à une famille, les Demet, qui occupait une maison dans la cour. J'aimais donner à manger aux volailles, jeter un œil aux cochons ou suivre la traite des vaches, le soir, lorsque le lait jaillissait en moussant dans des seaux en fer-blanc. Dès douze ou treize ans, j'ai partagé les travaux des paysans. Un des fils Demet, Paul, était mon contemporain. Je l'invitais à de grandes courses à bicyclette qui duraient la journée entière, et il m'initiait aux travaux des champs. À douze ans, c'est un plaisir magique de manier la fourche et le fumier jusqu'à en avoir des cales aux mains – ce dont j'étais très fier –, de conduire les bêtes aux champs ou de participer aux moissons. La grande fête de l'été, comme chez vous, à Blumenscheidt, c'était la fête des battages… Je me rappelle aussi l'automne au Fournial. C'est une saison admirable dans ce pays de bois, avec des couleurs somptueuses. On allumait les premiers feux dans la cheminée. Cette vie au grand air m'a beaucoup marqué. Je me suis toujours senti plus paysan que citadin.

AK : Vous n'aimiez pas l'animation, les plaisirs et les lumières de la ville ?

HSM : Les lumières de Bordeaux, à la fin des années 1920, ce n'était quand même pas Luna Park ! C'était une ville conventionnelle et compassée. Pour moi, la campagne représentait la liberté, l'ouverture sur un autre monde. À Campsegret, les milieux sociaux étaient, paradoxalement, moins étanches. Il régnait une sorte de paternalisme, difficilement explicable aujourd'hui, mais qui induisait une intimité réelle entre les paysans et les châtelains, qu'ils soient grands ou petits, comme au Fournial. Nous avions l'impression de faire partie d'une même communauté. Le Périgord a un héritage féodal. Sans être une terre particulièrement riche, presque chaque village avait son château. Fermage et métayage étaient courants.

D'un côté, le radicalisme de la IIIe République tenait le département. Les hommes entraient rarement dans l'église ; ils discutaient sur la place, le béret sur la tête, la cigarette en papier-maïs aux lèvres, pendant que les femmes allaient à la messe. Mais d'un autre côté, les rapports étaient chaleureux et sans malentendus. Les paysans votaient à gauche, mais respectaient les notabilités. Pour ma part, j'étais né du bon côté de la vie. On m'appelait « Monsieur Hélie », le fils de « Monsieur Joseph ». Les gens se connaissaient depuis toujours, les familles cohabitaient avec des amitiés et des inimitiés de longue date. On prenait à cœur les peines des uns, les joies des autres. C'est un monde qui a disparu et qui avait ses vertus.

AK : Durant les dix premières années de ma vie, l'accélération des événements a radicalement changé le statut de ma famille. Les cicatrices de la guerre étaient à peine refermées. La crise financière avait réduit le train de vie des hobereaux. Pour une large part, nous vivions des produits de la ferme, commercialisés au marché de Wittlich. Ces recettes permettaient à mon père de tenir son rang. Le régisseur Kalscheuer, bras droit de mon père, vivait dans la propriété avec femme et enfants. Mais les ouvriers agricoles, qu'on appelait les knechte, couchaient dans une pièce sommairement aménagée derrière l'écurie, dans des caisses garnies de matelas en toile, remplis de foin. Le foin et la chaleur des animaux leur tenaient lieu de chauffage. Ils se lavaient tous les jours à l'eau froide de la pompe. Dieu sait que mon père n'était pas inhumain, mais il considérait cela comme parfaitement normal.

Ces différences de traitement entre « Monsieur le Comte » et son personnel n'empêchaient pas des liens indissolubles. Je me rappelle un ancien Uhlan hongrois – il s'appelait Kouras – qui était attaché à mon père. Il l'avait suivi toute la guerre, y compris dans son camp de prisonniers en Angleterre. Il est resté à son service jusqu'à sa mort. Ces fidélités peuvent surprendre aujourd'hui. Elles reposaient sur des sentiments intenses, étrange mélange d'habitudes ancestrales et d'élans sincères, entre des êtres de conditions différentes, qui se liaient l'un à l'autre, de leur jeunesse à leur mort, comme le lierre s'agrippe à l'arbre.

Mythologies

HSM : Comparé au grand mouvement d'aujourd'hui, notre univers était particulièrement fermé sur lui-même. Lorsqu'à table un convive s'émerveillait d'une connaissance commune et s'écriait : « Que le monde est petit ! », mon père répondait avec ironie : « Que *notre* monde est petit… », ce qui clouait le bec à l'importun. À Bordeaux, la ségrégation était profonde. Notre classe sociale vivait en vase clos. Les gens s'épuisaient à respecter les frontières invisibles entre la distinction et les « parvenus », ce qui se faisait et ce qui ne se faisait pas : les mésalliances donnaient lieu à de longues palabres, à voix basse, à l'heure du café. Les mariages devaient se conclure entre familles proches, connues depuis plusieurs générations. Lorsqu'une de mes sœurs a annoncé à mes parents son intention d'épouser un protestant, il y eut un drame. Il existait pourtant, à Bordeaux, une tradition protestante importante. Mais si l'on se connaissait et l'on se recevait, il n'était pas question de s'allier.

AK : L'Allemagne ne connaissait plus ces déchirements religieux depuis le XVIe siècle. À l'époque, une Elisabeth von Kageneck, dont les parents étaient protestants, entra au couvent à Strasbourg. C'était en pleine Réforme. Elle y vécut alors que les autorités de la ville – dont son père faisait partie – en avaient muré les issues pour affamer les religieuses et les contraindre à se rendre. Depuis, les choses se sont apaisées ! Le brassage était inévitable. Le protestantisme est majoritaire dans l'est et le nord. En revanche, la Bavière, le pays de Bade et la Rhénanie sont des régions catholiques. Aussi, les mariages entre catholiques et protestants n'ont jamais été pris au tragique. Dans ma famille, ils sont monnaie courante depuis la Réforme. Ma sœur a épousé un protestant d'Allemagne du Nord et ils vont presque indifféremment à la messe catholique ou à l'office protestant. En revanche, quelle que soit la religion, le divorce n'existait pas chez nous. Ou s'il existait, il était extrêmement rare. Et évidemment, on n'en parlait pas...

HSM : Quand un divorce survenait, c'était un événement d'une gravité exceptionnelle. Officiellement, on gardait le silence. En réalité, chacun commentait l'événement jour et nuit.

AK : J'avais une cousine, une femme merveilleuse, belle et sportive, que j'aimais beaucoup et dont mes frères aînés étaient tous amoureux... Elle a choisi d'épouser un divorcé, ce que l'Église catholique interdit. Mon père ne l'a pas reçue pendant des années. La maison lui a été fermée pour cette simple raison. Ce sont des comportements inimaginables aujourd'hui.

À sa décharge, il faut savoir que mon père était revenu du front presque sourd, et cette infirmité l'avait coupé du monde. Avec le temps, il était devenu de moins en moins réceptif aux bouleversements de l'époque. L'avenir ne l'intéressait plus. Quand il ne chassait pas, il se plongeait dans les innombrables mémoires de guerre qui parurent en Allemagne, écrits par d'anciens combattants. Pour lui, le monde s'était arrêté à cette date. Peu de temps avant sa mort, survenue en 1967, il confondait le chancelier Adenauer avec le maréchal von Hindenburg. Déjà, dans les années 1930, mes frères, qui venaient en permission ou en vacances, apportaient toujours des disques de jazz américain, et mon père raillait ces rythmes modernes. Le whisky, autre nouveauté de l'après-guerre, était interdit à la maison. Il lui trouvait un goût de savon ! Il ne buvait que du vin de Moselle.

HSM : Nos pères étaient des hommes du XIXe siècle, par conviction et mentalité. Certaines techniques nouvelles les rebutaient. Mon père n'a jamais touché un volant. À la maison, ma mère et mes sœurs aînées conduisaient la voiture, une Citroën familiale rouge, très large, avec des strapontins à l'arrière, dont le pot d'échappement faisait un bruit épouvantable.

AK : Ma mère conduisait très bien et rapidement. Nous possédions une petite Ford Eifel, qui roulait à 90 km/h maximum. Étrangement, mon père, qui n'avait aucune notion de la vitesse ni aucune idée de la sensation que l'on éprouve au volant, lui répétait : « Va plus vite. » C'est peut-être son esprit de cavalier qui parlait !

HSM : Nous menions une vie en autarcie par rapport au monde qui nous environnait. Rares étaient, parmi nous, ceux qui maîtrisaient une langue étrangère. Pourtant, Bordeaux était une ville de commerce, où il était de bon ton de voyager dans toute l'Europe. Mais ma famille était terrienne et sédentaire. Les dockers déchargeaient les navires à quelques centaines de mètres de notre maison. Mais personne ne rêvait au voyage. Une année, ma sœur Suzanne a voulu partir en Angleterre, comme c'était la mode parmi ses amies. Ce fut la croix et la bannière pour que mon père accepte. « *Le*

Fournial, c'est tout ce que j'ai à t'offrir », lui répétait-il. Il prenait ce désir pour un caprice.

AK : Du côté de ma grand-mère Schorlemer, nous étions une famille très nombreuse, avec trente-trois petits-enfants et quatre arrière-petits-enfants. Nous nous suffisions à nous-mêmes. Pendant les vacances, notre tribu jouait dans le parc de Lieser, sous la surveillance de nannies. Comme dans les romans anglais, nous avons connu les bagarres avec les cousins et les premières amours avec les cousines.

À Blumenscheidt, je fréquentais les enfants du régisseur, Rainer et Kathrinchen, et le fils d'un voisin. Quand nous ne disputions pas un match de tennis, avec mes frères aînés j'allais souvent à la piscine de Wittlich, la ville voisine. Cette piscine venait d'être construite par les nazis, qui, partout, les multipliaient pour aguerrir la jeunesse. Au collège aussi, nous étions poussés à faire de l'exercice en dehors de nos heures de classe : course, gymnastique, football, j'aimais beaucoup me dépenser.

HSM : Mon caractère était solitaire, silencieux et renfermé. Je ne me trouvais pas séduisant. Élève en queue de peloton, je compensais ces handicaps par le goût de l'effort physique. Je m'adonnais à la bicyclette des heures durant, ou à la natation – l'été est chaud et lourd en Périgord – dans des ruisseaux glacés, peu profonds et grouillants de vie. J'ai éprouvé une grande joie physique et psychique à communier avec la nature et à repousser mes propres limites, comme un personnage de Montherlant. C'était ma part de liberté à une époque où j'en avais peu.

AK : Notre adolescence nous permit de faire l'apprentissage de la camaraderie – masculine s'entend. Je ne sais pas quelles étaient les mentalités en France, mais il eût été impensable à l'époque que nous fréquentions des filles.

HSM : Hormis ma mère et mes sœurs, j'ai grandi dans un monde étranger à la femme et à tout ce qui pouvait correspondre à un flirt. L'amour était un continent inconnu. À peine un visage entrevu au détour d'une rue pavée, au printemps... Cela ne relevait pas de la séduction : tout juste une apparition presque religieuse. Nous étions tous des camarades du *Grand Meaulnes*[1].

AK : La mixité était inimaginable, sauf en famille, où nous vivions naturellement avec nos sœurs et cousines. Alors nous nous rattrapions, comme si nous n'avions de cesse de vouloir briser ce carcan qui nous tenait éloignés du monde féminin. À Lieser, nous jouions à « la boîte à sardines ». L'un d'entre nous devait se cacher, les autres partaient à sa recherche et quand on le trouvait, on se glissait avec lui dans la cachette. Jusqu'au moment où il ne restait qu'un cousin qui cherchait encore, et dont tout le monde se moquait. L'intérêt de ce jeu résidait dans le fait que nous nous tenions serrés les uns contre les autres, dans un placard ou une armoire, et tout ceci n'avait qu'un but : respirer le parfum de la cousine secrètement vénérée, se blottir contre elle, frôler sa peau, toutes choses bien innocentes qui nous transportaient.

Plus tard, je me souviens avoir appris à danser grâce à des cousines plus âgées que moi qui m'enseignèrent

---

1. Ce roman d'Alain-Fournier raconte l'histoire d'Augustin Meaulnes, un adolescent de quinze ans, qui rencontre Yvonne de Galais, « *une jeune fille blonde, élancée* » dont il tombe amoureux. *Le Grand Meaulnes* est la métaphore de l'amour impossible de l'auteur, tué au sud de Verdun en septembre 1914, pour Yvonne de Quièvrecourt, une jeune femme promise à un autre.

le tango, la valse et même le fox-trot, qui se transformait en swing ! Pour mes parents, qui l'avaient beaucoup pratiquée dans leur jeunesse, la danse était une discipline à acquérir, au même titre que le calcul et l'orthographe. Je me revois au mariage de mon frère Franz Joseph, qui épousa juste avant la guerre une princesse, Elisabeth de Bavière, au château de Nymphenburg, à Munich. Nous dansions sous les yeux de toute la famille royale bavaroise. Je me serais cru au temps de Sissi impératrice si ma nouvelle belle-sœur ne m'avait entraîné dans un swing étourdissant !

HSM : Mon adolescence fut décidément plus austère que la vôtre. Je ne me souviens pas de bals ou de soirées, même à Bordeaux. La musique était absente de notre vie.

AK : Chez nous, elle occupait une très grande place. Peut-être est-ce une caractéristique des familles allemandes, où chacun se souvient qu'il est du pays de Bach, Weber et Beethoven ? Ma mère, qui jouait du piano, avait constitué un petit orchestre avec ses enfants. Mon frère aîné pratiquait le violoncelle ; le deuxième, la flûte ; le troisième était violoniste ; Erbo, mon frère le plus proche, tapait sur un tambour ; et moi, je reprenais la flûte de mon frère aîné. Nous nous amusions beaucoup. Mais mon père trouvait nos récitals abominables ! Il disait que c'était une musique de chats. Aussi nous jouions toujours dans un salon complètement fermé par une porte coulissante, de sorte que mon père, qui était déjà presque sourd, n'entende rien... La seule musique qu'il tolérait était celle de Wagner, dont il était un très grand admirateur. Il connaissait par cœur tous ses opéras, qu'il écoutait à la radio. Mon père est allé deux fois à Bayreuth. Il aimait cette musique, notamment parce qu'elle exaltait la mythologie germanique : *Lohengrin*, *L'Anneau du Nibelung*, *Parsifal*, etc.[1]

HSM : Étiez-vous également fasciné par ces légendes ?

AK : Oui. Siegfried me faisait rêver. L'histoire de ce héros magnifique se confond avec celle de mon pays. Fils d'un roi germain, Siegfried part à la recherche du trésor des Nibelungen, des nains qui vivent dans la montagne. Cet endroit abrite un dragon, qu'il doit tuer avant de se baigner dans son sang pour devenir invulnérable. Pendant le bain, une feuille d'arbre tombe et se pose sur l'épaule de Siegfried, l'empêchant d'être totalement protégé. Son adversaire, Hagen, apprend l'existence de ce point faible. Pendant une chasse, Siegfried est en train de boire à une source. Hagen survient et le frappe à l'épaule. C'est la fameuse scène du *Crépuscule des dieux*. Enfant, cette légende me transportait, d'autant plus qu'elle se déroule dans ma région, en Rhénanie, le pays de l'or du Rhin... Le rocher du dragon était juste en face de mon collège à Bad Godesberg. Je le voyais tous les matins à travers les grandes baies vitrées de la classe. Après la défaite de mon pays, j'ai relu cette histoire et je

---

1. Lohengrin est un chevalier venu d'ailleurs. Toutes les expressions qui le désignent sont composées du mot *miracle* et du mot *lumière*. Venu sur terre pour sauver une femme, il est troublé par sa vue. Il décide alors de devenir un être terrestre pour trouver l'amour, ce qui le perdra. *L'Anneau du Nibelung* est un ensemble connu en France sous le nom de *Tétralogie (L'Or du Rhin, La Walkyrie, Siegfried, Le Crépuscule des dieux)*, composée par Wagner à partir de vieilles légendes allemandes. Dans le prologue, un nain issu des Nibelungen forge, avec l'or du Rhin, un anneau qui soumet les êtres à sa volonté. Enfin, Parsifal, héros malgré lui, réussit à récupérer la lance qui avait blessé le Christ au côté et qu'un sorcier avait dérobé.

confesse qu'elle mit du baume dans mon âme de soldat vaincu.

HSM : En France, cette mythologie suscite une certaine méfiance. Certains lui reprochent d'avoir préparé le terrain du nazisme en encourageant l'exaltation collective et le mythe du surhomme.

AK : C'est un faux procès. Certes, le culte des héros, la *Walhalla*, était une dimension essentielle dans l'éducation nazie. Hitler et ses propagandistes n'ont pas cessé de magnifier le passé germanique du Reich. Le couplet était doux aux oreilles des Allemands humiliés par la défaite de 1918. Mais pourquoi trouver soudain dangereuse une musique que le monde entier écoutait depuis un siècle ? Méfions-nous des idées toutes faites. J'ai dévoré la vie de Siegfried et je la dévorerai encore aujourd'hui. D'ailleurs, je suis sûr que vous aviez également votre panthéon.

HSM : Bien sûr. Pendant que vous frémissiez aux exploits de Parsifal, nous étions élevés dans la célébration des figures de Roland de Roncevaux ou de Jeanne d'Arc. Tout peuple a besoin de mythes fondateurs, à l'instar de chacun d'entre nous : ces modèles nous aident à nous dépasser.

Sourd à la musique, je vivais dans l'Histoire et dans la littérature héroïque. Je me suis construit en admirant des personnalités en apparence contradictoires, sauf pour mon esprit d'adolescent. Il y eut d'abord les protagonistes de la Révolution, aussi bien les martyrs chouans, Charette et Cadoudal, que les sabreurs de la Révolution et de l'Empire, Kléber et Hoche. Puis les héros de l'épopée coloniale : Lyautey à la conquête du Maroc, Charles de Foucauld dans son erg du Sahara... Enfin je découvris les grands aviateurs. Personne ne peut plus s'imaginer ce qu'ils représentaient pour nous, petits garçons de l'entre-deux-guerres : peut-être une image de l'absolu. Je m'endormais sur la photo de Guynemer, maigre et timide dans son habit de héros de la Grande Guerre, disparu « *en plein ciel de gloire* ». J'avais été frappé par sa devise : « *faire face* », et par son humilité. Rendez-vous compte : j'avais dix ans et, au même moment, à trois heures de chemin de fer de la maison, à Toulouse, Latécoère développait « la Ligne » : Barcelone, le Maroc, Dakar, l'Atlantique, Buenos Aires, Santiago du Chili... L'aventure était magique et effroyable à la fois : chaque mois, un pilote sombrait en mer ou s'écrasait avec son appareil contre une paroi enneigée. J'ai lu les livres enchanteurs de Saint- Exupéry, *Courrier Sud* ou *Terre des hommes*, j'ai dévoré les articles sur la mort de Mermoz, « l'ange blond » J'étais attiré par les héros solitaires chevaleresques qui donnaient leur vie pour autrui. Ces figures aventureuses tranchaient avec l'austérité de l'école et le calme de la rue de la Verrerie. Elles étaient une fenêtre ouverte sur le monde.

Qu'on se représente une existence sans télévision ! Les livres étaient alors mes amis les plus chers et les plus fidèles. Dans la bibliothèque de mon père, je parcourais du doigt les volumes de cuir rouge ou brun, comme on caresse des trésors. J'ai sculpté ce que François Jacob a appelé « *ma statue intérieure* » dans les romans de London, Conrad et Stevenson. J'ai rêvé dans les grands volumes reliés de *L'Illustration*... Que d'émotions ! Je sortais transi de certaines lectures. J'ai frissonné devant la gandoura rouge de Bournazel[1]. J'ai pleuré au récit du courage inhumain de Guillaumet, l'homme aux trois

1. Figure légendaire des spahis, le capitaine Henry de Bournazel était surnommé « l'homme rouge » car il ne quittait jamais sa vareuse. La rumeur le disait protégé par la baraka ; les balles semblaient l'éviter. Il est mort à la tête de ses goums en 1933.

cent trente-neuf traversées Buenos Aires-Santiago, qui réussit à rejoindre la ville, à pied, alors que tout le monde le croit perdu dans la Cordillère des Andes... Je me souviens presque par cœur des phrases confiées par Guillaumet à Saint-Exupéry, le visage presque blet après son calvaire dans la neige et sa marche au-delà du courage : « *Ma femme, si elle croit que je vis, croit que je marche. Les camarades croient que je marche. Ils ont confiance en moi. Et je suis un salaud si je ne marche pas.* » Je ne savais pas encore que, dix ans plus tard, j'aurais à me répéter à peu près les mêmes mots, en déportation, en pensant à mes parents...

De manière plus prosaïque, mais tout aussi enchantée, le cinéma venait aussi à l'appui de notre imaginaire. Nous y allions une fois par an, deux tout au plus, jusqu'au début de l'Occupation. Je me souviens d'Erich von Stroheim et de Pierre Fresnay dans *La Grande Illusion*[1] ou du film *Les Inconnus dans la maison*[2], avec Raimu. Comme tous les adolescents, j'étais amoureux de Danielle Darrieux : j'étais ébloui par sa présence dans *Battement de cœur*[3]. Pour les adolescents que nous étions, sevrés de fantaisie, le cinéma était un rêve éveillé.

AK : J'ai vu de nombreux films français avant et pendant la guerre. Et notamment ceux de Danielle Darrieux, pour laquelle j'ai partagé votre passion. Je me souviens encore de son interprétation dans *Premier Rendez-vous*[4]. Quelle actrice magnifique ! Je ne me souviens pas avoir vu La Grande Illusion avant-guerre –

1. Film de Jean Renoir sorti en 1937.
2. Film d'Henri Decoin, sur un scénario d'Henri-Georges Clouzot, sorti en 1942.
3. Film d'Henri Decoin sorti en 1939.
4. Film d'Henri Decoin, sorti en 1941, dont la chanson a fait le tour du monde.

peut-être était-il interdit ? –, mais il existait en Allemagne d'autres films magnifiques sur la Première Guerre mondiale, les tranchées, Verdun : *Quatre de l'infanterie*[1], de G. W. Pabst, ou *L'Aube*, de Gustav Ucicky[2]. Au cinéma, je raffolais surtout des actualités, qui précédaient chaque projection. Il faut se souvenir que ces images étaient, pour nous, une des rares sources d'information, bien plus vivantes que les journaux, alors austères et contrôlés par le pouvoir.

HSM : Ce sont des émotions qui ont disparu de la conscience collective. Dans le monde des années 1930, ces séquences étaient impressionnantes. Je vois encore les images sur grand écran du congrès nazi de Nuremberg, et la voix inimitable des commentateurs de la Gaumont. J'avais été frappé par les visages de cette jeunesse, leur énergie, torse nu, pelle sur l'épaule. Comment ne pas ressentir un mélange de crainte et d'admiration devant cette puissance inexorable affichée par l'Allemagne ?

---

1. Sorti en 1930, le film, d'inspiration pacifiste, fut interdit par la censure à partir de 1939.

2. Sorti en 1939. Ucicky, un des piliers du cinéma du IIIe Reich, consacra également un film à Jeanne d'Arc.

Le collège

HSM : J'ai passé huit ans chez les jésuites, au collège Tivoli de Bordeaux puis en préparation à Saint-Cyr, à Sainte-Geneviève de Versailles, que tout le monde appelait « Ginette ». Ma scolarité ne m'a laissé aucun bon souvenir. Chaque rentrée scolaire sonnait, fin septembre, le glas du bonheur. Ces impressions mitigées ne viennent pas de la vie qu'on nous faisait mener au collège – bien que le règlement ait été implacable. Je garde surtout des sensations intérieures faites de fadeur et de déception. J'ai été un écolier laborieux. Les leçons se dérobaient à moi. La mémoire me faisait défaut. Je n'avais pas l'esprit de géométrie, et aucune habileté dans le maniement des chiffres. Je n'étais même pas un cancre. Juste un mauvais élève qui devait travailler longtemps pour arriver à peu de choses. Mon père n'aurait pas supporté que je lâche prise. Alors je m'accrochais à mon pupitre. J'enviais mes camarades à qui tout souriait. Ils semblaient habités par la grâce. La guerre me donnerait l'occasion de rééquilibrer les choses. Peut-être ne me serais-je pas englouti avec passion dans la Résistance si je n'avais pas eu une forme de revanche à prendre.

AK : Nous étions cinq frères, et nous avons tous été envoyés à l'Aloisius Kolleg (Saint-Louis-de-Gonzague), collège jésuite de Bad Godesberg, une petite ville au bord du Rhin, près de Bonn. L'endroit surplombait le fleuve. L'établissement venait d'être rouvert après des années de proscription : vers 1871, les jésuites avaient fait les frais de la politique anticléricale de Bismarck et avaient émigré en Hollande. Cinquante ans plus tard, une riche catholique rhénane leur avait confié le château de ses ancêtres. Les jésuites l'avaient transformé en collège, très moderne pour l'époque, avec une salle de gymnastique et des terrains de sport dans le parc immense.

HSM : Vous semblez avoir été heureux chez les jésuites.

AK : J'ai détesté le collège autant que vous, parce qu'il signifiait le départ de chez mes parents, l'abolition de cette liberté qui présidait à mes vacances. À partir de 1936, j'ai été pensionnaire comme mes frères, durant de longs mois sans congés, et les trajets vers Bad Godesberg étaient pénibles. Mon frère Erbo, le plus turbulent d'entre nous, avait pris l'habitude de cracher sur le quai de la gare où nous attendaient les pères jésuites, pour bien signifier sa révolte.

Au collège, les fils du soldat Loyola[1] nous donnaient un avant-goût de la vie militaire. Le lever avait lieu à 6 heures. Les matins d'hiver, il y avait de la glace dans nos lavabos. Les couloirs n'étaient jamais chauffés, évidemment. Il y avait messe tous les jours à 6 heures 30, petit-déjeuner puis étude, dans un silence total qui se

1. Aristocrate basque, Ignace de Loyola se convertit à trente ans et fonda la Compagnie de Jésus en 1537.

prolongeait à table. Nous ne pouvions pas parler entre nous. Pendant le repas, nous devions écouter sans un murmure la lecture de la vie d'un saint. La classe commençait à 8 heures. L'après-midi était souvent consacré au sport. Extinction des feux à 21 heures, dans des dortoirs de soixante lits. Notre vie comportait peu d'imprévus. Nous n'étions pas autorisés à sortir le soir ou le week-end, hormis un après-midi par trimestre, entre la grand-messe et les vêpres. Nous sortions en rang, sous la conduite d'un prêtre, et dans les rues nous avions interdiction formelle de regarder les filles ou les vitrines des magasins, en particulier celle du kiosque où il y avait en devanture des photos que les pères jugeaient licencieuses.

Heureusement, nous étions jeunes, robustes et dotés d'un inébranlable humour de collégiens qui nous faisait oublier les rigueurs de notre existence. Dans les dortoirs où l'on nous entassait, il y avait toujours un père qui nous surveillait et passait entre les rangs. On l'entendait de loin, parce qu'il portait des souliers dont les semelles grinçaient sur le dallage. Un proverbe allemand dit que quand des chaussures font du bruit, c'est que leur propriétaire n'a pas payé la note de son cordonnier. Ce simple détail nous distrayait et nous faisait oublier notre réclusion. La moindre occasion était bonne pour nous évader par la pensée. À la veille de la guerre, je me souviens avoir entendu au-dessus du collège le vrombissement du Messerschmitt d'Erbo, qui s'entraînait dans la région et revenait narguer ceux avec qui il s'était tant affronté. J'abandonnais l'étude quelques instants pour rêver à cette liberté chèrement acquise par mon frère.

HSM : Beaucoup d'hommes de notre génération ont été marqués par la forte personnalité des jésuites qui nous encadraient. C'était des hommes de foi et des pédagogues exceptionnels. Leur enseignement ne s'arrêtait pas sitôt que sonnait la cloche de la fin du cours. La vigueur de leurs convictions nous impressionnait et nous a marqués au fer rouge.

AK : Parmi ces prêtres, deux se sont beaucoup occupés de moi. L'un était le recteur du collège, le père Rodewyk. Un homme très droit, impressionnant par sa stature. J'avais une sorte de dévotion pour cet ancien officier de la guerre de 1914 parce qu'au collège, on racontait qu'il avait repoussé trois attaques anglaises au moyen d'une simple mitrailleuse. Il était donc à la fois l'image du prêtre et du héros. Le deuxième jésuite qui m'a marqué était tout à fait son contraire. Il se nommait le père Becher, un homme extrêmement fin, spirituel, avec de petites lunettes et un crâne dégarni. Il était mon professeur d'allemand, et pendant la guerre, j'ai tenu à le revoir. Il vivait clandestinement à Munich depuis que les jésuites avaient été proscrits par les nazis. Je suis allé lui rendre visite en 1942, juste avant ma grande blessure sur le front russe, en revenant d'une permission chez mes parents. Je voulais lui témoigner ma reconnaissance : c'était l'homme qui m'avait donné confiance en moi, qui m'avait révélé à moi-même en encourageant, par exemple, mon goût pour l'écriture.

Je pourrais encore dresser le portrait du préfet général, le père Strasser, qui dirigeait l'internat. Son surnom, chez les élèves, était Walli. Je revois encore son regard bleu pâle, un peu distant mais d'une grande humanité. Lui aussi nous impressionnait parce que nous savions qu'il avait été officier pendant la Première Guerre mondiale. Avant de mourir au combat, mon frère Erbo, dont j'ai dit combien il avait été rebelle au moule jésuite, a écrit une de ses dernières lettres au père Strasser, preuve que, malgré les crachats sur le quai de la gare, cet homme avait compté pour lui.

HSM : L'adolescence est un temps d'incertitude durant lequel une rencontre peut changer toute une vie. À Tivoli, sous l'influence d'un de nos professeurs qui prêchait la collaboration, deux de mes camarades se sont engagés dans la LVF[1] et sont morts dans les plaines de Russie. D'autres, subissant l'ascendant d'un de nos aînés, partirent pour le Service du travail obligatoire parce que, disait-il d'une voix qui en imposait, il fallait être solidaire de la classe ouvrière, la première touchée par cette mesure. Depuis, je me méfie des maîtres à penser.

Cependant, à Sainte-Geneviève, un homme m'a beaucoup marqué. Il se nommait le père de Geuser ; avec cet esprit potache que vous évoquiez tout à l'heure, nous l'appelions « le gueux ». Amputé des deux jambes lors de la guerre de 1914-1918, il marchait avec deux pilons et deux cannes. Crâne rasé et visage d'ascète, « le gueux » incarnait l'homme d'Évangile et l'homme de guerre. J'étais impressionné par son courage et son héroïsme quotidiens. J'entends encore, dans les couloirs sombres de l'école, le bruit de ses cannes et de ses pilons. Et surtout, je revois l'écriture du père de Geuser, difficilement lisible, faite de signes qui trahissaient son extrême fatigue. Quand je me suis retrouvé dans une cellule de la Santé, en 1961, sur la première lettre que m'a apportée mon geôlier, j'ai reconnu l'écriture épuisée du père de Geuser. « *J'étais en prison et vous m'avez visité.* » Lui n'avait pas oublié...

---

1. Créée en 1941, la Légion des volontaires français contre le bolchevisme rassemblait les soldats français qui combattaient sous l'uniforme nazi. Dissoute en 1944, la LVF fut remplacée par la Division Charlemagne, qui regroupa jusqu'à sept mille hommes.

AK : Avec ces prêtres, nous avions des discussions parfois très poussées sur la foi, par exemple, et certaines ont pu avoir une influence sur notre personnalité et sur notre avenir.

HSM : Pour l'adolescent que j'étais, la foi n'était pas une aventure intellectuelle faite de conversations philosophiques. J'étais avant tout romantique, et je concevais la religion comme un élan, un ensemble de sensations et de croyances. Jamais je n'ai eu de discussion théologique avec mes maîtres d'alors. D'ailleurs, dans ma vie, j'ai davantage été entraîné par l'exemple d'hommes et de femmes que par leurs raisonnements.

Depuis Tivoli, bien des événements m'ont modelé, dérouté. Il m'est devenu difficile de parler de la foi de mon jeune âge parce que je risque d'y mêler des sentiments ultérieurs. Ma fragile construction intérieure s'est effondrée à Buchenwald, sous le coup de la violence et de l'absurde. J'ai tenté ensuite de la reconstituer, comme un puzzle dont il manquerait encore des pièces. La foi de mes quinze ans a été recouverte par de nombreux sédiments qui se superposent sans se mélanger : les messes d'été à Campsegret, les prières de colère dans l'enfer des sous-hommes, les *Pater* et les *Ave* qui accompagnaient les funérailles de mes légionnaires en Indochine, sous le regard impassible des bouddhistes, le grand silence habité du Sahara dans lequel montaient les mélopées des musulmans en prière.

La foi de mon adolescence était un roc, cimenté par mon éducation et mon caractère. J'étais habité par ce goût propre à la jeunesse qui la pousse vers le désintéressement et l'absolu, avec une prédilection pour le père de Foucauld. Mais je me souviens également avec une précision étonnante avoir été, dès l'âge de quatre ou cinq ans, assailli par les grandes questions métaphysiques : quel est le sens de l'univers ? Dieu existe-t-il vraiment ? Qu'y a-t-il après la mort ? Ces mystères m'ont accompagné tout au long de ma vie. Mais aujourd'hui, les réponses évidentes que je formulais adolescent n'arrivent plus aussi nettes à mon esprit. La lecture des Écritures, la fréquentation des monastères ne rassasient plus mes inquiétudes. Je retrouve cette exigence qui m'habitait chez mes petits-enfants. À quatre ans, une question vous habite tout entier. C'est une affaire proprement vitale. Les grands mystiques passent toute leur vie à retrouver cette fraîcheur de l'enfance qui ne calcule rien.

Lorsque j'étais jeune, Dieu était pour moi une réponse. Avec les épreuves et l'âge, il est devenu une question. Ou plutôt des questions innombrables et lancinantes. Ce qui est vrai aujourd'hui ne le sera peut-être plus demain. Le doute habite mes dernières pensées. Le philosophe Alain disait avec ironie que, chez les catholiques, la pensée était le plus court chemin entre deux citations. Alors ne le décevons pas. Péguy a dit : *« Je crois croire »*, et Bernanos définissait la foi comme une heure de certitude pour vingt-trois heures de doute. Je m'inscris dans cette trajectoire-là.

AK : J'ai toujours gardé la foi. Pour moi, Dieu est omniprésent, depuis l'oiseau que je vois voler de ma fenêtre jusqu'à une belle messe de minuit. Pendant la guerre, cette certitude chevillée au plus profond de mon être a été une extraordinaire carapace. J'ai toujours su qu'un Dieu qui m'aimait personnellement me protégeait. Depuis mon enfance, je prie comme on dialogue. Longuement si j'ai le temps, plus brièvement si je suis pressé. Les Allemands connaissent cette prière qu'ils nomment Stoss Gebet, littéralement : la prière vite dite ; en particulier les soldats, qui la récitent avant une attaque, comme un viatique. En écoutant vos interrogations, je songe que ma foi n'est peut-être pas assez poussée ; par paresse ou par crainte, j'en esquive tout approfondissement philosophique. Mais je suis convaincu qu'après la mort, la vie terrestre terminée, nous irons près de Dieu dans le monde promis par le Christ.

HSM : Cette certitude doit être une grande force. Vous pensez que dans l'au-delà vous retrouverez le Christ entouré des morts ?

AK : Je l'espère. Et je crois aussi aux liens surnaturels qui unissent les hommes sur terre et dans le ciel. C'est pourquoi je me rends chaque année à la messe en mémoire de Maximilien Kolbe[1]. Cette figure de courage et de sainteté, martyrisée par mes compatriotes, m'accompagne dans ma vie de chrétien.

HSM : Et le Mal ? Comme moi, vous l'avez connu, vous l'avez peut-être fait, comme moi aussi je l'ai commis. Vous et moi, nous avons tué d'autres hommes. Nous avons marché sur les champs de bataille, nous avons vu des cadavres aux viscères ouverts, des hommes sans jambes parce qu'ils avaient sauté sur une mine, pour un simple pas de trop. Qui peut dormir tranquille ensuite ? Même dans la paix, la présence d'un être écrasé par le malheur, un enfant infirme ou condamné par la maladie, est-ce compatible avec l'existence d'un Dieu d'amour ?

AK : Ces drames me heurtent autant que vous, bien sûr, mais ne remettent pas en cause l'existence d'un

---

1. Franciscain polonais arrêté par la Gestapo en 1941 et envoyé à Auschwitz. À la suite d'une évasion, dix hommes furent condamnés à mourir de faim. Kolbe s'offrit pour remplacer un père de famille. Sa cellule est aujourd'hui fleurie dans le bunker du camp. Il a été canonisé par l'Église catholique.

Dieu qui laisse à l'homme, et probablement à la nature, la possibilité du Mal. Cela étant, l'existence du Mal reste un mystère effrayant.

HSM : Notre échange aurait fait les délices des pères de Tivoli. Plus prosaïquement, ces collèges étaient aussi un grand filet où, à cette époque, les jésuites essayaient de garder les meilleurs. C'était fait intelligemment ! Ils repéraient les garçons désireux d'être prêtres, à condition que ceux-ci aient une forte personnalité, car les jésuites avaient une haute opinion d'eux-mêmes. Ils étaient un corps d'élite, à l'origine au service du pape, et ils avaient l'ambition de perpétuer cette situation en recrutant dans ce vivier exceptionnel les meilleurs éléments. Bien entendu, il n'y avait pas de vocation « forcée », seulement un milieu porteur.

AK : En Allemagne, l'esprit était similaire. À l'Aloisius Kolleg, j'avais un camarade qui s'appelait Paul Adenauer. Il était le troisième fils de l'ancien maire de Cologne, Konrad Adenauer[1], que les nazis avaient écarté dès leur arrivée au pouvoir et qui sera le grand chancelier allemand de l'après-guerre. Paul est aujourd'hui prêtre, et le bras droit de l'archevêque de Cologne, le cardinal Meissner.

Sur le plan religieux, la grande différence entre la France et l'Allemagne, à cette époque, est creusée par le nazisme. Sitôt arrivé au pouvoir, en juillet 1933, Hitler a signé un concordat avec le Vatican pour rassurer les catholiques et s'offrir une respectabilité internationale. Il promettait d'assurer l'entretien des édifices re-

---

1. Élu maire de Cologne en 1917, Konrad Adenaueur est la grande figure de la démocratie chrétienne allemande. Il s'opposa aux nazis. Destitué en 1933, arrêté en 1934 puis en 1944 par le régime hitlérien, il devient chancelier fédéral de RFA de 1949 à 1963.

ligieux et les revenus des clercs, ce qui apparut comme une grande victoire de l'Église sur le nouveau chancelier. Autour de nous, on entendait qu'Hitler avait reçu une éducation catholique, que sa mère était très pieuse.

Mais les chrétiens déchantèrent rapidement. Les prêtres furent considérés par les nazis comme les concurrents d'un système qui incitait les jeunes à entrer dans la *Hitlerjugend* plutôt que chez les scouts et les mouvements de jeunesse catholiques. Notre génération fut soumise à une propagande qui exaltait la force, l'héroïsme, le sacrifice des aryens. Dans ce contexte, le prêtre, et son message des béatitudes[1], était considéré comme un homme inutile et pernicieux pour le moral d'une Allemagne nazie qui n'avait que faire de ces bons sentiments.

Pourtant, d'une manière paradoxale, la vie au collège, par sa rigueur et sa discipline, nous préparait à la vie militaire prônée par l'hitlérisme. Le corps enseignant nous encourageait dans cette voie « vert-de-gris ». À Wittlich, quand j'étais enfant, notre instituteur, M. Kramer, qui était un ancien engagé volontaire, parlait déjà du diktat inacceptable de 1918, qu'il faudrait un jour effacer. À Bad Godesberg, j'avais un professeur de latin grec, M. Hopmann, qui avait été aussi officier de la Première Guerre mondiale et nous poussait à choisir cette noble carrière des armes, en nous citant les vers d'Horace : « *Dulce et decorum est pro patria mori* » (« Il est doux et beau de mourir pour la patrie »). En ce temps-là, la société entière était tournée vers l'idée de patrie et les sacrifices qu'elle demandait. Sept de mes camarades ont été tués à la guerre. Quand je feuillette l'annuaire des anciens, je revois Karl von Westerholt, mon cousin

1. Prédiction de Jésus-Christ, rapportée dans l'Évangile de Saint Matthieu, où il est dit : « *Heureux les doux car ils posséderont la terre. Heureux les affamés et assoiffés de la justice car ils seront rassasiés.* »

tué en Russie dès l'été 1941, Wilhelm von Spee, lieutenant de cavalerie disparu à l'est pendant le terrible hiver 1942, Moritz zu Oettingen, commandant une compagnie de *Panzergrenadiers*, disparu en 1944 en Roumanie... Ce n'est plus un tableau d'honneur, c'est une hécatombe.

HSM : À l'époque, l'état d'esprit du clergé qui nous encadrait et l'idéal militaire étaient proches. Nous avons connu « *l'alliance du sabre et du goupillon* ». Beaucoup de jésuites étaient issus de ces familles qui donnaient alternativement des prêtres et des officiers à la nation. Ce qui put provoquer de véritables drames quand, vers 1901, l'armée fut chargée par le gouvernement de fermer des églises et d'expulser les congrégations. Nombre d'officiers refusèrent d'obéir ou donnèrent leur démission.

La plupart de nos professeurs avaient fait la guerre. L'éducation qu'ils délivraient était nourrie par cette expérience. Donner sa vie pour la patrie était une obligation qui ne souffrait aucune discussion. Nous étions tendus vers l'héroïsme, prêts à revêtir l'uniforme. Pour ma part, à Tivoli, je côtoyais des garçons comme Jacques de Barry, qui sera nommé général, Pierre Dabezies, qui sera parachutiste et ambassadeur au Gabon, mon camarade Régis de Vandières, ou encore le Bordelais Claude Béreau-Sudreau, qui sera tué au Tonkin.

L'ombre des tranchées

HSM : Étrangement, la guerre de 1914 fut à la fois la grande affaire et le secret le plus tenace de ma jeunesse. C'était comme une ombre portée, toujours présente et insaisissable.

AK : Mon père en parlait très peu. Il n'a consenti qu'une seule fois à nous raconter ses états de service et sa captivité, et encore, à mots comptés. Si les anciens combattants se muraient dans le silence, la guerre continuait à hanter mon pays de mille autres manières. Le frère de ma mère, Fritz Leo Schorlemer, avait été tué en 1915 en Pologne. Son corps avait été rapatrié à Lieser, où il reposait dans le caveau familial. Chacun de nos séjours était l'occasion d'aller nous recueillir sur sa tombe. À sa mémoire, ma grand-mère avait fait baptiser une vigne de Lieser « la vigne du héros », et nous buvions du riesling en son honneur.

Par ailleurs, mon père entretenait une abondante correspondance avec ses anciens camarades, officiers ou diplomates, qu'il avait connus avant 1914. La guerre y était ressassée, jusqu'au traité de Versailles, unanimement rejeté par les Allemands, du hobereau le plus traditionnel au militant spartakiste[1]. Cet état d'esprit ne favorisait pas une guérison des blessures. Pourtant, je me souviens que mon père et son beau-frère, August Schorlemer, se rendirent par deux fois à Verdun, dix ans après la guerre, pour se recueillir sur ce sol où reposent des milliers de leurs compatriotes. Ils avaient rencontré des officiers français. Comment s'était passée leur discussion ? Mon père n'en a rien dit. De ma mère, j'ai appris bien plus tard que les relations avaient été polies mais froides. En tout cas, cela n'avait rien à voir avec les cérémonies officielles de réconciliation qui seront organisées dans les années 1950 pour clore le sanglant chapitre de la Seconde Guerre mondiale.

Quand j'y songe, la guerre de 1914-1918 a surtout été présente dans mon adolescence par le truchement des livres. J'ai dévoré tous ceux qui portaient sur les tranchées, la bataille de Verdun, la boucherie et l'héroïsme des soldats... J'ai découvert les livres d'Ernst Jünger[2], *La Guerre, notre mère* ou *Le Boqueteau 125*, et j'ai bien dû lire deux fois *Orage d'acier*. Et d'autres encore : le fameux *À l'ouest, rien de nouveau*, d'Erich Maria Remarque[3]... et puis les

---

1. Les spartakistes sont un mouvement résolument révolutionnaire, créé en 1916 par Rosa Luxemburg et Karl Liebknecht, qui tenta, en janvier 1919, d'instaurer un régime marxiste-léniniste en Allemagne.

2. Écrivain allemand, engagé un temps dans la Légion étrangère. Dans les tranchées, Jünger reçut une quinzaine de blessures graves et conquit un statut de héros, lieutenant le plus décoré d'Allemagne. Il publia *Orage d'acier* en 1920, qui le fit connaître dans toute l'Europe.

3. « *Il est tombé en octobre 1918, un jour où tout était si tranquille et calme sur le front que le rapport de l'état-major tenait en une phrase, à l'ouest rien de nouveau.* » Telle est la dernière phrase du livre de Remarque, publié en 1929, qui fut un succès sans précédent : huit imprimeries tournaient à plein régime pour fournir les librairies. Lors de la première, à Berlin, du film qui en fut tiré l'année suivante, Goering et ses hommes interrompirent la projection en déversant des souris blanches dans la salle. En mai 1933, les livres de Remarque furent brûlés en autodafé par les nazis.

livres de Werner Beumelburg, l'historien de la Première Guerre mondiale, comme *Douaumont*, *les Flandres*…

HSM : Mon père, qui avait été un combattant de Verdun, n'en parlait pas davantage. Pour avoir connu la guerre à mon tour, je comprends ce silence. Lorsqu'un homme a connu la proximité de la mort, il peut seulement évoquer ce drame en compagnie de ceux qui ont partagé ses souffrances. La guerre n'est pas racontable. 1914-1918 fut un conflit hors du commun par sa longueur, l'intensité de ses combats et la saignée de ses morts. Dans les années 1920, les familles françaises pansaient leurs plaies et pleuraient les absents. Vous évoquez votre oncle, tombé sur le front de l'Est. Je vous comprends. Mon imagination d'adolescent fut marquée par le sacrifice de mes oncles Ruellan : sur dix garçons mobilisés, six tombèrent au champ d'honneur et deux moururent des suites de leurs blessures dans l'immédiat après-guerre[1]. On a oublié les conséquences de ce drame sur les mentalités. Dans notre village du Périgord, les stigmates étaient encore visibles dans les fermes abandonnées faute d'hommes, les veuves en noir, les cadres habillés de crêpe au-dessus des cheminées. Les sacrifices de 1914-1918 sont au cœur de notre éducation humaine et politique. La Première Guerre mondiale fut notre matrice commune.

---

1. En 1914, la famille comptait treize enfants. Dix garçons mobilisés, et trois filles qui furent infirmières de guerre. Six frères tombèrent au front : Julius, lieutenant, le 1er octobre 1918 ; André, sergent, le 15 mai 1916 ; Bernard, adjudant-chef dans un corps franc, le 7 février 1915 ; Louis, capitaine, le 22 novembre 1916 ; Henri, brigadier, le 17 février 1916 ; Berchmans, lieutenant, le 31 mai 1918. Deux autres succombèrent à leurs blessures : Xavier, gazé, et Auguste, qui resta paralysé jusqu'à sa mort. Seuls deux fils Ruellan, Charles et Stanislas, survécurent. Et le cousin germain d'Hélie de Saint Marc, Bernard Ruellan, le fils de Louis, fut tué sur la Somme en mai 1940.

L'hécatombe de nos aînés préfigurait notre avenir. Nous grandissions avec un sombre pressentiment...

AK : Je me souviens qu'enfant, je jouais avec des soldats de plomb revêtus d'uniformes allemand, anglais ou français. Je me livrais à des batailles terribles avec des petits canons, qui s'achevaient dans de vraies tueries... Nous n'avions qu'une idée : reconstituer Verdun.

J'ai vécu dans la même atmosphère de commémoration que vous. Mon père était le président de l'association des anciens combattants de Wittlich, qui comptait entre sept et huit mille habitants à l'époque. C'était son seul engagement, la seule occasion où il consentait à sortir sa tenue de général. Lui et ses hommes se réunissaient une fois par mois, mais on ne comptait plus les défilés, les manifestations, les marches, etc.

HSM : À quelle date de l'année l'Allemagne commémorait-elle la guerre de 1914-1918 ? Pas le 11 novembre, tout de même...

AK : Au mois de novembre, il y avait une journée particulière qui honorait la mémoire des soldats morts pour la patrie. Et puis est survenu le nazisme, et le grand jour national est devenu le 30 janvier, date de la prise du pouvoir par Hitler.

HSM : Vos familles s'étaient bâties et avaient prospéré dans une société agricole, traditionnelle et hiérarchisée. Est-ce que chez vous, on avait le sentiment que le monde sorti de 1914-1918 correspondait à un changement de civilisation, au passage d'une ère rurale à une ère urbaine et industrielle ? Vous sentiez-vous déclassés ?

AK : En Allemagne, la République de Weimar ne s'est pas substituée à la monarchie ; elle s'est, en quelque sorte, superposée à l'ordre ancien. L'administration, la diplomatie, les élites, les mariages ou les prises d'intérêts dans les milieux de la haute finance et de la grande industrie restaient soumis aux mêmes règles qu'avant. D'une certaine manière, l'aristocratie tenait toujours les rênes du pays. Franz von Papen, qui était un cousin de ma mère et qui sera le dernier chancelier du Reich avant Hitler, avait épousé une demoiselle Boch, des célèbres usines Villeroy et Boch. Ces alliances ont donné naissance à une société riche et puissante, consciente de sa valeur et qui marquait ses distances avec le peuple.

À ses débuts, Hitler a ménagé l'aristocratie industrielle, les Krupp et autres Thyssen[1]. Mais il se méfiait de l'aristocratie militaire, très influente au sein de la Reichswehr, dont il voulait faire un corps à sa dévotion. Il ne se trompait pas dans sa haine. C'est parmi les officiers issus de la vieille noblesse terrienne – les *Junkers* – que se recrutèrent les premiers résistants allemands au nazisme : Moltke, Treskow, Schulenburg, York, Lehndorff[2]...

Si Hitler a joué avec les élites, il s'en est débarrassé aussi vite. La propagande nazie avait forgé un terme très significatif : la *Volksgemeinschaft*, la communauté

---

1. Sous le nazisme, l'ordre nouveau concentra le pouvoir économique autour de quelques conglomérats, notamment celui de la famille Krupp, dans la sidérurgie et l'armement. Fritz Thyssen rencontra Hitler en 1931 et soutint financièrement son parti, mais il fut interné en camp de concentration.

2. Helmut von Moltke, opposant aux nazis, fut exécuté en 1944 ; chef d'état-major du groupe d'armée Centre, sous les ordres du maréchal von Klugel, Henning von Treskow avait confié à l'un de ses amis, avant de mourir : « *Dieu avait promis qu'il ne détruirait pas Sodome s'il y trouvait seulement dix justes. J'espère que, grâce à nous, Dieu ne détruira pas l'Allemagne...* » ; Fritz von der Schulenburg, quant à lui, aida Claus von Stauffenberg dans son projet manqué d'attentat contre Hitler et dans sa tentative avortée de coup d'État antinazi.

du peuple. La place, dans la société idéale des nazis, dépendait de la « pureté de sang », du travail ou du courage au combat, mais pas du rang de sa naissance. Le thème était populaire.

HSM : En Allemagne comme en France, l'énorme tuerie avait sécrété une génération d'anciens combattants qui a voulu jouer un rôle politique après-guerre. Les slogans étaient : « Plus jamais ça ! » Des affiches proclamaient : « Ils ont des droits sur nous », rappelant aux civils les égards dus aux défenseurs de la patrie. Dans les tranchées, les soldats avaient connu un ordre à part, où la légitimité se gagnait – en partie – au feu. On jugeait un homme à ses citations plus qu'à sa naissance ou à sa fortune. Le brassage de la troupe avait soudé le rémouleur de Ménilmontant et le paysan de Sarlat. Après l'armistice, les poilus assistèrent au rétablissement des frontières sociales. Bien des héros anonymes redevinrent de modestes employés, ouvriers ou paysans. De magnifiques combattants pouvaient être dominés et rabroués par des planqués. C'est le thème du livre de Roger Vercel[1], où un exceptionnel chef de commando du front d'Orient échoue dans son village breton, déclassé et alcoolique. Les valeurs qui l'ont transcendé sont mortes avec la guerre qui les avait engendrées. Dans l'après-guerre, les anciens combattants avançaient en regardant en arrière, comme figés par le drame qu'ils venaient de traverser. Parfois humiliés ou simplement laissés de côté dans une société qui cherchait à oublier, ils rêvaient confusément d'un monde qui remettrait à l'honneur l'autorité, une hiérarchie bâtie sur le courage ou le mérite.

---

1. *Capitaine Conan*, prix Goncourt 1934.

Cette mentalité a été le terreau des ligues. Dans les familles autour de moi, il n'était pas rare que les hommes soient affiliés aux Jeunesses patriotes[1] ou à l'Action française[2]. Mon frère aîné était d'ailleurs proche des Croix-de-Feu[3].

Il est certain que le régime était contesté à cause de ses compromis incessants, son clientélisme, sa corruption. J'ai grandi à l'ombre de mon père, royaliste et conservateur, qui méprisait « la politique ». Mon grand-père maternel, lui, était sénateur de la Gironde. C'était un homme honnête, mais en politique il servait d'abord ses intérêts. Durant sa carrière au palais du Luxembourg, il n'a proposé que deux amendements : le premier pour protéger les vignobles de l'Entre-deux-Mers, où il avait une propriété, et le second sur le commerce des bananes, alors que sa famille possédait une plantation à Madagascar. C'était ça, la IIIe République ! Face à la crise morale et économique des années 1930, le modèle parlementaire paraissait incapable de se soustraire aux petits arrangements, ce que les Italiens ont appelé la *combinazione*.

---

1. La Ligue des jeunesses patriotes fut fondée par le monarchiste Pierre Taittinger, sur un modèle paramilitaire, pour prévenir une révolution communiste et s'engager aux côtés des forces de l'ordre en cas de besoin.

2. Mouvement politique créé en 1905 autour de la doctrine royaliste de Charles Maurras. Ses idées étaient exprimées dans le quotidien *L'Action française*. Puissant entre 1918 et 1940, il fut le plus virulent et le plus violent adversaire de la IIIe République.

3. Organisation d'anciens combattants fondée en 1927, les Croix-de-Feu étaient dotées d'un programme social, national et anticommuniste. Par son poids dans la société française – près d'un million d'adhérents –, ce mouvement joua un grand rôle entre les deux guerres. Son chef, le colonel de la Rocque, fut arrêté par les Allemands en 1943 et mourut en 1946, à son retour de déportation.

AK : Les Croix-de-Feu ne sont pas comparables au mouvement fasciste italien ou national-socialiste en Allemagne. Mais c'était un rassemblement de masse autour d'un chef charismatique, sur un programme critiquant le système parlementaire.

HSM : Comparaison n'est pas raison. Le profil du colonel de La Rocque, leur fondateur montre ce qui distingue les Croix-de-Feu des mouvements fasciste et nazi, qui étaient d'abord révolutionnaires. La Rocque était un officier de l'ancienne France, un conservateur nourri de la doctrine sociale de l'Église. Il ne voulait pas renverser la République mais l'amender, en prônant un dépassement des clivages politiciens gauche-droite par un mélange de social et de mystique nationale. Ses troupes étaient probablement plus radicales que lui. Il faut se replacer dans l'époque. De la droite à la gauche, le bouillonnement des idées était perpétuel. La République apparaissait aux intellectuels comme un pis-aller. Comment dégager un intérêt général qui transcenderait le clientélisme ? C'était une question obsédante. Dans le milieu qui était le mien à Bordeaux, la crise du régime faisait remonter de vieilles haines datant de 1793 ou du comte de Chambord[1]. L'esprit chouan flottait dans les rassemblements organisés par les Croix-de-Feu. L'antiparlementarisme était très bien porté.

1. Prétendant au trône des Bourbon, le comte de Chambord exigea, à la chute du Second Empire, le retour à la souveraineté monarchique et au drapeau blanc au détriment du drapeau tricolore : « *Ma personne n'est rien, mon principe est tout.* »

AK : Cette aversion faillit être fatale à la République le 6 février 1934, lorsque les Croix-de-Feu furent nombreuses à défier le pouvoir, place de la Concorde[1]...

HSM : La Rocque empêcha ses troupes d'investir le Palais-Bourbon, et son souci d'apaisement excita la fureur des autres manifestants. Avec le recul, on peut considérer que le 6 février 1934 fut un tournant décisif. Emportés par la contestation violente de la République, les Croix-de-Feu n'ont pas pris le pouvoir. Alors qu'Hitler, Mussolini et Franco arrivèrent au pouvoir dans les années 1930, La Rocque, à la tête de son mouvement hétéroclite, canalisa d'une certaine manière la protestation et l'antiparlementarisme de droite qui auraient pu nourrir des partis plus radicaux comme le Parti populaire français[2] ou des groupuscules séditieux comme la Cagoule[3]. Il reste que les années 1930 ont ouvert des brèches dans la nation. J'ai vu des Français se sentir étrangers à d'autres Français. J'ai observé le même phénomène dans les années 1956-1958. À chaque fois, le pire est arrivé.

1. L'annonce de la mort d'un escroc d'origine russe, Alexandre Stavisky, le 8 janvier 1934, provoque un scandale considérable. Les radicaux sont suspectés d'avoir monnayé leur protection avant de faire disparaître un témoin encombrant. L'émotion est exploitée par les ligues, qui provoquent des émeutes (quinze morts) et la chute du gouvernement Daladier.

2. Parti politique fondé en 1936 par un ancien ouvrier communiste, Jacques Doriot, et qui deviendra la principale formation collaborationniste pendant l'Occupation.

3. Surnom donné à une organisation clandestine, le Comité secret d'action révolutionnaire, créée en 1936 pour lutter contre le communisme et renverser la République « *par l'action souterraine et une franc-maçonnerie retournée au bénéfice de la nation* ». Elle était organisée en nébuleuses de sociétés secrètes, s'ignorant les unes les autres et obsédées par la trahison. Elle commit des attentats à Paris et plusieurs assassinats politiques.

AK : En Allemagne également, les anciens combattants furent tentés par l'envie de se lancer en politique. Non seulement ils avaient fait la guerre, mais ceux qui s'étaient engagés dans des corps francs[1] avaient le sentiment d'avoir sauvé l'Allemagne d'une dictature communiste. Tous les protagonistes de l'Allemagne de l'entre-deux-guerres, d'Hindenburg à Hitler, sont issus de la guerre. Les slogans politiques aussi. Et pas seulement dans les professions de foi nazies. En août 1930, le puissant parti communiste allemand déclarait que s'il accédait au pouvoir, il tiendrait pour nulles les obligations découlant du diktat de Versailles.

HSM : La tension de la guerre était encore intacte. L'Allemagne était défaite, mais sa menace était toujours présente, alimentée par les souvenirs de 1870 ou 1914. Vous connaissez le mot prêté à Mauriac, à propos de la partition de votre pays : « *J'aime tellement l'Allemagne que je préfère qu'il y en ait deux.* » De même, le peu d'empressement manifesté par François Mitterrand à se réjouir de la réunification ne peut s'expliquer sans cet héritage sanglant. Tous deux se méfiaient de l'Allemagne dès lors qu'elle pouvait être forte. Dans leur esprit, c'était un danger dont il fallait se prémunir. Comme eux, j'ai été élevé dans une grande défiance vis-à-vis de votre pays. À deux reprises, en cinquante ans, Bordeaux avait servi de refuge au gouvernement français sous la menace allemande. La crainte et le mépris se mélangeaient dans notre esprit. Mon père, qui était un homme

1. Les corps francs regroupaient des anciens combattants, des chômeurs et des volontaires anticommunistes. Tous étaient liés par un serment à la personne de leur chef (*Führer*) : l'association se formait autour de lui et disparaissait avec lui. On en compta plus de cent cinquante entre 1918 et 1921. Les gouvernements les utilisaient pour éteindre les foyers de troubles, en appoint de la police et de l'armée. Ils matèrent notamment l'insurrection spartakiste de Berlin.

très courtois, ne parlait jamais que des « Boches ». Lui qui n'aimait pas s'emporter était très sourcilleux sur la question nationale. L'Allemand était l'ennemi. Son patriotisme était sans faille, intégral, viscéral.

AK : En 1922, l'année de notre naissance, Jean Giraudoux écrivait : « *Je lisais chaque jour les journaux allemands dans l'espoir, d'ailleurs toujours déçu, d'y trouver un mot aimable ou juste à l'adresse d'un Français.*[1] » Ce sentiment de défiance aurait pu être amélioré par des échanges plus étroits. Certains amis de mes parents étaient très francophiles. Prenez les Boch, une famille de la Sarre associée économiquement à des Lorrains, les Villeroy. Tous parlaient évidemment français, s'habillaient à Paris chez Schiaparelli[2], roulaient en Delage[3], fiers de cette « touche française » très prisée en Europe. Cela ne les empêchait pas d'être résolument hostiles à la France et à son attitude dans les provinces occupées. Avez-vous jamais effectué un voyage en Allemagne avant la guerre ?

HSM : Non. Cela ne correspondait pas au train de vie que menait ma famille. Notre opinion était influencée par la lecture du journal L'Action française, qui était alors très germanophobe. On y lisait régulièrement des diatribes comme : « *Des lecteurs de* L'Action française, *il n'en est pas un qui ignore ou puisse ignorer que l'ennemi numéro un de leur pays est l'Allemagne.* » Parfois arrivait jusqu'à la maison le récit des rares amis de mes

1. *Siegfried et le Limousin*, Jean Giraudoux, Grasset, 1922.

2. Elsa Schiaparelli fut une figure emblématique de la mode des années 1930, surnommée par sa grande rivale, Coco Chanel, « *l'artiste qui fait des vêtements* ».

3. Voitures de sport réputées pour l'élégance de leur châssis et leurs performances en course (champion du monde des constructeurs en 1928).

parents ayant eu l'occasion de s'y rendre à des fins professionnelles.

AK : Mon premier voyage en France se situe en 1938, à la fin des vacances d'été. Je l'ai effectué en compagnie de ma mère, d'une de ses amies, madame von Schubert, et de son fils Andreas, qui avait mon âge. Karl von Schubert étant un secrétaire d'État, sa famille roulait donc en Mercedes avec chauffeur. Les deux amies avaient décidé de s'offrir une petite escapade à Strasbourg. En une seule journée, parce que la législation nous imposait une modeste attribution en devises de 10 marks : tout juste de quoi avaler un sandwich et visiter un musée.

Nous avons visité la ville, la cathédrale, mangé une glace à la Maison-Rouge et arpenté la *Kageneckstrasse*, la rue Kageneck qui court depuis le pont Kuss jusqu'au faubourg de Saverne. Le climat était tendu. Hitler faisait pression sur l'Europe pour obtenir le rattachement des Sudètes, et le bras de fer avec les démocraties avait commencé. Dans les rues, nous nous sentions importuns, dévisagés par des regards hostiles. Enfin, nous sommes revenus à travers les Vosges, puis par Sarrebruck et Trèves. Au retour, le chauffeur s'est trompé de route. Nous avons été arrêtés, en pleine nuit, par un officier français en tenue de campagne qui s'étonnait de notre présence en ces lieux. Nous avions dû buter sur un des ouvrages de la ligne Maginot[1]. L'atmosphère de guerre ajoutait à sa méfiance. Ma mère et son amie se sont expliquées en français, et l'officier nous a invités très poliment à rebrousser chemin avant que nous retrouvions la route.

---

1. Système fortifié construit entre 1927 et 1936 sur la frontière franco-allemande à l'initiative du ministre de la Guerre, André Maginot. La ligne Maginot fut contournée par la Wehrmacht en mai 1940.

HSM : Était-ce les premiers soldats français que vous voyiez de votre vie ?

AK : Votre question me confirme que l'histoire de l'Allemagne des années 1920 est bien mal connue en France. Votre pays reste très marqué par le souvenir de « l'Occupation allemande ». Sachez que je suis né sous « l'Occupation française ». Les miens ont connu la même humiliation que celle que vous avez subie entre 1940 et 1945, et cette blessure contribua à nourrir l'antagonisme entre nos deux peuples. La Rhénanie fut occupée par les alliés pour garantir l'exécution des traités de paix. Le « bail » était de quinze ans, avec une évacuation progressive prévue à partir de cinq ans, à condition que l'Allemagne donne satisfaction. Mon village de Wittlich fut garnison française à partir de 1918, jusqu'en 1930. Sur la place du marché, les Français avaient hissé un immense drapeau tricolore devant lequel il fallait se découvrir. Pour éviter cette humiliation, mon père ne mettait jamais les pieds en ville, il préférait rester dans sa propriété. C'était sa manière de résister. En allant à l'école, nous passions devant le camp installé à l'entrée de la ville et gardé par deux sentinelles. Les plus audacieux de mes camarades sifflaient le *Deutschlandlied*, qui était bien sûr interdit. Alors nous prenions nos jambes à notre cou devant la réaction des soldats qui, agacés, faisaient mine de braquer leurs fusils sur nous, quand ils ne nous jetaient pas des pierres.

HSM : Quel sentiment vous inspiraient les troupes françaises ?

AK : Le mépris et la peur. Nous ne les appelions jamais que les *Franzmänners*, les « bonshommes français ». Jamais un officier de l'armée d'occupation n'a été reçu à la maison, alors même que nous vivions dans une région ouverte sur la France, où ne pas parler le français était tenu, dans notre milieu, pour un signe d'obscurantisme. À partir de 1920, nous avons subi la présence des soldats sans broncher mais, en privé, mon père maudissait les manœuvres qui détérioraient nos champs de blé. Toutefois, il n'y eut pas, à Wittlich, d'incidents comparables à ceux qui éclatèrent dans d'autres grandes villes, entre des soldats de l'armée d'occupation et la population. L'écrivain Ernst von Salomon a raconté un épisode survenu à Francfort-sur-le-Main en 1920. Un officier français armé d'une cravache s'amusait à faire descendre les passants du trottoir, menaçant les hommes, badinant avec les femmes. Jusqu'à ce qu'un jeune homme refuse ce petit jeu, feignant d'ignorer l'officier qui leva sa cravache sur lui. L'Allemand s'en empara d'un geste et lui cingla la figure. Une bagarre s'ensuivit au terme de laquelle l'officier fut jeté à terre. La troupe intervint et l'incident dégénéra presque en émeute. Nous eûmes vent d'autres altercations. Rien de cela ne survint à Wittlich, simplement un face-à-face silencieux qui dura quinze ans, à peine troublé par l'annonce qu'il existait en Rhénanie quelques esprits francophiles au point de militer pour le séparatisme. Ces mouvements devaient être soutenus par la France mais ne rencontrèrent que peu d'échos en Allemagne.

Quelque chose nous frappait dans l'armée française, c'était le nombre d'Africains dans ses rangs. Mon premier souvenir d'un soldat français à Blumenscheidt remonte à ma rencontre avec un immense Noir. Je le revois surgissant devant moi, alors que je jouais avec insouciance dans un pré, me roulant dans le foin. Pour l'enfant que j'étais, il devait bien mesurer deux mètres dans son grand manteau bleu, avec son fusil surmonté d'une baïonnette qui le rendait plus long encore... Il avait le visage sombre découvrant des dents très blanches. Il riait de mon effroi. La présence de régiments coloniaux sera exploitée par Hitler, qui dira : « Regardez, c'est ça la France, un État mulâtre africano-européen ! » Après notre victoire en 1940, les actualités cinématographiques montraient avec délice les troupes françaises noires capturées. Des tirailleurs dansaient. Et les Allemands trouvaient cela horriblement dégénéré, jugeant la France décadente : ils tenaient là l'explication d'une si rapide défaite.

HSM : La remilitarisation de la Rhénanie, en 1936[1], a donc été pour votre pays un événement important, comparable à l'émotion suscitée en France par la restitution de l'Alsace-Lorraine à la France.

AK : Un souvenir extraordinaire ! Le retour des soldats allemands sur notre sol avait été précédé par un autre événement que l'enfant de huit ans que j'étais se rappelle encore aujourd'hui. En juin 1930, pour s'attirer les bonnes grâces de l'Allemagne, Aristide Briand décida que les troupes françaises quitteraient la Rhénanie. Un jour donc, tous les élèves de la ville furent conduits au stade pour assister à la « fête de la libération ». Au milieu des drapeaux de la République récemment hissés, le bourgmestre, le préfet et d'autres sommités prirent la parole pour immortaliser cette date historique. Il y fut question de fidélité à la patrie, des « *années terribles de la domination étrangère* », de liberté... La foule entonna l'hymne longtemps proscrit, le *Deutschlandlied*. Des gens pleuraient, et je me laissai

1. Le traité de Locarno, signé en 1925 entre les principales puissances européennes, prévoyait la démilitarisation de la Rhénanie. Cette région fut d'abord occupée par les Français, qui l'évacuèrent en 1930. En 1936, le chancelier Adolf Hitler décida sa réoccupation par l'armée allemande.

gagner par l'émotion. Dans le livre d'or de Blumenscheidt, que je possède encore, tous nos hôtes de passage mentionnent l'événement : tel invité évoque sa visite « *au bord du Rhin enfin libre* », tel autre son retour sur cette « *terre toujours allemande* ». Oui, l'occupation par les Français fut pour nous quelque chose comme l'annexion de l'Alsace-Lorraine pour vos compatriotes entre 1870 et 1914, une souffrance et une idée fixe.

La deuxième étape de ce processus psychologique de libération fut l'arrivée des soldats allemands en Rhénanie. Cette violation du traité de Versailles – la plus grave à laquelle Hitler se soit jamais livré à l'époque – s'explique en partie par le contexte politique français : il savait qu'à la veille d'élections législatives, celles qui devaient amener le Front populaire au pouvoir, aucun dirigeant ne prendrait le risque d'une décision ferme. Le 7 mars 1936, il ordonna donc à ses troupes d'entrer en Rhénanie. J'ai encore en mémoire ma joie à l'idée de voir des soldats allemands. Un coup de téléphone d'un ami de mes parents, Wim Spiess, qui était officier de réserve et faisait alors une période, nous avertit que leur arrivée était imminente. Les premiers détachements de la Wehrmacht devaient atteindre Bernkastel dans l'après-midi. Nous nous y rendîmes en sa compagnie. Je revois encore les tout premiers soldats rencontrés à l'entrée de la ville, des braves types couchés dans un pré en train de finir leurs rations de campagne. J'étais fasciné, au point que je me suis approché de l'un d'entre eux pour toucher son uniforme. Il éclata de rire et me lança : « *Mais oui ! Je suis un vrai soldat, en chair et en os.* » Il me permit de toucher son fusil. Puis nous découvrîmes le reste de la troupe. L'ensemble respirait l'énergie et la discipline. Il s'agissait de la toute nouvelle Wehrmacht : la *Reichswehr*, qui était une armée de métier, avait officiellement été dissoute en 1935. La troupe défila devant nous en chantant. Je frissonnai de fierté.

C'est plus tard que nous sûmes qu'Hitler avait, ce jour-là, tenté un incroyable coup de poker. Les armes de nos soldats étaient chargées de munitions d'exercice. Pendant quarante-huit heures, il fut en proie à un état de nervosité extrême et les officiers avaient ordre de se replier à la première réaction française. Elle n'eut pas lieu, comme il l'avait prévu, et notre région redevint allemande à part entière. À Wittlich s'installa un bataillon d'antichar, et notre maison fut à nouveau remplie d'officiers que mon père invitait à la chasse.

Trèves redevint une très grande garnison, avec deux régiments d'infanterie. Lorsque je m'y rendais avec ma mère pour faire des courses, je ne voyais plus les spahis[1], montés sur leurs petits chevaux arabes, sur la *Simeonstrasse*, mais nos troupes. J'étais fier. Je me sentais invulnérable. Quand je croisais un soldat allemand dans la rue, je m'exclamais, tout fier : « *Un soldat allemand, trois Français morts !* » Et ma mère, agacée, me reprenait : « *Ne dis pas de bêtises !* » Comme elle avait raison...

HSM : J'avais quatorze ans, moi aussi, à l'annonce de la réoccupation de la Rhénanie, et si ce fut la joie dans votre famille, dans la mienne c'est l'inquiétude qui prévalut. Mon père était partisan d'une intervention militaire. Je le revois encore, dans la salle à manger familiale, expliquer pourquoi il fallait couper court aux ambitions de « *Monsieur Hitler* », refuser tout compromis : sinon, c'était mettre le doigt dans un engrenage qui, de reculs en compromissions, nous conduirait à la guerre. J'ai encore en tête l'image du geste qu'il traçait dans l'air. Il était sans appel, plein d'une rage triste.

---

1. Corps de cavaliers de l'armée française créé en 1834 en Algérie, avec un recrutement en principe autochtone.

AK : Il avait certainement raison. Si les hommes politiques avaient pensé de la même façon que votre père, beaucoup de souffrances auraient été épargnées à nos deux peuples.

HSM : Mais au contraire, une intervention française n'aurait-elle pas exacerbé le sentiment national ? Ne serait-elle pas passée pour une nouvelle humiliation ?

AK : Mon frère aîné, Clemens, qui se souvient mieux que moi de cette époque, m'a souvent répété que le sentiment qui dominait chez nos compatriotes était l'étonnement devant la passivité de la France. Car nous vivions tous dans la peur d'un pays qui était alors la première puissance militaire du continent. Une nouvelle guerre eût été fatale à une Allemagne encore convalescente. En revanche, la récupération de la Rhénanie sans coup férir eut pour conséquence de redonner confiance à notre pays. Elle permit à Hitler de récidiver en exigeant, et en obtenant, les Sudètes[1] puis la Tchécoslovaquie tout entière.

Après coup, les soldats allemands ont découvert que c'est Maginot qui avait construit les défenses frontalières de la Tchécoslovaquie : ouvrages fortifiés, bunkers, etc. Mon frère, qui était de cette campagne, nous a écrit : « *Heureusement qu'il y a eu les accords de Munich et que nous avons triomphé sans un échange de coups de feu. Sinon nous aurions eu un rude chantier à surmonter.* » Jusqu'alors, nous vivions accablés par l'occupation française, mais surtout par les clauses du traité de Versailles. Les vainqueurs avaient décidé la culpabilité de l'Allemagne dans le déclenchement de la guerre.

---

1. Région de la Bohême majoritairement peuplée d'Allemands et qui fut intégrée à la Tchécoslovaquie lors de la création de ce pays par le traité de Versailles, en 1919.

Mon père, qui avait été aux premières loges à Vienne, estimait cela faux. Son livre de chevet après la guerre était une brochure intitulée *Die Kriegsschuldfrage (la question de la responsabilité de la guerre)*, dans laquelle des universitaires allemands, mais aussi anglais ou américains, tentaient de faire la part des choses. Avec la récupération de la Rhénanie, cette injustice était effacée d'un coup. Hitler y gagna un crédit illimité.

HSM : Votre vocation militaire est-elle née à cette époque ? Quelle fut la part d'influence de votre famille dans ce choix ?

AK : Sur les cinq garçons de la famille Kageneck, quatre ont choisi la carrière militaire. Vous me ferez remarquer qu'entre 1914 et 1945, entre les guerres, les troubles intérieurs de 1919 et plus tard la remilitarisation de la Rhénanie, l'*Anschluss*, l'occupation des Sudètes, tout jeune Allemand était inéluctablement voué à croiser la vie militaire. Mais dans notre famille, le service des armes revêtait un lustre particulier. Nous étions élevés dans l'idée que nous aussi, nous aurions à prendre notre tour. Je n'ai jamais oublié la visite que le maréchal Hindenburg[1] fit à Lieser en 1930. J'ai conservé un cahier de classe où j'ai relaté l'événement. Ma rédaction est sobrement intitulée : *Comment j'ai vu Hindenburg*.

---

1. Paul von Hindenburg fut un personnage considérable pour l'Allemagne de l'entre-deux-guerres. Depuis l'abdication, il était devenu le père du Reich, un recours comparable, peut-être, à ce que fut le maréchal Pétain en France en 1940. Sa haute stature et son visage de grand-père le prédisposaient à ce rôle. Né en 1847, il avait assisté, à Versailles, à la fondation du Reich par Bismarck. En 1914, il était à la retraite depuis trois ans à Hanovre et avait accepté d'être rappelé au commandement du front de l'Est. Dans l'esprit des Allemands, il demeurait le vainqueur de Tannenberg, contre les Russes.

En 1930, alors qu'il était président du Reich, il vint visiter les « terres libérées ». Partout où il passa, de Coblence à Trèves, il fut acclamé par la population. En traversant la vallée de la Moselle, il fit naturellement étape chez ma grand-mère. Hindenburg était un habitué de la maison. Pendant la guerre de 1914-1918, il rendait parfois visite à ma grand-mère, depuis son QG de Bad Kreuznach, dans le Palatinat. Toute la journée, j'avais assisté à un branle-bas de combat. Une heure avant son arrivée, les petits-enfants étaient déjà alignés dans le jardin d'hiver. Quand Hindenburg entra, mon frère aîné, Clemens, cria : *« Monsieur le Président du Reich, notre bien-aimé General-Feldmarschall, hourra ! hourra ! »* Et nous reprîmes tous : *« Hourra ! hourra ! »* Il nous passa en revue et s'installa au salon pour le thé. Plus tard, nous fûmes autorisés à venir le saluer. Je suis entré dans le salon où se tenaient les adultes, complètement paralysés par le trac. Je lui ai tendu la main et il m'a demandé : *« Que veux-tu faire plus tard ? »* Ma mère m'a chuchoté : *« Soldat ! »* J'ai répondu : *« Soldat ! »* Et je l'ai entendu murmurer : *« Bravo ! »* Je ne savais pas qu'un jour, j'aurais à tenir ce serment.

HSM : Ma vocation militaire est née en secret. Mon père ne l'a pas encouragée, au contraire. Il avait en tête la caricature de l'officier des années 1920, « traîneur de sabre », beau parleur, montant à cheval le matin et prenant le thé l'après-midi. L'armée d'après-guerre était sacralisée et intouchable. Les états-majors regorgeaient d'« officiers de cour », passant plus de temps en courbettes et en rapports lénifiants qu'en exercices, couverts de poussière. La lecture d'un livre sur l'aviateur Guynemer a été le détonateur de ma vocation. Dans mon enfance, les joutes aériennes me fascinaient parce qu'elles expriment de courage et de mépris du danger... Elles étaient l'illustration moderne de l'esprit chevaleresque, à l'instar des héros du film de Renoir, *La Grande Illusion* : l'aviateur abattu qui est invité au mess par ses anciens adversaires, avec qui il sabre le champagne avant d'aller rejoindre le camp de prisonniers. Cette nouvelle caste de héros correspondait au goût du dépassement auquel les jeunes gens de ma génération aspiraient. Leurs attitudes étaient comme des traits d'union avec la vieille chevalerie française de Roncevaux et des croisés.

Pourtant, je ne voudrais pas sortir de mon album d'enfance uniquement des images d'Epinal. J'ai déjà évoqué cette gravité, presque cette noirceur qui était la nôtre. Nous nous préparions au sacrifice pour la patrie, à travers les cérémonies au monument aux morts, la prière à la mémoire de nos proches tombés au champ d'honneur. Notre vie sociale en était imprégnée. Nous vivions psychologiquement dans le monde sorti de la guerre. La renaissance allemande était pour nous la chronique d'une catastrophe annoncée. Un avenir sombre se préparait. Cette hypothèse tragique s'est vite installée dans les conversations, et aussi dans les choix de notre entourage : des jeunes gens choisissaient la carrière militaire pour faire un rempart contre l'Allemagne...

AK : Nous n'étions pas animés par un esprit de revanche. Nous aspirions plutôt à une égalité retrouvée. Nous attendions le moment où, grâce à son redressement économique et aux négociations politiques, l'Allemagne serait à nouveau admise dans le concert des nations européennes. Le traité de Versailles restera dans l'Histoire comme une erreur terrible. Humilier les vaincus, les maintenir sous un joug injuste, c'était préparer des lendemains cruels...

HSM : La reconquête des espaces « germaniques », qui tenait une place importante dans la rhétorique hitlérienne, était-elle un sujet important pour vous ?

AK : Nos professeurs nous parlaient souvent des territoires perdus. Il y avait tout un pan de terres allemandes, à l'est, qui avait été attribué à la Pologne : la Posnanie, le corridor de Dantzig, la Haute-Silésie, une partie de la Poméranie. L'horizon de l'Allemagne a toujours été l'est de l'Europe. Hitler, dans *Mein Kampf*, *écrit : « Le peuple allemand n'aura aucun droit à une activité politique coloniale tant qu'il n'aura pu réunir ses propres fils en un seul État. [...] Et si nous parlons aujourd'hui de nouvelles terres en Europe, nous ne saurions penser d'abord qu'à la Russie et aux pays limitrophes qui en dépendent. »*

HSM : L'empire français d'outre-mer était notre part de rêve. Chaque enfant apprenait que, dans ces grandes étendues d'Afrique et d'Asie, la France détenait une part de sa grandeur. Pourtant, mes parents n'avaient pas la mystique coloniale. Cette épopée outre-mer, née avec la IIIe République, était regardée de haut par la bourgeoisie française, alors même qu'elle y avait des intérêts financiers. Elle était laissée aux nouveaux riches et aux aventuriers. Mais les taches roses de l'empire colonial français sur la mappemonde me transportaient. À l'école, j'apprenais que notre présence en Afrique ou en Asie était parsemée de personnages hauts en couleur, qui entreprenaient des expéditions extraordinaires. Faidherbe, Brazza, Charles de Foucauld et Gouraud, ces hommes ont pris très vite une place essentielle parmi mes références, parce qu'ils représentaient ce que la nature humaine produit de meilleur.

Je me souviens de l'affiche de l'Exposition coloniale[1], avec un Vietnamien en chapeau de latanier, un Africain d'ébène, un Touareg dont on ne voyait que les yeux et un Indien au visage brun, sculpté par le soleil… À l'époque, j'avais neuf ans. Plus tard, j'ai lu et relu les numéros de *L'Illustration*, le *Paris-Match* de l'époque, consacrés à l'événement. Des pages entières étaient consacrées à « la plus grande France », ses ponts sur le Mékong, ses hôpitaux de brousse, ses écoles dans les montagnes, ses routes en plein désert. Le rêve colonial associait le patriotisme et un idéal missionnaire, comme si la France apportait la civilisation et l'éducation à des peuples qui en étaient démunis. Je me doutais bien que les choses étaient un peu plus compliquées, mais c'était un élan, un appel à sortir de la grisaille d'une vie sans histoire qui se répéterait à l'infini, dans la monotonie.

Plus tard, en préparation à Saint-Cyr, les œuvres du maréchal Lyautey me devinrent familières[1]. Son rôle de commissaire général au Maroc était célébré. Il avait pacifié le pays sans négliger les populations locales. J'ai lu et relu ses livres, par exemple *Le Rôle colonial de la France*, où il affirme que notre génie national n'est pas destiné à s'imposer ni à se substituer à celui des populations colonisées, mais au contraire à l'enrichir.

Les pages où il explique que la présence française devra un jour s'effacer pour permettre aux pays qui ont été colonisés de trouver leur propre autonomie empor-

1. Organisée en 1931 par le maréchal Lyautey, l'Exposition coloniale a été un événement majeur de l'entre-deux-guerres : trente-quatre millions de billets vendus, reconstitution du temple d'Angkor, prolongement du métro jusqu'à la Porte Dorée, création du zoo de Vincennes, etc.

1. Hubert Lyautey fut l'un des grands maréchaux issus du conflit de 1914-1918. Ministre de la Guerre en 1916-1917, il joua un rôle primordial dans la politique de la France au Maroc. Intitulé *Le rôle social de l'officier*, son article, qui parut dans la *Revue des deux mondes* en 1891, fut capital dans la formation des cadres de l'armée française pendant l'entre-deux-guerres.

taient mon adhésion. En replongeant dans mes lectures de l'époque, pour ce livre, j'ai retrouvé des citations extraordinaires qui ont agi sur moi comme des saveurs d'enfance : elles me restituaient un monde oublié. J'ai noté cette phrase de Lyautey : « *Il est à prévoir et je le crois comme une vérité historique, que dans un temps plus ou moins lointain l'Afrique du Nord, évoluée, civilisée, vivant de sa vie autonome, se détachera de la métropole. Il faut qu'à ce moment-là – et ce doit être le but suprême de notre politique –, cette séparation se fasse sans douleur et que les regards des indigènes continuent toujours à se tourner avec affection vers la France. Il ne faut pas que les peuples africains se retournent contre elle. À ces fins, il faut dès aujourd'hui, notre point de départ, nous faire aimer d'eux.* » Si l'on enlève le lyrisme de l'époque, il reste une vision prophétique de la décolonisation.

DEUXIÈME PARTIE

Entre deux orages

1932. C'est la dernière année avant l'arrivée d'Adolf Hitler au pouvoir. Partout en Europe, les hommes de l'après-guerre s'effacent. En France, André Maginot, le ministre de la Guerre, meurt à la tâche. L'ancien combattant pensait avoir trouvé une parade aux poussées allemandes, cette idée fixe française depuis 1870. Il meurt avant la fin de cette ligne Maginot qui impressionnera, un temps, les soldats allemands. La France organise des obsèques nationales. Comme un symbole, sa dépouille est transportée par train spécial en Lorraine, sa terre natale.

Un autre symbole de l'après-guerre disparaît : Aristide Briand meurt à son tour, après dix-sept mandats de ministre des Affaires étrangères et un prix Nobel de la paix. Il disait : « Tant que je serai à la place où je me trouve, il n'y aura pas de guerre. » *Il rêvait d'une union européenne avant la lettre. Briand enterré, il reste sept ans à peine avant la mobilisation générale.*

Symbole tragique et absurde, le président Doumer est assassiné en pleine rue par un certain Gorgulov. Le forcené se présente comme l'animateur d'un mouvement de résistance au communisme. Doumer est remplacé par un homme vertueux mais sans relief, Albert Lebrun. La valse des ministères continue. Les anciens combattants (plus de cinq millions de personnes) tentent d'être un recours, sans projet politique autre que cette question : « Avons-nous souffert pour rien ? »

Un autre monde perce timidement. Le colonel Charles de Gaulle publie un plaidoyer pour l'utilisation massive des blindés, Le Fil de l'épée, *dont la première édition est imprimée avec cet envoi :* « Cet essai, Monsieur le maréchal Pétain, ne peut-être dédié qu'à vous, car rien ne montre mieux que votre gloire quelle vertu l'action peut tirer des lumières de la pensée. » *Dix ans encore, et personne ne pourra plus comprendre cette phrase.*

En Allemagne, début février, les autorités recensent 6126000 chômeurs. À six reprises, cette année-là, les Allemands sont appelés aux urnes. Hitler parcourt le pays en avion et reçoit un accueil triomphal. Grâce aux reports des voix de la gauche, le vieux maréchal Hindenburg est élu. Il a quatre-vingt-cinq ans et alterne la fermeté – décret-loi interdisant les activités des SA et des SS – et les négociations – libération de plusieurs criminels nazis condamnés à mort.

Au Reichstag, le parlement allemand, les députés hitlériens siègent en uniforme. L'aristocratie et les milieux d'affaires hésitent entre la dictature militaire et la carte nazie. Plusieurs industriels allemands, comme Fritz Thyssen ou de grands banquiers, écrivent à Hindenburg pour soutenir Hitler, rempart contre le bolchevisme. Le vieux maréchal résiste encore. Mais le compte à rebours, désormais, s'égrène en semaines. À la fin de l'année 1932, il suffira de compter en jours.

En Union soviétique, depuis l'expulsion de Léon Trotski, Staline règne en maître sur le pays. Il le fait entrer dans l'économie collectiviste, impose les kolkhozes et une industrialisation à marche forcée. Toute opposition est anéantie, toute nuance idéologique pourchassée jusqu'au cœur même du parti : en octobre 1932, Kamenev et

Zinoviev, anciens compagnons de Lénine, ont été arrêtés. Le « libéral » Kirov sera assassiné avec la complicité de Staline.

La peur des « rouges », la montée des « bruns », le repli du « parti de la paix » derrière ses fortifications... Les années 1930 sont contenues dans ce double mouvement : ici, l'élan et la folie qui se répand ; là, un sentiment de peur et l'impuissance qui gagne.

Très modérément républicains

AK : En remontant le temps, je suis frappé du décalage entre le foisonnement politique des années 1930, où tout se joue et tout se noue, et les échos assourdis qui parvenaient à nos oreilles d'adolescents. Nous vivions dans la bulle de l'enfance. Était-ce également votre cas ? Vos parents avaient-ils des engagements politiques et sociaux ?

HSM : Au sens strict, non. Mon père et ma mère n'étaient pas des militants. Leurs convictions politiques et religieuses étaient affirmées, sans pour autant être engagées. Le patriotisme était un terreau commun, une conviction qui ne se discutait pas. Ensuite, des nuances pouvaient naître.

Ma famille maternelle était républicaine, sans états d'âme. Mon grand-père, sénateur de la Gironde, siégeait dans les rangs du centre droit. Girondin, il l'était dans tous les sens du terme : plutôt du côté des orléanistes, d'une Révolution française modérée ouverte aux idées nouvelles. Il incarnait le milieu bordelais des marchands et des négociants, curieux du monde et de la France d'outre-mer, où ils avaient des intérêts.

Du côté paternel, je l'ai dit, la tradition monarchiste était vivace. Mon père lisait chaque jour *L'Action française*, qu'il appelait ironiquement « *mon poison* » parce que ce journal était à la fois condamné par le pape et par le prétendant au trône de France. Ces convictions n'étaient pas exceptionnelles dans la droite catholique de l'époque. C'était une adhésion instinctive, comme une marque d'appartenance à une caste sociale et intellectuelle. *L'Action française* était aussi une référence obligée chez les du Pavillon, une famille dont nous étions très proches en Périgord. Mon frère aîné avait épousé une des six filles, et l'un des garçons, Adhémar, était mon meilleur ami. Leur grand-mère avait été l'un des principaux soutiens financiers de Charles Maurras dans les années 1920. Et leur mère était une femme passionnée, intransigeante, le verbe cinglant, affichant haut son drapeau.

Mon père regrettait le ralliement de l'Église à la République. Je me souviens de propos que j'ai entendus à l'époque sans les comprendre. Ils disaient que, depuis la Révolution, notre pays était en état de guerre civile, classes contre classes, droite contre gauche. Le régime d'assemblée, avec ses petites combines et ses tractations radicales-socialistes, le hérissait. Selon lui, seule une famille enracinée dans un pays, que l'ensemble des citoyens pourrait considérer comme l'incarnation de la nation, résoudrait ce perpétuel clivage.

AK : Participiez-vous aux discussions politiques ?

HSM : Jamais. Le paysage que je dessine est plutôt une toile de fond, un décor à peine perceptible dans mes souvenirs, mais que je dois peindre avec justesse pour la franchise de nos conversations. Je préférais courir les bois et dévaler les collines à vélo. Le monde politique et les grands développements idéologiques me laissaient indifférent. J'étais davantage un dénicheur de nids d'oiseaux qu'un lecteur de Maurras. J'admirais chez Adhémar du Pavillon l'intelligence, qui était vive, mais surtout son esprit moqueur, paillard, capable de bravade.

AK : Mon père aussi était monarchiste, ne serait-ce que de cœur, parce qu'il avait entretenu des relations privilégiées avec le kaiser et sa famille. Il parlait toujours avec un certain mépris des « *sozis* », les « sociaux-démocrates », qu'il considérait comme la classe qui avait fait la révolution de 1918 et contribué à renverser la monarchie. Mais il avait pris acte de la faillite de la monarchie et savait gré à des hommes comme Friedrich Ebert[1], un bourrelier originaire du pays de Bade, comme lui, d'avoir finalement sauvé la paix civile. Mon père fut effleuré un temps par l'engagement politique. Ses amis officiers, avec qui il était resté en relation, étaient tentés par le parti ouvrier allemand[2]. Mais le mélange de militarisme et d'activisme voyou pratiqué par ce groupuscule lui déplut. Il préféra s'intéresser à un mouvement héritier de cette tradition conservatrice et terrienne qui était la nôtre, le parti national allemand *(Deutsch-National)*, dirigé par un magnat de la presse

1. Figure sociale-démocrate, Friedrich Ebert devint, après la défaite de 1918, chancelier du Reich, puis le premier président de la République de Weimar. Il est mort en fonctions, d'une péritonite.

2. Ce petit parti, fondé par un ouvrier métallurgiste, Anton Drexler, et dont le propagandiste était un caporal d'origine autrichienne, Adolf Hitler, fut noyauté dans les années 1920 par d'anciens cadres de la guerre de 1914, d'anciens officiers des corps francs dont le plus fameux était le général Erich von Ludendorff. En 1925, il devint le NSDAP : parti national-socialiste allemand des travailleurs.

▶ Le père d'Hélie de Saint Marc, bâtonnier de Bordeaux, en vacances en Périgord, où sa famille est installée depuis le XVIe siècle.

▲ La cour de la maison familiale du Fournial, à Campsegret, entre Bergerac et Périgueux. À gauche, les bâtiments de la ferme habitée par la famille Demet, dont le fils Paul fut le compagnon de jeu d'Hélie de Saint Marc.

▶ La mère d'Hélie de Saint Marc, Madeleine Buhan, fille d'un sénateur de la Gironde, avec ses deux premiers enfants à Moulerens, la propriété de ses parents, près de Bordeaux.

▼ C'est sur un vélo semblable qu'Hélie de Saint Marc passa plusieurs dizaines de fois la ligne de démarcation, d'abord par bravade, puis pour le compte de la Résistance.

▶ Le colonel Arnould, chef du réseau Jade-Amicol, et la mère supérieure du couvent qui servait de PC au réseau, le jour où elle fut décorée de la Légion d'honneur à titre militaire.

▼ Le père de Gorostarzu, directeur du collège de Tivoli, qui présenta Hélie de Saint Marc au colonel Arnould en février 1941 et le projeta dans la Résistance.

Le portail de Buchenwald à la libération du camp par les Américains. Arrivé en septembre 1943, Hélie de Saint Marc avait déjà été transféré, en septembre 1944, vers Langenstein. Il est l'un des rares survivants d'un convoi de mille déportés.

entré en politique, Alfred Hugenberg[1]. C'était une formation composée de hobereaux, d'industriels libéraux, soucieux d'ordre. Mon père ne s'y engagea jamais mais le soutint constamment. À chaque élection, et Dieu sait s'il y en eut en ces temps troublés – pas moins de deux élections législatives en 1932, avant qu'Hitler n'accède au poste de chancelier –, mes parents nous emmenaient, après la messe, au bureau de vote. Pendant qu'ils accomplissaient leur devoir d'électeur, nous regardions les affiches représentant les leaders politiques : Hitler, Hindenburg, Thälmann[2], Kahr[3]. À leur sortie de l'isoloir, nous leur posions invariablement la question : « *Pour qui avez-vous voté ?* » Après une légère hésitation, ils répondaient : « *Pour le parti national allemand, évidemment.* »

Ma mère, en revanche, était plus républicaine, ce qui était presque un paradoxe pour une fille de ministre de l'Agriculture du Reich. Mais j'ai dit que la Rhénanie avait subi l'influence de la France. Elle avait été élevée par des nounous françaises dans une famille volontiers tournée outre-Rhin. Elle avait subi l'influence d'un « libéralisme » à la française. Son maître à penser était le

---

1. Responsable des finances de Krupp pendant la guerre de 1914, Alfred Hugenberg fonda le premier groupe de presse et de cinéma sous la République de Weimar. Ses idées nationalistes musclées le rapprochèrent d'Hitler. Il voulut utiliser « *le malheureux peintre autrichien* » et organisa une rencontre entre Hitler et Fritz Thyssen. Débordé par les succès électoraux des nazis, il finit par soutenir Hitler, à contrecœur. La dissolution de son parti fut prononcée par les nazis dès 1933.

2. Ernst Thälmann, chef du parti communiste allemand, admirateur de l'URSS, fut battu à l'élection présidentielle de 1932 par Hindenburg. Arrêté par les nazis en 1933, emprisonné pendant douze ans puis transféré à Buchenwald, en 1943, il fut assassiné à la fin de la guerre.

3. Monarchiste bavarois, chef du gouvernement en 1920, Gustav von Kahr fut assassiné par les nazis durant la Nuit des longs couteaux, en 1934.

philosophe chrétien Romano Guardini[1], dont elle lisait les livres avec passion.

Pour nous, l'Allemagne était un empire sur lequel régnait un souverain provisoirement empêché. Les choses ne pouvaient aller autrement. Mais, à la différence de la France, cette nostalgie n'avait pas cent cinquante ans mais dix ans à peine, et l'horizon de la restauration de l'empereur ne faisait aucun doute. Personne n'aurait voulu servir la République comme nous avions servi Guillaume II. La seule exception était l'oncle August, un frère de ma mère, qui était préfet du canton de Bernkastel, et donc officiellement commis de la République de Weimar. Mais, en privé, il rejetait le régime comme les autres.

HSM : Que reprochaient vos parents à la République ?

AK : D'abord son origine : elle était née en 1918, d'une défaite qui avait renversé la vieille monarchie[2]. La République souffrait aussi de sa faiblesse institutionnelle. Elle ressemblait à votre IIIe République : un gouvernement durait deux ans maximum, parfois quelques semaines. Lorsque le maréchal Hindenburg a été élu président pour la première fois, en 1925, à la suite du socialiste Ebert, mes parents étaient aux anges ! Pour eux, cette élection signifiait le début de

---

1. Prêtre, philosophe et théologien allemand, d'origine italienne et d'inspiration spiritualiste, Romano Guardini influença la jeunesse catholique allemande de 1930 à 1960.

2. Le départ de l'empereur fut un préalable aux négociations d'armistice imposées par l'Américain Wilson. En 1918, le kaiser se réfugia en Hollande, chez le baron Bentinck, mais ses enfants restèrent en Allemagne. Guillaume ii est mort en 1941, alors que la terre qui l'avait accueilli était occupée par les soldats du Reich. Lorsqu'en mai 1940 la reine Wilhelmine s'exila en Angleterre, elle proposa au vieux souverain de se joindre à eux. Il refusa en répondant : « *Je reste parce que ce sont mes soldats qui arrivent.* »

la restauration. D'autant qu'à la différence de la France, l'idée monarchique était toujours incarnée par une famille incontestable.

Mon père possédait un esprit très légaliste. Quoique fervent monarchiste, il n'aurait jamais encouragé un putsch contre le régime. Il pensait que le souverain ne devait pas être imposé par une faction mais être le père de tous. Il y eut une tentative de coup d'État au début de la République de Weimar : en mars 1920, à Berlin, sous l'égide de Wolfgang Kapp[1]. Je ne crois pas que mon père ait jamais soutenu cette initiative, dont le but était d'ailleurs flou. Il était très pénétré du respect du régime établi, pensant que la paix civile primait.

L'un de nos voisins eut une grande influence sur mes parents. Il se nommait Carl von Schubert. Apparenté à la richissime dynastie des Stumm, il possédait une magnifique propriété près de Trèves, Grünhaus, qui donnait un vin aujourd'hui encore très réputé, le Maximin Grünhaus. Ayant choisi la carrière diplomatique, Schubert fut secrétaire d'État auprès du ministre des Affaires étrangères, Gustav Stresemann[2], qui fut avec Briand le grand artisan de la paix en Europe au milieu des années 1920. Il assista Stresemann dans toutes les négociations qui conduisirent les puissances européennes au plan Dawes[3], aux accords de Locarno et à l'entrée

1. Cet ultranationaliste lança son complot avec le soutien de plusieurs brigades de marines. Il échoua piteusement et s'enfuit en Suède.

2. Ancien industriel, Stresemann fonda le Parti du peuple pendant la Première Guerre mondiale. Il s'opposa au traité de Versailles. Chancelier, il jugula la grande inflation. Ministre des Affaires étrangères, il se rapprocha finalement de la France. Prix Nobel de la paix avec Briand, il mourut en 1929, d'une crise d'apoplexie.

3. Imaginé en août 1924, ce plan prévoyait un rééchelonnement de la dette de l'Allemagne et préconisait l'évacuation de la Ruhr par les Français, pour que les réparations dues par l'Allemagne ne se transforment pas en sanctions.

de l'Allemagne dans la Société des nations[1], en 1926. Schubert nous racontait le jeu de son patron, qui essayait de calmer les appétits français en s'appuyant sur les Américains et les Anglais, plus indulgents envers nous : les Anglo-Saxons, plus pragmatiques, voyaient dans l'Allemagne d'abord un grand marché à conquérir. Cet aspect de la politique européenne l'avait beaucoup frappé. Un jour de 1945, je lui rendis visite à Grünhaus. Je le trouvai en compagnie d'officiers britanniques des troupes d'occupation, invités à goûter son vin. Il leva son verre et je l'entends encore prononcer ce toast : « *À la Grande-Bretagne, qui nous a toujours défendus contre les revendications de la France !* »

La lucidité ne lui fit jamais défaut. En mars 1941, alors que j'étais élève officier à Potsdam, je fus invité à me rendre chez lui, à Berlin, dans son appartement de la Kurfürstendamm. Je revois encore son bureau, avec toutes les photos des principaux protagonistes de la vie politique européenne de l'entre-deux-guerres : Chamberlain[2], Benes[3], Briand[4]... C'était le jour où Hitler avait pris la dé-

---

1. Installée à Genève, la Société des nations (SDN) regroupait toutes les nations qui conclurent un pacte : ne jamais déclarer la guerre, avoir recours à la conciliation, œuvrer pour le désarmement, etc. Perçue comme « la Société des vainqueurs », la SDN fut paralysée par la règle de l'unanimité et se contenta d'entériner les coups de forces.

2. Premier ministre anglais en 1937, partisan de l'apaisement avec le IIIe Reich. Remplacé en 1939 par Churchill, il est mort d'un cancer en novembre 1940.

3. Chantre de l'unité des Tchécoslovaques, « *au-delà des lois biologiques et sociologiques* », contre les revendications minoritaires, hongroises et allemandes. Il ne put empêcher les Slovaques de rejoindre les Allemands, en mars 1939. Après la guerre, il dut céder le pouvoir aux communistes, en 1948.

4. Cofondateur, avec Jaurès, du Parti socialiste français, en 1901, Aristide Briand fut l'indéboulonnable ministre des Affaires étrangères des années 1920. Surnommé « *le pèlerin de la paix* », il proposa un marché commun à l'Europe. Il chercha l'entente avec la République de Weimar. Prix Nobel de la paix en 1929, conjointement avec Stresemann.

cision d'envahir la Yougoslavie. « *C'est le début de la fin, me dit cet excellent connaisseur des Balkans. Ce ne sont plus les Anglais qui sont visés, mais l'Union soviétique. Dans quelques mois, nous aurons la guerre contre les Russes, et celle-là, nous ne pourrons pas la gagner…* »

Bien qu'il fût plus libéral que mes parents, ceux-ci l'aimaient beaucoup. Sitôt l'été, il quittait Berlin pour la Moselle, et nous le recevions à Blumensheidt. Ma mère, en particulier, avait une grande affection pour madame von Schubert, une femme aux vues larges, farouchement antinazie. Elle aimait leur compagnie parce que, quand les Schubert étaient là, on parlait politique mais de façon autorisée. Isolés toute l'année dans leur ferme, mes parents étaient heureux d'avoir un commentaire de l'actualité de la bouche d'un homme sensé, ayant accès à des informations de première main.

Le péril rouge

AK : Le communisme s'est véritablement installé en Allemagne à la veille de 1914, sous le nom de groupe Spartakus[1]. Ces militants internationalistes s'opposaient à la guerre, qu'ils considéraient comme une occasion pour les capitalistes de faire du profit dans l'industrie de l'armement sur le dos des masses, utilisées comme « chair à canon ». Les spartakistes tentèrent de profiter de la défaite de l'Allemagne pour prendre le pouvoir, à l'exemple des bolcheviques en 1917. Il s'ensuivit une période de mutineries et de grands troubles orchestrés par un comité d'action révolutionnaire décidé à mettre à bas la jeune république. J'ai raconté que mon père avait été fait prisonnier et envoyé en Angleterre. Il fut libéré à la fin de 1919. Il débarqua d'un bateau en provenance de Portsmouth qui accosta à Brême. La ville était encore peu sûre. Quelques mois plus tôt, pour mater la rébellion des dockers et des ouvriers des arsenaux, le ministre de la

---

1. Le mouvement créé par Karl Liebknecht et Rosa Luxemburg tirait son nom de Spartacus, le gladiateur qui se souleva contre Rome lors de la « guerre des esclaves », en 73 avant Jésus-Christ, et mourut crucifié.

Guerre, Noske, avait été obligé d'appeler les corps francs. La révolte avait été étouffée en deux jours. Mais l'atmosphère restait lourde.

Aidés par des agents venus de Moscou, ceux que l'on appelait les rouges avaient créé un conseil révolutionnaire des ouvriers et des soldats qui s'était chargé du rapatriement des prisonniers : les soldats d'abord, les officiers ensuite. Quant aux généraux... Mon père a passé plusieurs semaines à Brême, interné dans une baraque. Quand, enfin rendu à la vie civile, il prit le train pour Bonn afin de rejoindre sa famille, il dut voyager debout dans le couloir sous les quolibets des soldats avachis dans les compartiments. Il fut très marqué par cette expérience, à bien des égards plus douloureuse que les mois de captivité qu'il venait d'endurer, car il prit soudainement conscience du chaos et du risque que courait l'Allemagne de devenir une république soviétique.

HSM : Les Français ne connaissent pas du tout cette période de l'histoire allemande. Peut-être aveuglés par la victoire de 1918 et par les « années folles » qui ont suivi dans la foulée, ils se sont désintéressés de l'Allemagne. Entre le traité de Versailles et l'avènement d'Hitler, il y a pour eux la République de Weimar, *« la ville de Goethe »*, dont madame de Staël disait que ce n'est pas une petite ville mais un grand château... Vous étiez les vaincus, dotés d'une république incertaine, et les Français attendaient seulement de l'Allemagne de l'argent, en réparation de la guerre. Notre mémoire n'a rien gardé de votre histoire durant les années 1920.

AK : Le danger communiste a été écarté grâce aux sociaux-démocrates. La révolte de Brème avait été réprimée par les corps francs de Gustav Noske. Cet autodidacte aux manières frustes avait connu une vie très rude, comme bûcheron puis garçon boucher, avant de devenir rédacteur dans un journal socialiste. Ses convictions « progressistes » ne l'avaient pas empêché de comprendre vite le danger que courait la liberté en Allemagne. Familier de l'armée et des soldats, qu'il avait appris à connaître dans les tranchées de 1914-1918, il avait décidé d'avoir recours à eux pour sauver son pays. « *Il faut bien que quelqu'un soit le* Bluthund *(le chien de sang)* », avait-il dit pour justifier son choix.

Après le traité de Versailles, l'armée allemande avait été officiellement réduite à cent mille hommes. Mais de nombreux anciens combattants démobilisés continuaient le combat, formant des corps francs, sous la conduite d'excellents officiers, tous héros de la dernière guerre... C'est à ces troupes que Noske fit appel ; les corps francs détestaient autant la République que les spartakistes de Liebknecht, mais, dans cet ordre, leur haine des communistes était plus grande que celle des sociaux-démocrates, jugés moins dangereux. Leur aide a permis aux troupes gouvernementales de reprendre une à une les grandes villes. Ce fut une lutte terrible, dont la violence a beaucoup choqué les Allemands. Ce traumatisme provoquera une immense aspiration à la stabilité, à n'importe quel prix.

J'ai très souvent entendu chez mes parents des discussions où la menace communiste était évoquée. Lorsqu'Adolf Hitler a gravi les marches du pouvoir, beaucoup disaient : « *Il est l'homme qui peut nous sauver du communisme. Il faut donc marcher avec lui.* » La démocratie paraissait faible en Allemagne, mal établie, mal aimée. Le régime avait pactisé avec les vainqueurs et accepté le traité de Versailles. Hitler avait beau jeu de contester et de ridiculiser ce pouvoir. L'incontestable sympathie de l'opinion publique pour le Parti national-socialiste est née de là.

HSM : Mes relations avec le communisme sont plus complexes. Le milieu dont je suis issu en avait très peur, pour des raisons comparables aux vôtres. Les ligues faisaient de la lutte contre le bolchevisme un de leurs objectifs essentiels, en agitant le spectre de l'URSS et, plus tard, de l'Espagne en guerre. Dans les années 1920, à Paris, des affrontements entre jeunesses patriotes et communistes firent plusieurs morts.

Cette menace était-elle une réalité ? Les communistes avaient montré en Russie qu'ils avaient les moyens de prendre le pouvoir par la force. Pourtant, l'anticommunisme des Français de droite était un peu caricatural et je n'y échappais pas. Lorsque j'avais quinze ans, le communiste était pour moi un salaud avec un couteau entre les dents. Avec le recul, la litanie des révélations sur les camps soviétiques, les purges, l'absurdité du système, le démontage du totalitarisme rouge, je pourrais, à bon droit, avoir l'impression que cette réaction adolescente était justifiée. Pourtant, je serai plus nuancé. À l'époque, le communisme était aussi une espérance.

J'ai vraiment fait connaissance avec le communisme en camp de concentration, non pas d'une manière intellectuelle, idéologique, mais physiquement. Je l'ai éprouvé, comme une solidarité très forte. Certains des militants que j'ai côtoyés étaient intègres, portés par un idéal de fraternité et de justice sociale. Ils étaient estimables. Avec eux, j'ai appris à faire une différence entre les hommes et les idées – et je me suis toujours souvenu de la leçon. Je suis resté l'ami de communistes. Je songe à ce camarade de déportation qui m'a aidé à me réinsérer à ma sortie de prison ; une rumeur avait circulé dans l'entreprise : « *Les patrons recyclent un putschiste.* » Elle avait provoqué la colère des syndicats. Son intervention discrète et efficace calma les esprits et ramena la discussion sur un terrain plus serein et plus juste.

À Buchenwald, les communistes étaient très présents. Ils formaient la colonne vertébrale du camp. En retour, leur propagande était active, notamment pendant les derniers mois où la surveillance se relâcha. Des cours de formation se tinrent en petit comité. Durant les interminables appels, sur la grande place, nous murmurions en sourdine des hymnes nationaux, au milieu desquels s'intercalait *L'Internationale*. J'ai rencontré des communistes allemands ou polonais brillants et éloquents, qui peignaient pour nous la fresque de l'Europe égalitaire de l'après-guerre, communiste et fraternelle : ils rêvaient vraiment d'un autre monde.

J'avais un ami, un communiste originaire du Sud-Ouest, qui voulait absolument me convertir. Nous parlions des heures, dans les colonnes de travail ou à chaque heure libre. Mon ami en parla même à ses supérieurs dans le camp, les exhortant à mettre tout leur poids dans la balance. Mais ils firent la grimace en entendant mon nom, un peu trop long. Et je n'étais pas volontaire !

Chez les membres du parti, j'ai découvert une très grande capacité à s'adapter à tout environnement, à plus forte raison quand il est hostile. Les bourgeois – pour utiliser leur vocabulaire – qui débarquaient en camp de concentration étaient totalement dépaysés, inorganisés pour survivre dans ce monde inégalitaire et brutal. Tandis que les communistes s'adaptaient vite, puisqu'ils avaient souvent passé leur vie dans des appareils semi-clandestins ou des cellules de quartier. Ils avaient des réflexes d'organisation et de solidarité.

« *Monsieur Hitler* »

HSM : Partagés entre leur fidélité au kaiser et l'influence de Carl von Schubert, comment vos parents ont-ils accueilli l'irruption d'Adolf Hitler dans la vie politique allemande ?

AK : Pour beaucoup de membres de l'aristocratie allemande, Hitler fut d'abord tenu à distance, avec mépris. Il passait pour un plébéien inculte et démagogue. Mon père écoutait beaucoup à la radio les programmes de la Deutschlandsender de Königswusterhausen. Il y captait de plus en plus souvent les discours fleuves du tribun du NSDAP. Son accent le faisait sourire. Mais bientôt l'énergie et le culot d'Hitler forcèrent l'admiration de toute une société nostalgique de la grandeur bismarckienne. Inlassablement, il dénonçait le *Schand Diktat*, le diktat de la honte, auquel il opposait la *Wehrhoheit*, la possibilité pour l'Allemagne de se doter d'une armée à sa mesure. Ce discours mettait du baume sur bien des humiliations.

À l'annonce de chaque offensive diplomatique ou militaire, mon père secouait la tête sentencieusement, secrètement heureux de ce qu'il advenait de son pays. Je l'ai vu pleurer à l'annonce faite à la radio que le chancelier avait décidé le réarmement de l'Allemagne, même si cette mesure était justifiée par l'idéologie autant que par le patriotisme.

En politique intérieure aussi, Hitler s'octroya vite les bonnes grâces de l'Allemagne traditionnelle en promettant la promotion de la cellule familiale et la défense de la propriété. Hitler fit rétablir les modalités de transmission d'une ferme de père en fils, pour éviter la dilapidation. Les propriétés portaient d'ailleurs le nom d'*Erbhof*, afin que soit mis l'accent sur leur caractère héréditaire. Peu à peu, dans bien des esprits, les préventions tombèrent et ce fut pour l'Allemagne le début d'un enchaînement qui devait lui être fatal.

HSM : Dans le milieu de mes parents, l'avènement de « Monsieur Hitler » fut reçu avec crainte, mais aussi une pointe d'envie. Il incarnait le renouveau allemand, or nous étions viscéralement anti-Allemands. Mais j'ai perçu également, au détour d'une phrase, ici ou là, un mot d'admiration, parce que, vu de France, Hitler pouvait apparaître comme un homme d'ordre, qui avait jugulé le chômage et rétabli le culte de la famille.

Honnêtement, le rejet l'a rapidement emporté. Louer l'efficacité d'Hitler, c'était toujours une manière de critiquer d'abord la République « impuissante », « corrompue », « clientéliste ». En revanche, sa politique étrangère choquait profondément mon père. Dès 1935, au lendemain du référendum dans la Sarre, Jacques Bainville[1] prophétisait déjà les désastreux accords de Munich : « *Le nazisme a montré sa capacité à s'étendre dans le monde*

1. Historien, membre de l'Académie française, ancien codirecteur de *L'Action française* avec Charles Maurras et Léon Daudet, Jacques Bainville avait publié plusieurs ouvrages sur les relations franco-allemandes : *Bismarck et la France*, *Les Conséquences politiques de la paix*... Il est mort en 1936.

allemand. Il ne se contentera pas de la Sarre. Prague ferait mieux de faire attention. » Et chez mes parents, on se répétait les exhortations lues dans L'Action française : « *Il faut se garder de leurs entreprises par une solide chaîne de mitrailleuses bien graissées.* »

Il y eut à ce moment-là, dans beaucoup de familles de droite – et la mienne ne fit pas exception – un débat sur la vraie nature d'Hitler : était-il « de notre côté », c'est-à-dire digne de respect et il fallait le soutenir ; ou était-il « allemand » et nous devions le combattre de toutes nos forces ? La réponse est rapidement tombée. Comme Henri de Kérillis « lorsqu'il fallait considérer les lois éternelles de la démocratie », mon père ne laissait pas « parler le bourgeois avant le patriote ».

En outre, ma famille était profondément catholique et le paganisme nazi ne l'attirait pas du tout. Dans la rhétorique Croix-de-Feu, on utilisait d'ailleurs volontiers les mots de « diabolique » ou d'« antéchrist » pour qualifier le nouveau chef de l'Allemagne. Les plus lucides parlaient de traduire Mein Kampf et de le faire lire pour démystifier un tel homme, et l'entreprise n'aboutira qu'à la veille de la guerre. Je n'ai d'ailleurs jamais lu ce gros livre dont le seul aspect me rebutait.

AK : L'Allemagne entretint une relation ambiguë avec ce petit homme, au point que certains historiens ont pu dire qu'Hitler était uniquement un produit de notre culture, un fils de Nietzsche et de Wagner, non pas l'instigateur mais l'accoucheur de la violence inhérente au peuple allemand[1]. Je ne partage pas cette thèse, qui fait du nazisme une fatalité diabolique et tend à effacer la responsabilité personnelle d'Hitler dans la tragédie que

1. *Cf.* Ron Rosenbaum, *Enquête sur l'origine du Mal*, Jean-Claude Lattès, 1998.

nous avons vécue. Par ailleurs, elle fait bien peu de cas de ces Allemands qui s'opposèrent immédiatement à lui.

Je pense à Fritz Gerlich, qui dirigeait un journal, *Der Gerade Weg (Le Droit Chemin)* et dont les convictions étaient conservatrices. Gerlich rencontra Hitler en 1923, et aussitôt après devint un farouche opposant aux thèses nazies, publiant des articles cherchant à désacraliser Hitler, à informer sur ses origines, sur la vraie nature de son caractère et de son programme, le tout avec un humour digne de Swift. En juillet 1932, alors que le NSDAP était déjà puissant et son chef à la veille d'accéder au pouvoir, il signa un article intitulé : *Hitler a-t-il du sang mongol ?* C'était un extraordinaire pastiche d'article scientifique, qui retournait l'argumentaire hitlérien contre son auteur. L'idéal aryen est raillé de manière cinglante : « *Mince comme Goering*[1], *grand comme Goebbels*[2], *blond comme Hitler !* » Gerlich fut arrêté en mars 1933 par les SA, soit cinq semaines après la prise du pouvoir par les nazis. Il était à la veille de publier un article contre le Führer pour tenter de convaincre Hindenburg de le limoger pendant qu'il en était encore temps. Il fut interné au camp de Dachau et assassiné pendant la Nuit des longs couteaux.

Cette réaction hostile fut aussi celle d'une partie notable de l'aristocratie allemande, qui ne supportait pas sa vulgarité de caporal, ce mélange de violence verbale

---

1. Hermann Goering, aviateur plusieurs fois décoré, entra au parti nazi dès 1922. Ministre, il expliquait : « *Mon rôle n'est pas de rendre la justice mais d'anéantir, c'est tout.* » Il organisa les camps de concentration et joua un rôle décisif au sein de l'armée et dans la mise en œuvre du génocide. Condamné à mort par le tribunal de Nuremberg, il se suicida la nuit précédant son exécution.

2. Joseph Paul Goebbels, ministre de la Propagande, couvrait la radio, le cinéma, les arts, en s'attaquant aux artistes juifs. Il est l'instigateur des pogroms juifs de 1938. En août 1944, Hitler lui confia la direction de « la guerre totale ». Il se donna la mort, avec sa femme et ses cinq enfants, quelques heures après le Führer.

et de démagogie. Comment ne pas ressentir de la répulsion pour des gens qui imposaient leurs idées dans les rues, en tabassant leurs adversaires politiques comme j'en ai été le témoin dès 1933 ? Le 1er mai, à Wittlich, les nazis ayant maintenu la fête du Travail, un grand rassemblement eut lieu sur la place du Marché. Au milieu de la foule, un « arbre de mai » dressé par la *Hitlerjugend* et gardé par des garçons en chemises brunes. Et partout, des drapeaux frappés de la svastika.

Soudain, un drapeau rouge fit irruption. C'était des communistes qui venaient troubler la manifestation. Mal leur en prit. Des hommes en noir les poursuivirent, se jetèrent sur eux et les rossèrent sous mes yeux. C'était la première fois que je voyais des SS. Je fus extrêmement choqué, au point que je n'en ai jamais parlé à mes parents.

Pourtant, l'idéologie gagna nos esprits. Dans un de mes livres, j'ai appelé cela le « rotor », en référence à un engin de foire qui tournait très vite, plaquant les spectateurs contre les parois par la force centrifuge, dans les cris et la griserie. Ce fut cela le nazisme. Peu d'entre nous purent résister à cette force. Mes trois frères aînés accomplirent leur période dans l'*Arbeitsdienst*, le service du travail obligatoire qui envoyait les jeunes Allemands construire des autoroutes, assécher des marais, gagner des terres sur la mer du Nord. Ils revinrent ravis de leur aventure, fiers d'appartenir à la *Volksgemeinschaft*, la communauté du peuple.

La doctrine nazie portait ses fruits. Au point que quand se créa à Wittlich une section de la *Reichfrauenschaft*, l'association des femmes nationales-socialistes, on pensa à ma mère pour la présider. Je crois qu'elle hésita. Mais son goût pour l'organisation l'emporta. Elle occupa ce poste quelque temps, avant de rompre avec perte et fracas quand les nazis s'avisèrent de s'attaquer au collège des Ursulines, que fréquentait ma sœur. Ma mère intervint pour protester, écrivit un article dans le journal local où elle disait son fait à ce régime qui s'en prenait à une institution scolaire et religieuse. Elle fut démise de ses fonctions par une sorte de tribunal du parti. Avait-elle pris prétexte de cette mesure contre les religieuses pour quitter ce parti dont elle commençait à entrevoir la vraie nature ?

Mon père fut plus lucide que ma mère et n'a jamais cédé aux sirènes de l'hitlérisme. Il résista à la demande des nazis, qui voulaient que leurs couleurs remplacent, ou du moins coexistent avec le drapeau noir blanc rouge du Reich bismarckien. À Blumenscheidt, il continua de faire hisser les seules couleurs qu'il reconnaissait, celles de l'Allemagne éternelle pour laquelle il s'était battu en 1914.

Il fit une seule entorse à son principe d'indifférence vis-à-vis du régime et de ses dignitaires. C'était en août 1942, lorsque la ville de Wittlich organisa une grande manifestation en l'honneur de mon frère Erbo, qui venait de s'illustrer et recevait la croix de fer de chevalier. Mon père consentit à revêtir son uniforme de général et assista aux festivités aux côtés du préfet et du bourgmestre en chemises brunes. Une photo parue dans la presse locale immortalise la scène et je suis frappé par son air absent. En lui devaient lutter le sentiment de rejet du régime et la fierté d'avoir un fils devenu un as de la Luftwaffe.

HSM : En février 1936, un déclic psychologique se produisit dans l'opinion publique. Jusqu'alors les Français se gaussaient volontiers de ce petit homme ridicule dans sa redingote. Un de mes camarades de déportation m'a raconté qu'à Paris, pendant les actualités cinématographiques, ses discours étaient accueillis par des ricanements et des quolibets. L'esprit railleur et poulbot, aggravé par un complexe de supériorité, minimisait le drame qui se préparait.

En revanche, l'interview qu'Hitler accorda à un journaliste de *Paris Midi*, Bertrand de Jouvenel, modifia cet état d'esprit. C'était, de la part du chancelier, un geste habile destiné à le faire passer pour un dirigeant « comme les autres ». J'ai relu récemment des passages de ce document où Hitler essaie de s'acheter une conduite et renie les propos qu'il tenait dans Mein Kampf sur la France : « *J'étais en prison quand j'ai écrit ce livre. Les troupes françaises occupaient la Ruhr. C'était le moment de la plus grande tension entre nos deux pays. Oui, nous étions ennemis. Et j'étais avec mon pays, comme il sied, contre le vôtre. Comme j'ai été avec mon pays contre le vôtre pendant quatre ans et demi dans les tranchées ! Je me mépriserais si je n'étais pas avant tout allemand quand vient le conflit... Mais aujourd'hui, il n'y a plus de raison de conflit. Vous voulez que je fasse des corrections dans mon livre ?* »

AK : Un homme a incarné cette relation ambiguë, faite de fascination et de méfiance. Franz von Papen était un lointain cousin de ma mère, mais proche par le cœur. Il venait souvent nous rendre visite à Blumenscheidt[1]. Nous l'aimions bien, même si nous le trouvions un peu grotesque. À la maison, il était Fränzchen, le petit Franz, un petit personnage avec des yeux vifs et bleus, que sa mine juvénile empêchait d'être pris au sérieux, et qui amusait à ses dépens. Un jour, en venant déjeuner chez mes parents, il se trompa de chemin et, apercevant au loin la maison, plutôt que de rebrousser chemin, choisit de couper à pied à travers champ. Il arriva donc tout crotté et fut l'objet de moqueries.

Sa carrière au plus haut niveau reste un mystère. On raconte qu'au lendemain de la Première Guerre mon-

1. Les liens familiaux avec les Papen se resserreront encore quand, en 1958, un des frères d'August von Kageneck, Fritz Leo, épousera une nièce de Franz, Sieglinde von Papen.

diale, alors qu'il était attaché militaire à Washington, il avait égaré une serviette contenant des renseignements confidentiels, ce qui provoqua sa révocation. Cette bévue ne l'empêcha pas de faire un remarquable *cursus honorum*. Membre du très chic Herrenclub à Berlin, il cultivait d'utiles relations avec les milieux d'affaires et les banques. À partir de 1922, il fut élu au *Landtag* de Prusse comme représentant du *Zentrum*, le parti catholique. Ayant rencontré Hitler chez des amis, il fut fasciné et entreprit avec lui un jeu dangereux.

Quand l'oncle Franz rendait visite à mes parents, Hitler était toujours le sujet de conversation. Franz von Papen possédait sur lui mille anecdotes et se prêtait volontiers à des confidences qui lui permettaient de briller. Nous hésitions : cette attitude était-elle une nouvelle incongruité de sa part ? Était-il devenu une caution d'Hitler ? L'année 1932 fut pour lui l'année de la révélation. Jusque-là, Papen se résumait au mot du général von Schleicher, qui le tenait pour « *un chapeau, pas une tête* », c'est-à-dire un notable plus qu'une intelligence. En mai 1932, le chancelier Hindenburg nomma mon oncle chancelier d'un gouvernement qui fut surnommé « le cabinet des barons » parce que Papen y avait nommé uniquement des ministres à particule, à l'exception de deux d'entre eux !

Sa première décision fut catastrophique. Il ordonna de lever l'interdiction des SA, d'autoriser à nouveau le port de l'uniforme, ce qui eut pour conséquence de provoquer de sanglants affrontements en juillet 1932 à Hambourg, entre communistes et nazis[1]. Le gouvernement Papen édicta aussi une ordonnance contre la violence politique, punissant de mort les crimes à caractère politique. Cette

1. Cet épisode est connu sous le nom de « dimanche sanglant d'Altona ». Les émeutes firent dix-huit morts. Les magistrats fabriquèrent ensuite des preuves contre des militants communistes, dont quatre furent exécutés.

mesure l'opposa aussitôt aux nazis, coupables de nombreux assassinats, et révéla vite sa faiblesse : incapable de s'opposer à la force, Papen dut gracier les coupables. Les élections législatives de juillet 1932 virent la victoire d'Hitler et de ses partisans. Hindenburg refusa de lui confier la chancellerie. S'ensuivirent plusieurs semaines de blocage institutionnel. Curieusement, à cette époque, Papen proposa à Hindenburg de se débarrasser par la force à la fois des communistes et des nazis. Le vieux Président n'en eut pas le courage : l'Allemagne ne venait-elle pas connaître dix ans de guerre civile ?

Et le 30 janvier, bien que les élections de novembre aient été défavorables au NSDAP, Hitler devint chancelier du Reich avec l'assentiment de Papen, présent à toutes les négociations. Lui-même fut nommé vice-chancelier. Persuadé de tenir le redoutable dirigeant nazi, il était assez content de la tournure prise par les événements. Ce n'était pas le cas de son épouse : quand elle vit de sa fenêtre son mari traverser les jardins de la *Wilhelmstrasse* pour se rendre à la prestation de serment d'Hitler devant le président Hindenburg, des témoins l'ont vue fondre en larmes.

HSM : Devant l'Histoire, Papen porte la terrible responsabilité d'avoir préparé à Hitler le chemin du pouvoir. Dans un bras de fer, ce n'est pas forcément le plus fort qui l'emporte mais le plus audacieux, prêt à utiliser un système qu'il ne respecte pas à des fins personnelles.

AK : Pourtant, les élections du 6 mars 1933 avaient vu un recul du parti nazi, qui avait perdu deux millions de voix et trente-quatre sièges au Reichstag. Mais Hitler était déjà fort. On raconte que, pendant les négociations avec Hindenburg, il eut une entrevue secrète avec le fils du Président, Oskar. La conversation porta sur le scandale de l'Osthilfe, dans lequel des prêts accordés par le gouvernement avaient été détournés au profit de plusieurs familles de *Junkers* prussiens. Parmi elles, les Hindenburg. Le chantage d'Hitler aurait été simple : de la décision du vieux Président le concernant dépendrait le vote du puissant parti nazi au Reichstag pour la poursuite ou l'abandon de l'enquête parlementaire menée sur cette affaire. Hindenburg céda, Hitler devint chancelier et l'on n'entendit plus jamais parler de l'Osthilfe.

HSM : L'accession au pouvoir d'Hitler a donc été facilitée par un de vos proches. Comment vos parents ont-ils accueilli cette nouvelle ?

AK : Un jour, en rentrant de l'école, j'ai trouvé mes parents devant le poste de radio, l'air grave. Ils avaient appris la nouvelle le matin même par un coup de téléphone de Berlin en provenance du cabinet de l'oncle Franz, qui tenait à les rassurer : il contrôlait la situation. Les nazis, assurait-il, étaient sérieusement encadrés dans le gouvernement et lui-même vice-chancelier d'un Hitler qu'il ne lâcherait pas d'une semelle. J'entends encore ma mère dire naïvement : « *J'espère que Franz pourra encore faire quelque chose.* » Mon père était plus inquiet. Il subodorait que cette nomination était surtout le fruit de combinaisons établies par la société berlinoise très fermée qui formait l'entourage du vieil Hindenburg. Et c'est peu dire qu'il était sceptique sur les capacités de Papen à contenir Hitler. Les faits lui donneraient raison.

Dix-huit mois plus tard, Hitler déclenchait la Nuit des longs couteaux[1]. Les deux plus proches collaborateurs de Papen, von Bose et Edgar Jung, étaient assassinés,

1. Le 30 juin 1934, sous le prétexte de la menace d'un coup d'État, le chancelier Hitler se débarrasse de l'aile gauche de son parti, dirigée par Ernst Röhm, chef des puissantes SA, en assassinant celui-ci et ses principaux adjoints. Ce jour-là, d'autres leaders politiques allemands comme l'ancien chancelier Schleicher sont également arrêtés puis éliminés.

et lui-même envoyé à Vienne comme ambassadeur. Pendant un voyage d'Hitler en Italie, alors qu'il assurait l'intérim, Franz avait prononcé un discours osé où il déclarait : « *L'Allemagne ne doit pas se transformer en un train roulant à l'aveuglette dont personne ne sait quand il s'arrêtera.* » Ce texte fut interdit de reproduction et jugé par Hitler comme une provocation destinée à l'évincer au profit des milieux conservateurs, avec l'assentiment d'Hindenburg. Cet exil avait valeur de disgrâce, mais du moins, Papen sauvait-il sa vie.

HSM : L'avez-vous revu après la guerre ?

AK : Papen fut acquitté par le tribunal international de Nuremberg, mais condamné à huit ans de prison par un tribunal allemand d'épuration. Il en fit quatre. Je suis allé lui rendre visite dans sa cellule à Nuremberg, en 1946, avec mon cousin Gisbert von Boch. Il n'avait pas changé, toujours sûr de lui, fier de son acquittement qui le confortait dans l'idée qu'il avait vu juste. Cela vous donne une idée des limites de sa clairvoyance ! Mon père fut plus sévère que moi. Il l'a croisé un jour sur un champ de courses à Baden-Baden et il a refusé de lui serrer la main.

HSM : Désormais Hitler allait faire partie de votre quotidien, jusqu'à l'obsession. Vous-même, l'avez-vous rencontré en chair et en os ?

AK : Pour moi, comme pour des millions de mes compatriotes, Hitler a d'abord été une voix, rauque, avec un fort accent autrichien qui roulait les r. Il savait très bien jouer sur toute la gamme de l'art oratoire, moduler ses effets, passer du doux au violent, du confidentiel au solennel, usant volontiers de formules humoristiques ou d'images fortes. Le ton hystérique, resté dans les mémoires, est venu plus tard.

L'homme m'est apparu en chair et en os quelques années plus tard. C'était à Bad Godesberg. Le nouveau régime avait obligé les jésuites à accepter la création au sein de leur collège d'un petit détachement de la *Hitlerjugend* et d'autoriser sa participation à des défilés. Le nouveau chancelier se rendait souvent dans ce faubourg de Bonn, même avant son accession au pouvoir : il y rencontrait les grands patrons de l'industrie et des banques pour obtenir leur soutien... Il avait l'habitude de descendre au Rheinhotel Dreesen, dont le patron était, racontait-on, son dernier commandant de compagnie.

Les membres de la *Hitlerjugend* formaient un piquet d'honneur à la gare, et nous pouvions voir tout le gratin nazi qui débarquait et nous passait en revue. Ces mises en scène subjuguaient nos esprits enfantins.

HSM : Comment les trouviez-vous ? Conformes à l'imagerie nazie, ou plutôt décevants ?

AK : Nous les observions comme des bêtes curieuses. De fait, ils n'étaient pas tous bâtis selon les canons de l'esthétique nationale-socialiste. Rudolf Hess[1] et ses sourcils noirs et broussailleux ; le gros Goering, faussement énergique ; Joachim von Ribbentrop[2], fils de famille égaré dans ce cortège de plébéiens...

Hitler est revenu en septembre 1938. Ce jour-là, j'étais sur le trottoir, chargé de contenir la foule. Il est arrivé

---

1. Petit-fils d'un immigré égyptien, blessé à deux reprises pendant la guerre de 1914, introduit dans la Société de Thulé (loge antisémite), Hess voit dans Hitler « *un chef spirituel germanique* ». C'est à lui qu'Hitler dicta *Mein Kampf*. Représentant personnel du Führer, il se fait parachuter le 10 mai 1941 près de Glasgow pour négocier avec l'Angleterre une alliance contre l'urss. Arrêté, condamné, il s'est suicidé en 1987 dans sa cellule.

debout dans sa Mercedes, en uniforme marron clair, arborant la croix de fer et l'insigne rond du parti national-socialiste. Il saluait la foule qui hurlait, agitait des drapeaux et l'acclamait jusqu'à ce qu'il disparaisse au bout de la grande avenue, la *Rhein Allee*, qui menait au fleuve. Quelques minutes plus tard, nous avons formé une haie d'honneur pour accueillir un vieux monsieur en civil portant une magnifique moustache et se déplaçant en Rolls-Royce : c'était Neville Chamberlain, venu négocier avec Hitler le sort des Sudètes. Il était descendu dans un hôtel à la mode, le Petersberg, situé sur une colline en face de Godesberg, sur l'autre rive du Rhin. Les membres de la *Hitlerjugend* étaient postés tous les trois mètres jusqu'à l'hôtel Dreesen, la résidence d'Hitler.

Nous ignorions que le sort du monde se jouait à quelques centaines de mètres. Le Premier ministre anglais résista une dernière fois au chef nazi, bien que celui-ci ait tout fait pour le convaincre. Jusqu'aux menaces. Pendant les négociations, des trains militaires chargés de soldats et de pièces d'artillerie passèrent par la gare de Bad Godesberg. Des Messerschmitt survolèrent la ville pour bien montrer à l'opinion internationale et aux correspondants du monde entier que l'Allemagne était prête à la guerre. La foule ovationnait chaque démonstration. Le soir même, un rassemblement eut lieu sur la grand-place de la ville et devant les SS, SA et la *Hitlerjugend* réunies, le maire de la ville, un gros SA justement nommé Appel, fit un discours à la gloire de « *notre Führer, qui en avait remontré à ces Anglais qui voulaient empêcher des Allemands vivant sous la botte des Tchèques de revenir dans le Reich* ». Quelques jours plus tard

---

2. Aide de camp pendant la négociation de l'armistice de 1918, il devient, à partir de 1932, l'homme des relations extérieures d'Hitler. Ribbentrop conclut en 1939 le pacte germano-soviétique. Il fut condamné à mort par le tribunal de Nuremberg et exécuté.

étaient signés les accords de Munich, dernière chance accordée aux démocraties de maîtriser Hitler.

Après de telles cérémonies, nous étions surexcités. Les pères jésuites eurent bien du mal à nous ramener à Homère et à Schiller, et surtout à nous dégriser en émettant quelques doutes sur l'utilité de ces exhibitions et nous mettant en garde sur leurs conséquences.

J'ai revu Hitler en avril 1941. J'étais lieutenant fraîchement nommé et notre promotion devait lui être présentée. Nous avons été réunis dans le grand *Sportpalast* de Berlin, où il avait pris l'habitude de prononcer ses allocutions. C'était une rotonde construite sur un lieu où les nazis avaient livré bataille aux communistes. Pour ses premiers discours à cet endroit, vers 1933, le Führer avait fait inscrire ce slogan tel un programme : « *Le marxisme doit mourir.* » Devant dix mille officiers au garde-à-vous, dans un silence de cathédrale, il remonta l'allée, ne perdant pas un pouce de sa taille, son torse décoré de la seule croix de fer. À la tribune, il se lança dans un discours exaltant l'histoire de l'Allemagne et sa grandeur, avant de nous envoyer sur le front de l'Est combattre les bolcheviques.

HSM : Cette instrumentalisation de la jeunesse est un phénomène que la France n'a pas connu. Avant la guerre, les jeunes gens de mon âge – ce qui ne fut pas mon cas – entraient aux scouts ou aux Jeunesses chrétiennes, qui n'avaient évidemment aucun rapport avec la *Hitlerjugend*. L'enrôlement d'un peuple entier reste, pour moi, un objet d'interrogation. Je n'ai aucun point de comparaison.

AK : Pour moi, le premier acte a consisté à devenir membre du *Jungvolk*. Le *Deutsches Jungvolk* réunissait les jeunes garçons jusqu'à quatorze ans. Il était faiblement idéologisé. Ensuite, les jeunes Allemands étaient accueillis dans la *Hitlerjugend*. Si, en 1932, celle-ci comptait déjà cent mille membres, imaginez quelques mois après l'accession d'Hitler au pouvoir, elle était forte de cinq millions de jeunes Allemands. Les autres associations avaient été dissoutes ou intégrées de force au mouvement nazi. La *Hitlerjugend* était dirigée par un certain Baldur von Schirach, jeune figure nazie dont le frère – racontait-on – s'était suicidé en 1919 en laissant une lettre disant qu'il ne voulait pas survivre à l'abaissement de sa patrie.

HSM : Comment entrait-on dans une telle organisation ?

AK : J'y suis rentré volontairement à douze ans. Pas par goût pour un système sur lequel j'avais bien peu d'idées, mais pour rejoindre mes camarades de classe. Les adolescents éprouvent besoin de vivre en meute et de se comporter par mimétisme. L'indépendance est le privilège des adultes. J'étais très lié au fils du marchand d'instruments de musique qui dirigeait la fanfare du groupe. Comme beaucoup de garçons de mon âge, je rêvais d'avoir un tambour et de taper dessus. J'ai donc insisté pour que mes parents m'inscrivent à la section du *Jungvolk* de Wittlich. Un jour de l'été 1934, ma mère a cédé et m'a conduit dans un magasin pour acheter la tenue du mouvement. Une culotte de couleur noire, une chemise noire et un foulard retenu par un nœud en cuir, un brassard à croix gammée, des bas blancs, un calot et puis, comble de la fierté, un petit poignard sur lequel était inscrit « sang et honneur ».

Sitôt mon inscription, je fus admis au *Spielmannszug* (échelon de musique) et, comme convenu avec mon ami, je fus affecté au tambour. Tous les soirs, nous nous rendions dans un champ à proximité de la ville où j'apprenais à jouer de mon instrument tandis que les autres s'entraînaient au fifre ou au clairon. Aussi incroyable que cela puisse paraître, je ne voyais que le côté folklorique de cette activité.

HSM : Combien y avait-il de jeunes inscrits pour la petite ville de Wittlich ?

AK : À peu près une centaine, réunis dans un *Jungbann* divisé en sections ou en pelotons. Ceux qui n'appartenaient pas à la fanfare portaient des drapeaux. Régulièrement, nous défilions en ville, très cérémonieusement. Cela commençait par l'appel sur la place, puis nous parcourions les rues de la ville, en particulier celles des quartiers supposés réfractaires au national-socialisme, avant de déboucher dans le centre de la ville, au milieu des badauds… J'étais en tête avec la fanfare. En traversant les quartiers mal famés, je me faisais un peu peur. L'imagination enflammée, je songeais au destin d'Horst Wessel[1], dont nous parlaient nos chefs. Serai-je moi aussi tué derrière mon tambour par un tireur embusqué ?

HSM : Comment vos parents, votre père notamment, que vous décrivez comme réfractaire à l'idéologie nazie, ont-ils pu accepter de vous faire entrer dans cette organisation ? Vous ont-ils mis en garde contre un risque d'embrigadement ?

AK : L'adhésion à une association de jeunesse confessionnelle, politique ou autre était courante à

1. Ce chef d'une section SA, souteneur dans le civil, fut abattu à Berlin par un groupe communiste le jour même de l'accession d'Hitler au pouvoir. Il devint un dieu de la mythologie nazie, immortalisé par un chant, le *Horst Wessel,* lied écrit sur une mélodie communiste, rejetant sur le même plan la gauche et la droite : « *Nos camarades assassinés par le front rouge et la réaction marchent avec nous.* »

l'époque. Il y avait la Jeunesse évangélique, la ligue des élèves Allemagne nouvelle (catholique), la ligue des Artamans, la ligue de la jeunesse panallemande... Comme je l'ai dit précédemment, le *Jungvolk*, bien qu'étant le premier niveau de la *Hitlerjugend*, comportait peu d'endoctrinement. Marches, camps, jeux de plein air, chants : à première vue, il ne se distinguait pas beaucoup des autres mouvements de jeunesse et comblait la soif d'aventure et de vie au grand air des jeunes garçons.

Mon père a probablement considéré mon adhésion comme une simple étape de ma formation d'adolescent. Ma mère avait d'abord consenti à ma demande pour que je ne sois pas marginalisé dans une école où la plupart des garçons étaient déjà incorporés dans le *Jungvolk*. Ensuite, elle a vu l'occasion pour son fils de faire l'apprentissage d'une vie en communauté, de la solidarité, de faire du sport, de s'aguerrir, sans, peut-être, se rendre compte que ces objectifs étaient aussi ceux des nazis.

Le plus impliqué fut mon frère Erbo. Son tempérament ardent le poussa à se jeter à corps perdu dans la *Hitlerjugend*, ce qui lui permit, avec la bénédiction du régime, de fuir le collège et d'étancher son goût de l'effort physique et du dépassement. Il fut même promu chef d'une section de Bad Godesberg. Assez hermétique aux idées abstraites et aux dogmes proférés par les nazis, Erbo profita surtout de son uniforme pour briller devant les filles, que son physique de cinéma ne laissait pas insensibles, et ce en dépit des principes moraux extrêmement stricts édictés par le chef de la jeunesse du Reich allemand, Baldur von Schirach[1] : « *Reste pur et deviens mûr.* »

---

1. Nommé ensuite *Gauleiter* de l'Autriche, Baldur von Schirach fut l'un des seuls dignitaires nazis à assumer sa part de responsabilité et à éprouver des regrets devant le tribunal de Nuremberg. Il fut condamné à vingt ans de prison.

HSM : Vous dites que la formation idéologique n'était pas très importante dans la *Hitlerjugend*. Et pourtant, le nom même du mouvement dit assez l'attachement à la personne de son chef. En outre, j'ai su à Buchenwald, de la bouche des communistes allemands, qu'elle avait fourni la plupart des cadres de la SS pendant tout le règne d'Hitler. En avril 1945, ses membres fanatisés défendront Berlin jusqu'au dernier jour avec un courage désespéré qui a frappé les alliés. Un tel fanatisme ne peut venir que de l'endoctrinement qu'ils avaient reçu.

AK : Je parle des premières années du nazisme dans une petite ville de province. Oui, en 1934, la formation doctrinaire au sein du *Jungvolk* était faible. Un peu plus importante dans la *Hitlerjugend* que j'ai connue à Bad Godesberg à partir de 1936, quand j'ai troqué ma chemise noire contre une brune. Mais nous étions jeunes et nous n'avions pas conscience des discours que nous entendions.

Nos chefs évoquaient les grandes pages de l'histoire allemande, largement mythifiées, depuis les luttes des Germains contre les Romains jusqu'à la fondation du premier Reich. Et évidemment, la Première Guerre, le funeste traité de Versailles et l'irruption du mouvement hitlérien tenaient une grande place dans cette pédagogie... Au sommet de cette construction historique se tenait le Führer, qui luttait pour le rétablissement de l'Allemagne et aussi pour la préservation de la pureté du sang allemand. Ces discours odieux ne m'ont pas rendu raciste pour autant. Je n'aimais que la vie en forêt, les défilés et les veillées aux flambeaux, et même si j'en mesure aujourd'hui la folie, les thèses nazies n'ont pas eu de prise sur moi.

HSM : Je suis désolé de me faire l'avocat du diable, mais je veux comprendre. Exercices, défilés, chants et même concours de tir… La *Hitlerjugend* présente des points communs avec la vie militaire. Votre adhésion vous conduisait-elle automatiquement dans l'armée ? Y avait-il un lien institutionnel entre le parti et la Wehrmacht ?

AK : Les deux corps étaient hermétiquement distincts. Je dirais même séparés par un fossé. La Wehrmacht des années 1930 incarnait encore la société traditionnelle. L'armée de terre était largement d'origine prussienne, noble et chrétienne, la marine plutôt bourgeoise et nationale allemande. Toutes deux étaient imperméables à la nouvelle doctrine. Seule la Luftwaffe, de création plus récente, était franchement acquise au nouveau régime.

Il y eut longtemps une rivalité entre le gouvernement et l'état-major, qui résistait discrètement à l'idéologisation. Il fallut attendre 1938 pour qu'Hitler prenne véritablement l'armée en main et organise des purges. Le ministre de la Guerre, Werner von Blomberg, fut acculé à la démission après qu'il fut révélé que sa femme figurait sur les registres de la police des mœurs, et le général Fritsch, accusé de relations homosexuelles avec des prostitués, fut aussi contraint à renoncer à son poste de numéro deux de la Wehrmacht. Hitler profita de l'occasion pour faire passer l'armée sous son autorité personnelle, et y imprima sa marque en procédant à des nominations et des évictions.

À l'inverse, la *Hitlerjugend*, dont 70 % des effectifs étaient des enfants d'origine très modeste, était le creuset d'une nouvelle élite qui devait ne privilégier aucune classe, aucune religion mais forger une nouvelle « germanité ». Il n'était donc pas question qu'il y eût un lien organique entre l'armée (reflet de l'ordre ancien) et les

Jeunesses hitlériennes. Pour preuve de cette étanchéité, j'ai constaté dans mon dossier militaire que les autorités n'ont jamais pris en compte le temps que j'ai passé dans la Hitlerjugend, et que cela n'a jamais eu d'influence sur le jugement porté sur moi par mes supérieurs.

HSM : Combien d'années êtes-vous resté dans ce mouvement ?

AK : J'ai passé dix-huit mois dans le Jungvolk, à Wittlich. Puis je suis parti chez les jésuites. Grâce au concordat, les institutions catholiques et leurs mouvements de jeunesse restèrent un temps indépendants, ce qui ne fut pas le cas des organisations protestantes, qui fusionnèrent avec la *Hitlerjugend* dès 1933.

Très vite, les nazis exercèrent une forte pression sur les collèges catholiques pour qu'ils admettent en leur sein une unité de la Hitlerjugend, cela afin d'empêcher l'Église catholique de soustraire les élèves à l'enseignement voulu par Hitler. Schirach voulait que l'éducation religieuse ne soit pas exclusive de toute autre éducation nationaliste et idéologique. Les jésuites cédèrent, à condition que cette activité ne gêne pas les études des élèves. Si le samedi était dénommé « journée nationale de la jeunesse », la *Hitlerjugend* devait respecter les horaires de classe et la messe du dimanche. Au collège de Bad Godesberg, il y a donc eu, à partir de 1935, un groupe dont j'ai fait partie. Puis en février 1939, les nazis fermèrent le collège et en expulsèrent les prêtres, m'obligeant à rentrer chez mes parents.

L'antisémitisme

HSM : Vous avez connu un antisémitisme d'État. Le mouvement a-t-il été un événement brutal ou un processus insensible ?

AK : L'antisémitisme a surgi en Allemagne dans le contexte d'après 1918. Dans le climat d'humiliation dont j'ai déjà parlé, l'idée s'est répandue que notre pays avait reçu un « *coup de poignard dans le dos* » de la part des juifs. En guise de démonstration, cette thèse pointait du doigt les leaders spartakistes de l'époque, Rosa Luxemburg, Eugen Leviné et Kurt Eisner, qui étaient juifs et qui avaient appelé à la désertion au nom de l'internationalisme communiste. La crise économique traversée par l'Allemagne a fait le reste. Pour les antisémites, le « juif » était un double traître. D'une part, il n'avait pas de patrie : c'était un homme qui obéissait à d'autres lois que celles de la nation. D'autre part, son unique moteur était l'argent, qu'il faisait prospérer de manière occulte et diabolique. Avec les désordres du capitalisme, la vague du chômage et la grande inflation, l'antisémitisme s'est propagé comme une traînée de poudre. Dans les chants qui accompagnaient leur marche vers le pouvoir, les nazis célébraient le temps où « le sang des juifs jaillir [ait] sous le couteau » et criaient dans les rues : « *Deutschland erwache ; Juda verecke*[1] *!* »

HSM : J'ai toujours été fasciné de voir à quel point des êtres sensés, parfois d'une grande intelligence, en arrivent à tenir des propos ignobles et absurdes, comme si l'antisémitisme était une maladie de la raison.

Les idéologies de l'entre-deux-guerres voulaient fonder un homme nouveau, un « vrai » Français. Le juif incarnait le contre-modèle. En diabolisant les juifs, les doctrinaires renforçaient leur quête de pureté : ils se rassuraient et s'exaltaient dans la détestation. Le cas échéant, ils trouvaient une explication aux obstacles qu'ils rencontraient. Le phénomène de la diaspora et l'imbrication inextricable du christianisme et du judaïsme ont fait des juifs la figure intellectuelle de l'autre, de celui qui vous échappera toujours, de l'ennemi.

L'antisémitisme est une machine infernale : ceux qui ont introduit le doigt dans l'engrenage en sont rarement sortis indemnes.

AK : Hitler a entretenu avec le peuple juif une relation incohérente. D'innombrables études ont tenté de l'expliquer. On a dit qu'il était persuadé d'avoir du sang juif par sa grand-mère, séduite par un violoniste ou même un membre de la famille Rothschild. On a aussi prétendu qu'il aurait imputé la mort de sa mère chérie, en 1907, à l'incompétence d'un médecin juif. Lui déclare dans *Mein Kampf* avoir, un temps, tenu l'antisé-

1. « *Allemagne, réveille-toi ; juif, crève !* »

mitisme pour un préjugé vulgaire, avant de constater à Vienne, pendant ses années de misère, à quel point les juifs « *tenaient* » la société autrichienne et lui étaient « *néfastes* ». Alors, se serait installée dans son esprit cette idée fixe selon laquelle la race juive était l'ennemi mortel de l'Allemagne.

Peut-être y a-t-il aussi à tout cela une part d'explication métaphysique ? Si les juifs sont, aux yeux de l'humanité, « le peuple élu », alors pour le païen Hitler, se débarrasser d'eux revenait à réaliser le vieux rêve prométhéen de se passer de Dieu, de se substituer à lui en créant un nouveau monde d'où il serait absent et où ses fidèles seraient éliminés...

HSM : Le sentiment de la supériorité de la race allemande était-il antérieur au nazisme ?

AK : L'Allemagne a longtemps vécu avec un complexe de supériorité vis-à-vis de certains pays de l'Est voisins. Vis-à-vis des Polonais, par exemple. La Pologne a été démantelée de très nombreuses fois, et les Allemands se sont habitués à considérer les Polonais comme un peuple de boucs émissaires. Ce sentiment était très vivace. Mais était-il suffisant pour expliquer comment le peuple d'Haendel et de Goethe a pu commettre de telles horreurs ?

HSM : Quand avez-vous été directement confronté à l'antisémitisme ?

AK : À Wittlich, les persécutions proprement dites se sont installées imperceptiblement. S'il y eut des manifestations spectaculaires décidées par les nouveaux dirigeants, comme le boycott des magasins juifs, en avril 1933, ou les autodafés de livres signés Thomas

Mann[1] ou Stefan Zweig, les petites villes et les campagnes furent contaminées plus lentement.

La mainmise des nazis sur tout l'appareil d'État s'est faite peu à peu. Jusqu'en 1939, je n'ai jamais vu de mes yeux un juif maltraité ou arrêté dans la rue. À ma décharge, la vie recluse que je menais à Blumenscheidt ou au collège ne favorisait pas mon ouverture sur le monde. Dans les années 1930, Wittlich comptait à peine dix mille habitants, dont moins de cinq cents juifs. Ils n'ont été déportés massivement qu'en 1941, même si depuis 1935 les fameuses lois dites de Nuremberg les avaient exclus de la vie publique et cantonnés dans une citoyenneté de deuxième zone[2].

Une des premières démonstrations d'antisémitisme à Wittlich eut lieu à l'occasion d'une manifestation patriotique à laquelle mon père participait comme président des anciens combattants. Un jeune militant en chemise brune fit irruption sur la place du Marché et dénonça publiquement la présence de deux vétérans juifs dans les rangs. Sanglé dans son uniforme de général de l'armée impériale, mon père, indigné mais très calme, répondit : « *Que personne ne touche à nos camarades ou c'est moi qui quitte les lieux.* » Son autorité en imposa au voyou, et mon père renonça désormais à porter en public cet uniforme que le nouveau régime déshonorait.

---

1. Auteur de *Mort à Venise* ou de *La Montagne magique*, prix Nobel de littérature en 1929. Freud lui a écrit : « *Si je vous ai toujours évité, c'est par une sorte de crainte de rencontrer mon double.* » Auteur de *La Ronde* ou de *Mademoiselle Else*, Schnitzler fut l'un des premiers auteurs à utiliser la technique du monologue intérieur.

2. Longtemps, les régions majoritairement catholiques ont été les plus imperméables à l'idéologie nationale-socialiste. L'analyse comparée de la carte des élections de juillet 1932 et de celle de l'appartenance religieuse en Allemagne le montre : partout où les catholiques sont majoritaires (en Rhénanie notamment, mais aussi en Bavière), le vote nazi est inférieur à 30 %.

HSM : Quelle était la nature exacte du sentiment de vos parents vis-à-vis des juifs ?

AK : Ils avaient côtoyé beaucoup de juifs au début de leur mariage, quand mon père était en poste en Autriche. Ils s'étaient liés d'amitié avec les Rothschild et bien d'autres familles de la société cultivée viennoise. À Wittlich, nous fréquentions, comme n'importe quel autre commerçant de la ville, le maquignon ou l'épicier qui étaient juifs. Je constate que nous insistions sur le fait qu'ils étaient juifs. Vous connaissez l'adage : « L'antisémitisme commence quand on constate que quelqu'un est un juif. » Cette distinction particulière, en apparence anodine, peut devenir une discrimination, puis conduire à accepter les persécutions, comme ce fut le cas sous le régime nazi.

Ma famille ne vivait donc pas dans un bain antisémite, mais avec le recul, je dois constater qu'elle n'exprima pas non plus de compassion. Il existe une phrase terrible du psychiatre Bruno Bettelheim : « *C'est avant tout le silence qui a condamné les juifs à la mort.* » Nous n'avons rien dit et, peut-être pire encore, nous n'avons rien vu, comme si des écailles avaient recouvert nos yeux[1].

Pourtant, les journaux se mirent au goût du jour en versant dans la délation et la violence verbale. En 1938 parut dans le petit journal local, *Das Wittlicher Tagblatt (Le Quotidien de Wittlich)*, un article particulièrement odieux. Son propriétaire était pourtant un ancien combattant ami de mon père. Avant 1933, son journal était

1. La seule manifestation publique contre les déportations de juifs allemands fut menée par un millier de femmes qui, en février 1943, à Berlin, exigèrent la libération de leurs conjoints juifs.

même de tendance libérale. Je crois me souvenir que l'article parut dans le contexte de la Nuit de cristal[1].

Le *Wittlicher Tagblatt* mit en cause le fils du maquignon juif qui vendait depuis des années des chevaux et des vaches à mon père. Il avait un nom français : Doublon. Son fils, Siegfried – ce prénom germain par excellence porté par un jeune juif marquait l'intégration de cette famille –, était montré du doigt et accusé d'avoir prétendument « importuné » une jeune fille rencontrée dans les rues de Trèves, où ils travaillaient tous les deux. Ils avaient simplement pris le train ensemble pour rentrer à Wittlich, distant de trente kilomètres.

Le fait qu'un juif ait osé accompagner une jeune Allemande avait été pris comme prétexte pour rédiger un commentaire ignoble, du type : « *Un salaud de juif a osé s'approcher d'une jeune fille, il l'a enveloppé dans sa haine des Allemands et il a souillé son sang avec son sang juif...* » S'étaient-ils seulement tenus par la main, ou peut-être même embrassés ? L'article se terminait par un avertissement à la jeune fille : « *Que cela vous serve de leçon ! Ne refaites jamais une chose pareille ! Gare à vous si cela se reproduit ! Les Allemands n'ont strictement rien à faire avec les juifs. Il faut garder avec eux une distance de cinq mètres au moins* », etc. Après la parution de cet article, la famille Doublon dut quitter la ville.

Le nazisme a procédé par étapes : d'abord, hurler « au loup » et provoquer les consciences en pratiquant des pogroms ; ensuite, pousser les juifs allemands à

1. Pendant trois jours, entre le 9 et le 11 novembre 1938, prenant prétexte de l'assassinat, à Paris, du conseiller von Rath par un jeune juif, Herschel Grynspan, Hitler lança ses troupes à l'assaut des synagogues et des magasins tenus par des juifs, faisant procéder à des dizaines de milliers d'arrestations.

émigrer par le boycottage, l'exclusion et les brimades[1]. Insensiblement, l'esprit s'habitue à cette dégradation d'un groupe humain, qui perd son statut de concitoyen pour devenir une communauté à part, marginalisée, moquée, dispersée et finalement anéantie[2].

Je me souviens avoir assisté, comme des milliers d'Allemands, à la projection du film *Le Juif Süss*[3], commandé par Goebbels à Veit Harlan, qui était un grand ami des nazis. Ce film est resté symbolique tant il décrivait avec exactitude le *Zeitgeist*, l'état d'esprit de l'époque. Ironie du sort, le rôle de la jeune fille était tenu par une Suédoise blonde aux yeux bleus, Kristina Soederbom, que nous surnommions la *Reichsheulsuse*, la pleurnicheuse du Reich, tant elle affectionnait ces rôles.

Le juif imaginaire, au nez crochu et à l'intelligence fielleuse, était un leurre qui fonctionnait parfaitement. En revanche, dans la vie quotidienne, la haine était moins forte, ou même absente. Combien ai-je lu par la suite de témoignages d'enfants juifs allemands qui se liaient d'amitié avec des membres du *Jungvolk*, la jeunesse nazie, qui leur disaient : « *On n'a rien contre toi.*

---

1. Les seules associations juives reconnues étaient celles qui organisaient les départs vers l'étranger. Il y eut quatre-vingt mille départs en 1939, quinze mille en 1940 et huit mille en 1941.

2. Plus de 90 % des 163 696 juifs officiellement présents en Allemagne au 1er octobre 1941 furent mis à mort.

3. Tiré du livre de Lion Feuchtwanger (1928), qui avait été un best-seller vendu à plus de cent mille exemplaires, le film raconte l'histoire d'un « juif de cour », Süss Oppenheimer, intrigant à la cour de Karl Alexander de Wurtenberg, qui devint ministre du duc. Tous les clichés y sont : Süss est obséquieux avec les puissants et déloyal avec ses créanciers. Il tente de séduire la fille d'un commerçant, Dorothée, censée représenter l'Allemande par excellence. Par ses avances, Süss pousse la jeune fille au suicide, provoquant un soulèvement populaire et sa perte. Le film le montre longuement quémandant encore sa grâce alors qu'il se dirige vers la potence. En allemand, *süss* signifie sucré, collant. Le film attira plus de vingt millions de spectateurs.

Ce sont les autres juifs que nous n'aimons pas. » Ce sont toujours « les autres juifs » qui incarnent le Mal, et non le « bon juif » que l'on connaît.

Dans un livre récent[1], un historien américain démontre que les Allemands ne furent pas unanimes à approuver cet ostracisme qui précéda l'extermination pendant la guerre. Il montre plutôt une immense indifférence. Ce calme relatif explique, selon lui, que les juifs n'aient pas pris l'exacte mesure du danger ni qu'ils n'aient pas été plus nombreux à émigrer quand ils le pouvaient encore.

HSM : À Bordeaux, nous connaissions de très vieilles familles juives qui étaient d'origine portugaise ou espagnole. Elles étaient arrivées à la suite des persécutions – Montaigne en est peut-être le plus illustre représentant[2]. Ces populations s'étaient parfaitement intégrées, au point que beaucoup d'entre elles s'étaient converties au catholicisme... Elles faisaient partie de ce que l'on appelait la bonne société bordelaise...

À la différence de bien d'autres villes françaises, Bordeaux est un port, par définition ouvert sur l'extérieur, ayant de multiples relations avec le reste du monde par le vin et les produits coloniaux. Pour autant que je me souvienne, ma famille fut étrangère à ce courant de la droite française dont les idées étaient exprimées par des journaux tels que *Candide*[3], *Gringoire*[4] et surtout *Je suis*

---

1. *La Terreur nazie, la Gestapo, les juifs et les Allemands ordinaires*, de Eric A. Johnson, Albin Michel. Ce travail se fonde sur une étude exhaustive des archives policières et judiciaires de trois villes rhénanes, dont Cologne.

2. La famille maternelle de Montaigne avait fui l'Inquisition espagnole et préféré Bordeaux la libérale à Toulouse, ville encore marquée par ce climat de persécutions.

3. Trois cent quarante mille exemplaires de diffusion en 1939.

4. Quatre cent sept mille exemplaires de diffusion en 1939.

partout, dont les hors-séries effrayants consacrés aux juifs, en 1938 et 1939, ont obtenu un succès inexplicable aujourd'hui.

N'oublions pas que l'affaire Dreyfus n'était pas si ancienne. Quinze ans avant la guerre de 1914, la publicité du quotidien catholique et populaire *La Croix* était quand même : « *Le journal le plus anti-juif de France.* » C'était un argument de réclame ! Avant 1914, des périodiques plus distingués tels que le *Mercure de France* ou la *Revue des deux mondes* publiaient en feuilleton des ouvrages antisémites, comme *Le Péril juif*, de Georges Batault, ou *Quand Israël est roi*, des frères Tharaud[1].

AK : Vous n'avez jamais entendu de réflexions antisémites dans votre environnement familial ?

HSM : Honnêtement, assez peu. Je me souviens qu'à quinze ou seize ans, j'ai interrogé un de mes oncles : « *Pourquoi est-ce qu'on en veut aux juifs ? Est-ce vraiment parce qu'ils ont crucifié le Christ ?* », lui ai-je demandé. Et il m'a répondu : « *Non, c'est parce que certains disent qu'ils prennent toutes les places...* » Dans des familles traditionnelles, peu tournées vers l'économie et la finance, l'argument portait. Dans la bonne société française, on était militaire, avocat, exploitant agricole, prêtre. Jamais commerçant. La vieille interdiction de l'Église catholique vis-à-vis de l'usure pesait encore sur les esprits, et nous en retirions un sentiment de supériorité. « *C'est une question d'argent* », disait-on, « *C'est bon pour les commerçants.* » Il me revient une histoire de mauvais goût qui circulait dans les salons, rapportant la discussion

---

1. Les frères Tharaud furent élus à l'Académie française l'un après l'autre, en 1938 et 1940.

entre un officier et un juif. Le premier disait : « *Je suis dans l'infanterie, et vous ?* » « *Dans les affaires* », répondait l'autre. L'humour antisémite faisait recette dans tous les milieux.

Mais, je le répète, la communauté juive avait pris racine à Bordeaux. En mai 1940, mon père a soutenu le maréchal Pétain avec ferveur. Mais lorsque le statut des juifs a été promulgué, je l'ai entendu protester avec vigueur. À chaque fois qu'il croisait dans les rues de Bordeaux un passant avec l'étoile jaune, il soulevait son chapeau et le saluait comme s'il le connaissait depuis toujours. Sa foi chrétienne était heurtée par l'étoile jaune.

AK : En 1942, j'étais à Lublin, à quelques kilomètres d'un faubourg nommé Majdanek, où se trouvait un camp d'extermination, et le sentiment qui prévalait autour de moi était une totale indifférence qui me glace encore aujourd'hui. Nous ne savions pas exactement ce qui se passait[1]. Mais inconsciemment, j'avais quelques soupçons sur le triste sort qui était le leur. Pour preuve, cette anecdote. Dans notre paquetage, nous percevions un mauvais savon qui ne lavait pas. Entre nous, par un jeu de mots seulement compréhensible en allemand, nous disions qu'il était « fait avec de la graisse de juif »[*]. Touchés par une incroyable cécité, nous ne matérialisions même plus quelle réalité épouvantable cette plaisanterie de soldat recouvrait. Ce n'était dans notre esprit qu'une image. J'ai des fris-

1. Ce n'est, semble-t-il, qu'à l'automne 1941 que fut envisagé le génocide. La conférence de Wannsee, le 20 janvier 1942, mit définitivement au point le massacre généralisé.

* Sur le savon figurait cette inscription sibylline : « *RJF* », que les soldats allemands avaient traduite par « *Reines Juden Fett* », c'est-à-dire : « *Pure graisse de juif* ».

sons, aujourd'hui encore, en racontant cela. Le régime avait réussi, comme dans *La Métamorphose* de Kafka, à transformer des êtres humains en vermine que l'on balaie et que l'on brûle. Et nous figurions parmi les rouages de ce crime.

La guerre d'Espagne

HSM : Parfois, les événements tombent sur vous comme la foudre. Soudain, un vent mauvais se lève, de plus en plus menaçant au fil des jours : ce fut le cas de notre avant-guerre. Je me souviens nettement de notre inquiétude dans les années qui précédèrent l'affrontement. Les nuages s'amoncelaient sur nos têtes. Le 6 février 1934, des émeutes avaient eu lieu au cœur de Paris. Ce n'était pas encore la guerre civile, mais ce n'était plus la Concorde de la victoire. Deux ans plus tard, la guerre a éclaté en Espagne, qui a marqué mon esprit adolescent.

Les nouvelles reçues de Burgos sont venues bouleverser nos existences, alors que nous connaissions les premières agitations du Front populaire[1], dont personne ne savait où il allait nous mener. Front populaire, *Frente popular*… L'appellation de la coalition de gauche menée

1. En réaction à la victoire de l'union des partis de gauche espagnols, le *Frente Popular*, en février 1936, une révolte militaire tente de reprendre le pouvoir par la force à partir du Maroc. Le général Franco commande les forces rebelles au sud de l'Espagne. Le 30 septembre 1936, il devient chef suprême et installe son gouvernement à Burgos, d'où il contrôle la moitié du pays.

par Léon Blum venait de l'exemple espagnol, et ce climat nous obligeait à nous poser la question : « Cette guerre ne va-t-elle pas déborder et arriver jusqu'à nous ? »

AK : La victoire de Léon Blum et de ses alliés aux élections en juin 1936 avait-elle été ressentie comme une catastrophe dans votre famille ?

HSM : Pas une catastrophe, le mot serait excessif, mais une mauvaise nouvelle, assurément. Mes parents pensaient que ce gouvernement serait mauvais gestionnaire. Les congés payés furent jugés comme une grave erreur économique. Mais l'inquiétude était ailleurs. Nous étions victimes d'une illusion d'optique. Nous savions que l'Allemagne se relevait et dressait sa jeunesse, avec de formidables démonstrations de force, des manifestations publiques qui nous impressionnaient, alors qu'en France on se complaisait dans ce que Montherlant appelait une morale de midinette. Nous vivions dans le pays de Charles Trenet et de Tino Rossi, et l'on fredonnait : « *Tout va très bien, madame la marquise...* »[1] Cela n'excluait pas le patriotisme, mais dans la perspective d'un affrontement futur, cette différence d'état d'esprit, qui se traduisit par des mesures dramatiques, en France, sur le désarmement ou la réduction du service militaire, était préoccupante[2].

AK : Quoique la Rhénanie fût plus éloignée de l'Espagne que Bordeaux, je n'ai pas non plus été épargné par les répercussions de la guerre civile espagnole. L'Allemagne était partie prenante. En juillet 1936, à Bayreuth, Hitler

---

1. Immense succès de Ray Ventura, sorti en 1936.
2. Sous le gouvernement Blum, la France consacra 8 % de son budget au réarmement, soit la même proportion que l'Angleterre, mais deux fois moins que le IIIe Reich, qui affectait 17 % de ses ressources aux dépenses militaires.

fut approché par deux hommes d'affaires allemands envoyés par Franco. Le chef de la rébellion espagnole sollicitait des avions pour transporter les troupes nationalistes. Aussitôt, la Luftwaffe s'engagea dans le combat[1]. Quand j'allais au cinéma, je pouvais voir aux actualités les images montrant les combats de nos pilotes réunis au sein de la Légion Condor[2], sorte de pendant nationaliste aux Brigades internationales. Cet engagement eut un certain retentissement en Allemagne. En 1936, mon frère Erbo aurait bien voulu partir là-bas, rejoindre les as de la Luftwaffe qu'étaient les Mölders, Lützow et surtout Galland, son grand ami. Mais, à son grand désespoir, il a raté l'occasion, à quelques semaines près, pour des questions de tests d'aptitude.

Cet engagement fut d'abord officieux parce qu'Hitler tentait, par un double discours, de préserver son « honorabilité » en Europe. Mais bientôt, la présence sur le sol ibérique des soldats allemands fut connue de tout le monde et l'on sut que l'aviation nationaliste était surtout composée de Messerschmitt et des premiers Stukas, l'armée de l'air espagnole étant restée fidèle à la République.

HSM : Ma famille était favorable aux nationalistes. L'Église s'était rangée à leurs côtés. L'évêque de Pampelune avait même déclaré que les troupes de Franco ne livraient pas une guerre, mais une croisade[3]. Chaque

1. L'Italie fasciste envoya soixante-quinze mille soldats, six cent cinquante avions, cent cinquante chars et d'innombrables munitions. Les soldats allemands furent seize mille, avec six cents avions, deux cents chars, des canons et des instructeurs militaires.

2. Forte de cinq mille soldats, elle fut notamment responsable du bombardement, pour l'exemple, de Guernica, le 26 avril 1937, qui fit plus de mille cinq cents morts, soit plus d'un quart de la population.

3. L'enseignement, dans l'Espagne franquiste, fut confié à l'Église catholique après l'élimination de plus de six mille instituteurs de gauche.

jour, dans la presse, nous apprenions les exactions des rouges contre les prêtres et les religieuses. Ce combat frontal, où l'Église se posait en martyre, n'était pas sans rappeler les histoires terribles de la Révolution française, le temps de la Terreur et des prêtres réfractaires. Je me souviens de ce mot de mauvais goût paru dans la presse : « *Exhumées par les rouges. Horizontalement. En dix lettres.* » La réponse était : « *Carmélites.* »

Avec leurs drapeaux ornés du Sacré-Cœur, les nationalistes se présentaient comme un rempart. Un de nos voisins, Michel de Decker, s'était engagé dans la Légion étrangère espagnole, et cela avait fait sensation dans les salons. Je suivais avec passion l'évolution du conflit, en soutenant les « blancs ». Je sentais que la guerre d'Espagne était comme un prélude à des affrontements futurs et inévitables. Dans le Sud-Ouest, nous voyions arriver les réfugiés[1], qui donnaient un visage étonnamment proche à cette guerre.

AK : Les Allemands pensaient que ce conflit serait une épreuve grandeur nature pour nos soldats et nos matériels. Par exemple, pour le Messerschmitt, qui n'était pas encore officiellement introduit dans les escadrilles. Ou le Junker 52, que nous appelions la « tante Ju » et qu'Hitler avait prêté à Franco pour transporter ses troupes. C'était la première fois que l'on essayait cet avion de transport, qui servit pendant toute la guerre et même au-delà, puisqu'il a aussi convoyé les soldats français en Indochine.

Cette intervention a coïncidé avec l'essor de la nouvelle armée allemande, née un an plus tôt. L'ancienne Reichswehr était l'enfant de la République de Weimar, une armée de métier et, avouons-le, une armée de caste.

---

1. Environ cinq cent mille républicains espagnols se réfugièrent en France, notamment après la défaite de leur camp.

La Wehrmacht était composée de conscrits parce qu'elle était destinée à être le creuset de l'Allemagne unifiée : à partir de 1936, il y eut treize millions d'Allemands, dont cinq mobilisables en quarante-huit heures. Durant la guerre d'Espagne, l'Allemagne a suivi avec passion les faits d'armes de ses soldats. Au retour de la Légion Condor, un grand défilé fut organisé en son honneur à Berlin. L'état-major avait créé des décorations spéciales pour les aviateurs, une sorte de croix rouge argentée qui se portait sur la droite de l'uniforme. Imaginez la fierté de ceux qui l'arboraient : c'était la première fois, depuis 1918, que nos soldats relevaient la tête.

HSM : J'ai commandé, à la Légion, de nombreux Espagnols qui venaient des rangs républicains[1]. Un de mes sous-officiers s'appelait Lombardero. Avant de s'engager dans la Légion, il avait combattu parmi les républicains espagnols. C'était un homme haut en couleur, rayonnant et redoutable au combat. Sans renier mes émotions de seize ans, je me suis rendu compte avec plus de force encore du drame qu'avait été cette guerre civile, à quelques dizaines de kilomètres de Bordeaux. Notre jeunesse a côtoyé un champ de ruines[2].

---

1. Dix mille volontaires espagnols s'étaient engagés en 1939 dans la Légion. Ils avaient rejoint ensuite les Forces françaises libres et avaient été intégrés à la 2e DB de Leclerc. Une compagnie de la 2e DB était entièrement composée d'Espagnols. Elle fut chargée d'appuyer l'insurrection parisienne en 1945. Les premiers chars qui pénétrèrent dans Paris étaient baptisés de noms espagnols : Madrid, Guernica, Brunete ou Guadalajara...

2. En trois ans, la guerre d'Espagne a fait plus de neuf cent mille morts. L'hécatombe ne s'arrêta pas à la victoire de Franco, en avril 1939. Jusqu'en 1945, la répression fut féroce : cent quatre-vingt-douze mille républicains furent encore exécutés ou abattus.

TROISIÈME PARTIE

La guerre

L'année 1939 commence par de nouvelles restrictions concernant le statut des juifs allemands. Désormais, ils ne pourront plus conduire ni se rendre au spectacle. Les visas de sortie s'accompagnent d'un véritable racket.

Le pays est maintenant totalement aux mains des nazis. En secret, Heydrich est chargé par le Führer de préparer « la solution finale à la question juive ». L'ordre d'éliminer certaines catégories de malades (handicapés physiques et mentaux) par injection ou gazage est prêt à être mis en application. Hitler attendra le premier jour de la guerre pour le signer. L'Allemagne compte plus de trois cent mille détenus politiques. Tout enfant de dix à dix-huit ans est obligé d'adhérer aux Jeunesses hitlériennes, sous peine de sanctions.

Chacun peut se rendre compte que le compte à rebours a commencé. Pour célébrer les cinquante ans d'Hitler, l'armée allemande est mobilisée. Elle parade devant le Führer, qui reçoit la maquette géante d'un arc de triomphe.

Pourtant, la guerre n'est pas encore déclarée.

Après l'Anschluss au détriment de l'Autriche, l'intégration des Sudètes aux dépens de la Tchécoslovaquie et Prague, en mars 1939, le prochain objectif d'Hitler s'appelle la Pologne. Solennels, les gouvernements français et britannique garantissent la frontière de leur allié. Mais Hitler n'en a cure, d'autant plus que, le 23 août, à Moscou, Ribbentrop et Molotov signent un pacte d'amitié promettant, officiellement, une neutralité pendant dix ans et, officieusement, un partage des pays baltes et de la Pologne.

Une semaine plus tard, le 1er septembre, l'Allemagne envahit la Pologne. Des divisions allemandes se ruent sur Varsovie. Pour s'opposer aux Panzers, l'armée polonaise ne compte qu'une centaine de chars. En revanche, elle s'enorgueillit de trente-sept régiments de cavalerie à cheval. Ils seront broyés par les unités motorisées de la Wehrmacht. Le 3 septembre, l'Angleterre et la France déclarent la guerre à l'Allemagne.

La paix en Europe n'aura pas duré vingt ans.

En France, cinq millions d'hommes sont appelés sous les drapeaux. L'intendance est incapable de subvenir aux besoins de tous. Pendant les premiers mois, certains mobilisés gardent leurs vêtements civils. Le sergent Maurice Thorez déserte, le 9 octobre, et gagne l'URSS, obéissant à la logique du pacte germano-soviétique qui préconise la neutralité des communistes vis-à-vis de l'Allemagne. Cette attitude entraîne l'arrestation de trente-cinq députés affiliés au PCF.

L'URSS entre à son tour en Pologne, conformément au pacte germano-soviétique. Staline s'attaque aux élites, déportant presque deux millions de Polonais au goulag. Un million n'en reviendra pas.

Les antagonistes s'observent derrière leur ligne, Maginot pour les Français, Westwall pour les Allemands. Le généralissime Gamelin a soixante-sept ans ; le prestigieux Weygand, soixante-douze ; et le maréchal Pétain, ambas-

sadeur à Madrid et futur chef de l'État français, quatre-vingt-trois. En face, Guderian a cinquante et un ans ; Hitler, cinquante ; et Rommel, quarante-huit. Dans les deux états-majors, l'audace n'est pas également répartie. À peine les Français entreprennent-ils une intrusion dans la Sarre qu'ils rebroussent chemin pour ne pas provoquer l'Allemand. L'opération coûte trois cents morts et ne porte aucun fruit. Le haut commandement de la Wehrmacht est soulagé. Si les troupes françaises avaient agi de façon déterminée, ses soldats auraient dû céder et le Rhin aurait été atteint sans résistance sérieuse. Les jours passent. C'est la « drôle de guerre », *disent les Français ; la* phoney war, *la guerre en toc, pour les Anglais.*

En novembre 1939, le Führer échappe de peu à un attentat. L'explosion d'une bombe provoque la mort de six personnes et en blesse soixante-trois autres. La police d'État accuse les services secrets britanniques d'avoir financé et armé l'ancien rival d'Hitler, Otto Strasser. Miraculé, le dictateur paraît invincible. Le 10 mai 1940, il lance ses troupes sur la Belgique, la Hollande et la France.

Cette année-là, le prix Nobel de la paix n'est pas attribué.

De part et d'autre du Rhin

AK : En septembre 1939, l'heure n'était pas à la liesse. Nous étions rentrés plus vite que prévu de nos vacances à Munzingen, car mon père craignait pour sa propriété. Il était persuadé que les fortifications du Westwall ne tiendraient pas longtemps face aux redoutables divisions françaises. Le jour même de la déclaration de guerre à l'Allemagne, nous nous rendîmes à l'église de Wittlich où le curé du village avait proposé aux fidèles de se réunir pour une assemblée de prières pour la paix. Au retour, un terrible orage éclata sur la campagne mosellane et j'entends encore ma mère dire : « *C'est un signe de Dieu. Cette guerre est un crime. Nous devrons le payer.* »

Pourtant, j'étais beaucoup moins alarmé que mes parents. Dans mon jeune esprit, soumis à la propagande officielle, la Pologne n'était autre qu'une création du traité de Versailles. En réintégrant les Allemands de l'autre côté de la frontière, Hitler vengeait définitivement notre peuple de l'humiliation de 1918.

HSM : D'une humiliation à l'autre... La débâcle de juin 1940 fut un des événements clés de mon existence.

L'adolescence, à cette époque, n'existait pas. Nous étions à la fois beaucoup plus innocents qu'un jeune homme d'aujourd'hui, et en même temps infiniment plus graves. J'étais sur les bancs du collège, à Tivoli, l'esprit happé par cette guerre que je ne voyais pas encore. J'ai voulu devancer l'appel mais mon père m'en a empêché. Ses deux fils aînés étaient mobilisés. Il voulait retenir l'hémorragie. Les souvenirs de Verdun le hantaient.

Je me souviens des préparatifs de la guerre, des rodomontades des officiels, des discours au clairon... « *La route du fer est coupée.* » « *Nous vaincrons parce que nous sommes les plus forts* » J'y croyais. Lors de l'offensive allemande, toute la famille était suspendue à la radio, un gros poste de TSF au son inimitable, ample et grêle. La guerre... Et très vite, la débâcle. Inattendue, radicale, monstrueuse, comme un torrent qui déferle et emporte tout. Depuis ce jour, je sais que tout peut disparaître en quelques heures, que rien n'est jamais impossible.

Mon père a eu un malaise en apprenant que le gouvernement demandait l'armistice, le 17 juin. Il a perdu connaissance à l'annonce de ce coup du sort qui annihilait ses années de lutte et de souffrance à Verdun.

Dès que j'ai appris l'arrivée des premières colonnes de l'exode, j'ai séché la classe, par curiosité. J'ai erré dans les rues de Bordeaux, pleines de soldats en goguette ; certains étaient hirsutes ou soûls. J'ai croisé des réfugiés, entassés sur des charrettes ou dans des voitures avec un invraisemblable bric-à-brac, cherchant à trouver des chambres libres... En quelques jours, la ville a vu tripler ses effectifs. Les restaurants aussi étaient pleins. L'écrivain Julien Green, qui était à Bordeaux en ces jours, a décrit mieux que je ne pourrais le faire l'atmosphère qui régnait au Grand Café, à la décoration digne d'Offenbach, et dans les hôtels à ce point surchargés qu'on proposait de louer une même chambre le jour et la nuit à des clients différents[1].

Il régnait sur la ville un sentiment confus de honte et de soulagement. Les soldats qui avaient échappé au feu profitaient de cette accalmie sous le soleil, mais ils n'étaient pas fiers.

Comme en 1870 et en 1914, le gouvernement s'était replié sur la Garonne. J'ai vu arriver place de la Comédie le général Weygand[2], accompagné de Paul Reynaud[3] qui était encore président du Conseil. Je vois encore la foule applaudir, et Weygand l'interrompre d'un geste agacé signifiant : « Ce n'est vraiment pas le moment ! » J'étais seul, silencieux, soucieux. J'entends encore le bruit que faisaient mes souliers ferrés sur le pavé du quartier Saint-Pierre. Je voulais tout voir. Je volais au passage quelques phrases des conversations sur les chocs des Panzers et la trouée des Ardennes. À la maison, il régnait une atmosphère funèbre. Mon père s'enfouissait dans le travail.

Il faut se replonger dans l'époque. Nous avions été dressés dans le strict respect des notables, toujours au premier rang de la remise des prix d'excellence, en redingotes et jabots, chapeaux et boutonnières fleuries.

---

1. Julien Green, *La Fin d'un monde*, Le Seuil, 1992.

2. Ancien chef d'état-major du maréchal Foch de 1914 à 1923, le général Weygand reçut le commandement en chef des armées françaises, à la place du général Gamelin, au milieu de la débâcle (mai 1940). Il recommanda l'armistice avant de gagner l'Afrique du Nord. Arrêté en France par les Allemands en 1942, il fut déporté en Allemagne. Son procès en « indignité nationale », à la Libération, fut clos par un non-lieu.

3, Président du Conseil en mai 1940. Opposé à l'armistice, il laissa sa place au maréchal Pétain. Proche du général De Gaulle avant la guerre, il ne rejoignit pas le camp allié. Il fut interné par le gouvernement de Vichy puis par les Allemands, mais reprit sa carrière politique sous la IVe puis sous la Ve République, où il fut président du comité consultatif qui supervisa la rédaction de la Constitution.

Avec la débâcle, ce monde disparaissait d'un coup. Nous étions des enfants projetés au premier rang. Les clés de l'avenir appartenaient aussi à ceux qui sauraient s'en saisir.

Pendant un temps, Bordeaux a été le centre de la France. Toute l'administration et les politiques s'étaient réfugiés dans les hôtels de la ville, au Splendid et au Royal Gascogne. Puis les premières troupes allemandes ont franchi le « pont de pierre ». Ils ont marché sur les rives de la Garonne : d'abord des voitures, puis les troupes régulières ont fait irruption sur la place de la Comédie, devant le théâtre de l'Université.

Je les ai accueillies, en mon for intérieur, avec un sentiment de haine. Avec mon esprit juvénile, exigeant, excessif peut-être, je n'acceptais pas, tout simplement. Cette image de l'ennemi dans ma ville était une morsure. La douleur était accrue par le contraste entre cette armée superbe, ces soldats de vingt ans, jeunes et sportifs, et le spectacle affligeant des bidasses en déroute que j'avais croisés. La Wehrmacht avait traversé toute la France avec un matériel rutilant... Les *Feldwebels*[1] étaient bronzés par le soleil de juin et auréolés de l'éclat que procure aux hommes la victoire. J'observais cela avec un mélange de dédain et de fascination. La population n'était pas toujours très digne ; elle s'agglutinait autour des voitures, posait des questions aux nouveaux venus avec un certain empressement. Je souffrais de ce manque de retenue.

Les autorités s'empressaient auprès de leur nouveau maire. Nous avons appris que le préfet de Gironde avait offert des fleurs et un vase de cristal au général Moritz von Faber du Faure, qui prenait la direction de la région. Le maire de Bordeaux, Adrien Marquet, offrait

1. Adjudant dans l'armée allemande et, par extension, mot utilisé pour qualifier tout soldat allemand.

une résidence somptueuse au nouveau « gouverneur ». Mon père, parce qu'il était depuis longtemps conseil de la ville, connaissait Marquet. Avant-guerre, cet homme faisait partie de cette branche « néosocialiste » proche de Pierre Laval qui allait fournir à l'occupant ses collaborateurs les plus actifs. Devenu ministre de l'Intérieur, il exprimera à la radio l'opinion dominante : « Nous sommes dans les décombres du régime capitaliste, libéral et parlementaire. Il faut concilier le point de vue allemand et le point de vue français. De cette collaboration dépend le retour à la vie normale. » Concilier : le mot était lâché.

Quand les Allemands sont arrivés, la ville s'est trouvée dans une situation ambiguë. Les grandes maisons de commerce entretenaient des relations très étroites avec le monde anglo-saxon et le nord de l'Europe. Bordeaux était une ville tournée vers l'extérieur. Relisez les romans de Mauriac, où l'on se moque des Bordelais qui donnent à leurs enfants des prénoms anglo-saxons parce que ça fait chic. Dans la famille de ma mère, employer une nurse anglaise était le fin du fin.

C'est une ville de commerçants, c'est-à-dire à l'esprit pragmatique, toujours prêts à la négociation... En juin 1940, les propriétaires des maisons de vin ont vu arriver comme officiers de l'armée d'occupation certains de leurs agents commerciaux de Cologne, Hambourg, Brême... Et ils n'avaient aucune raison de cracher au visage de ces hommes avec qui, avant-guerre, ils entretenaient de très bonnes relations professionnelles. Ces liens ont servi de prétexte à une première forme de collaboration.

À la maison, c'était différent. L'intransigeance de mon père avec l'occupant était absolue. Pourtant, il s'est tourné vers le maréchal Pétain sans état d'âme, à l'instar de tous les notables déboussolés, qui se raccrochaient au vainqueur du chemin des Dames. Les valeurs affichées par Vichy étaient en harmonie avec celles de ma famille : *la terre ne ment pas*, l'antiparlementarisme, l'esprit de sacrifice... La révolution nationale pouvait apparaître comme un succédané de la monarchie. Le credo familial – le travail et l'abnégation comme règles de vie – s'accordait parfaitement avec la révolution nationale.

En ce qui me concerne, les fresques en couleur du maréchal sur la façade de la préfecture et la rhétorique du « sauveur » me laissaient de marbre. Je ne me souviens pas pour autant avoir entendu le nom du général De Gaulle avant l'année suivante. Mon instinct de résistance était celui d'un enfant humilié qui croise l'ennemi dans la rue et découvre le drapeau rouge au cercle blanc frappée de la croix gammée flottant sur les bâtiments publics. Je voyais du vert-de-gris partout. Et ce ne sont pas les concerts de fanfare et les festivités de l'armée d'occupation le long des allées de Tourny qui allaient me faire changer d'avis.

AK : En avril 1939, âgé seulement de seize ans, j'avais demandé à être admis dans l'armée comme aspirant. Je bouillais d'impatience de me battre. Trois de mes frères étaient déjà officiers. Dans ma famille, l'armée représentait le dernier lieu d'indépendance vis-à-vis du nazisme. Les vieilles familles d'Allemagne y cultivaient leur singularité. Ce détail surprendra peut-être les Français, mais l'armée était la seule institution où l'on ne faisait pas le salut hitlérien.

Le 20 avril, je passai donc une journée à Bamberg, au nord de Nuremberg, pour une série de tests physiques et psychologiques, au 17e régiment de cavalerie. Conformément à la tradition, je fus bizuté au mess, obligé d'avaler un plat immangeable pour tester mes réactions. Je me souviens précisément de ce jour, parce que c'était celui des cinquante ans du Führer et que les toasts levés à sa santé furent nombreux, moins nombreux toutefois que ceux en l'honneur de Louis III, le dernier roi de Bavière[1]. La vieille Allemagne ne s'était pas encore donné corps et âme à son nouveau chef.

J'ai vécu la drôle de guerre entre Blumenscheidt et Trèves, où j'allais au lycée, et demeurais chez l'ancien maire de la ville, Hans Oster, qu'avaient révoqué les nazis. Le conflit paraissait virtuel. Une fois, près de Trèves, j'assistai à l'incursion d'un avion français de reconnaissance. Il fut pris en chasse par la DCA, qui le rata, et ce fut tout. En revanche, en Allemagne l'agitation était à son comble. Sous mes fenêtres se déroulait le spectacle continu d'une armée en marche vers le front de l'Ouest : des chars, des pièces d'artillerie, des troupes à pied... La rue était remplie des cris de sous-officiers dont je reconnaissais la provenance à l'accent : Bavarois, Prussiens, Rhénans, Saxons, l'Allemagne entière était en ordre de bataille. Déjà, par la radio, nous arrivaient les premières nouvelles de l'écroulement de la Pologne.

En décembre 1939, je rejoignis enfin mon régiment. Sur le quai de la gare, ma mère fut soudainement prise d'émotion en voyant partir en uniforme son cinquième fils : « *Tu es quand même bien jeune...* » « *Ça vaut mieux que d'être trop vieux* », lui répondis-je théâtralement. J'étais tellement excité à l'idée de rejoindre enfin le monde des hommes, à l'égal de mes frères.

Au début du mois de mai 1940, je fus affecté à Augsburg dans un bataillon de marche à destination du front de l'Ouest. Cette fois, la ville était à l'heure hitlérienne. Je vois encore les drapeaux, la croix gammée et, dans les rues, les haut-parleurs qui répétaient avec des accents de joie le bulletin spécial du haut commande-

1. Il avait abdiqué en novembre 1918.

ment de la Wehrmacht. Quand notre convoi s'ébranla, le 10 juin, les lignes françaises étaient percées. À Cologne, j'appris que Paris était occupé ; à Bruxelles, que la France avait demandé l'armistice. Pour nous, avant la joie, c'est l'étonnement qui prévalut. Comment nous serions-nous attendus à cette défaite de la plus grande puissance militaire d'Europe ? Et en six semaines ! Le mythe de la France invulnérable, rapporté par nos pères en 1918, avait vécu. Dès lors, qui pourrait encore nous résister ? L'URSS était officiellement alliée de l'Allemagne, l'Angleterre avait subi une cuisante défaite, contrainte de rembarquer à Dunkerque, et nul ne doutait qu'elle demanderait l'armistice à son tour...

Il serait faux, cependant, d'affirmer que l'armée française ne s'est pas battue. Mon frère Clemens était à la tête d'un peloton de chars, et jusqu'à la Loire il se heurta à une vive résistance. Franz Joseph dut mener de très durs combats contre les tirailleurs sénégalais et marocains dans la Somme. Il y eut d'ailleurs près de cent mille morts en quelques semaines, ce qui est comparable aux pires batailles de 1914-1918. J'ai lu les souvenirs d'un jeune lieutenant autrichien commandant une section de reconnaissance à cheval, qui témoigne que, dans les combats dans l'Aisne, les Français se sont défendus farouchement, s'accrochant coûte que coûte à la ligne Weygand[1]. Dans les lettres à ses parents aussi bien que dans son journal, cet officier fait l'éloge du soldat français. Il écrit qu'ils sont quand même chics d'avoir tenu la promesse qu'ils avaient faite aux Polonais de s'engager dans la guerre si l'Allemagne les attaquait. Et ce, en dépit des intérêts de leur propre pays, au risque de la guerre et de pertes considérables.

---

1. Les Allemands appelaient « ligne Weygand », en 1940, la ligne de défense établie le long de la Somme et de l'Aisne, après la bataille de Dunkerque, par le général Weygand.

C'est pour cette raison qu'Hitler redoutait les Français mais les respectait. Il ne les tenait pas dans le mépris raciste qu'il aura plus tard pour les Russes.

HSM : Est-ce si sûr ? J'ai eu connaissance, par des officiers des troupes coloniales, d'exactions commises par la Wehrmacht à l'encontre de nos soldats africains. On m'a communiqué une note rédigée et signée par le chef d'état-major du général Guderian relative au traitement à réserver aux soldats coloniaux : « *Il est établi que les soldats français coloniaux ont mutilé de façon bestiale des soldats allemands. Envers ces soldats indigènes, toute bienveillance serait une erreur. Il est rigoureusement interdit d'envoyer ces prisonniers à l'arrière sans garde. Ils sont à traiter avec la plus grande vigueur.* » Pas de quartier : tel est le sort promis par Hitler aux soldats de la France d'outre-mer.

AK : N'oubliez pas que ce furent des troupes coloniales françaises qui occupèrent la Rhénanie entre 1919 et 1930. La cruauté des tirailleurs sénégalais était, dès cette époque, un mythe largement entretenu parmi la population occupée.

HSM : Cet état d'esprit eut des conséquences dramatiques. En 1940, il entraîna l'exécution sommaire de prisonniers originaires d'Afrique du Nord ou d'Afrique noire – ces faits ont été portés à ma connaissance par M. Aymar de Galbert et le général de Linages. Ainsi le 10 juin, près de Compiègne, des soldats du 24e régiment de tirailleurs sénégalais furent encerclés et faits prisonniers. Un tri s'opéra entre les soldats blancs et noirs, qui signifiait la captivité pour les uns et le peloton d'exécution pour les autres. Un officier allemand très excité commença à brutaliser et à injurier les Africains. Aussitôt, un Français d'origine alsacienne, le capitaine Speckel, s'interposa pour faire cesser ces pratiques qui contrevenaient aux lois de la guerre, et déclara en allemand qu'il était fier de commander ceux que le vainqueur nommait des « *sauvages* ». Il lui fut répondu : « *Si cela vous plaît, vous pouvez aller les rejoindre !* » Il fut exécuté dans un village voisin en compagnie des autres officiers de son régiment qui l'avaient suivi dans la défense de leurs troupes, pendant que l'on fusillait les soldats sur place.

AK : L'histoire épouvantable que vous m'apprenez ajoute à cette découverte que j'ai faite après la guerre : la Wehrmacht fut non seulement complice mais parfois coupable de crimes commis au nom de l'idéologie nazie. Et ce, malgré les efforts de la majorité des officiers allemands pour se distinguer des SS.

La Résistance

HSM : Avez-vous occupé la France, en tant que soldat ?

AK : Oui, quelques mois. Je suis arrivé à Paris le 14 juillet 1940, trois semaines après l'armistice. J'ai débarqué à la gare du Nord à la recherche de mon régiment. Les troupes allemandes étaient encore en mouvement, aucune n'avait encore rejoint sa garnison. La ville ressemblait à une grande ruche bourdonnante de soldats. J'ai passé la nuit dans une quelconque salle des pas perdus, à même le sol, avant de rejoindre un train à la gare d'Orléans, que l'on n'appelait pas encore la gare d'Orsay.

HSM : Comment avez-vous été reçu par les Français ?

AK : Tout à fait correctement, quoique sans effusions. J'ai passé trois mois avec mon escadron dans la Brie. La *Aufklärungsabteilung* 27, à laquelle j'appartenais, occupait le village de Champcenest, près de Beton-Bazoches (Seine-et-Marne). La population a été très digne, nous observant sans manifester un quelconque sentiment. Le propriétaire du château était un vieux monsieur installé au premier étage. Il n'apparaissait jamais, semblable à ce personnage du *Silence de la mer*, de Vercors[1]. Ce devait être sa manière de nous résister. Je revois seulement une femme qui vaquait dans un jardin voisin et avec laquelle nous engagions parfois la conversation. Mon français était extrêmement scolaire. Je le perfectionnais en dévorant *La Madone des sleepings*, le roman de Maurice Dekobra[2]. J'ai même été puni parce que je lisais pendant une garde de nuit à l'écurie. Il faut dire que je m'étais endormi sur mon livre…

HSM : Quel souvenir avez-vous du Paris de l'Occupation ?

AK : Un jour d'août, on nous a acheminés en camion vers la capitale. Hitler nous avait précédés dans ce rôle de touriste : le 23 juin, dans une ville déserte, il avait visité l'opéra et s'était fait ouvrir la loge du président de la République, avant de gagner l'Arc de triomphe et les Invalides où il s'était recueilli sur le tombeau de Napoléon. Nous fûmes lâchés dans Paris après moult recommandations : nous avions six heures pour visiter la ville ; tenue impeccable exigée ; pas de relations avec les Parisiens, encore moins avec les Parisiennes. Et bien

---

1. Vercors est le pseudonyme du dessinateur Jean Bruller, qui, en 1941, créa avec l'écrivain Pierre de Lescure une maison d'édition clandestine, les Éditions de Minuit. *Le Silence de la mer* est l'histoire de l'amour platonique d'un officier allemand pour une jeune Française, dont le silence ainsi que la présence silencieuse de son père symbolisent la Résistance. Le livre circula de la main à la main à partir de 1942.

2. Paru en 1927, ce roman fut un best-seller de l'entre-deux-guerres.

entendu, interdiction formelle d'aller chez des professionnelles. Nous sommes donc partis, cinq aspirants heureux d'échapper à la fastidieuse vie de cantonnement. Paris nous a frappés par la torpeur qui régnait. Peu de monde dans les rues et sur les places, hormis quelques grappes de soldats allemands suivant un guide. Pourtant, en août, la moitié des Parisiens avaient regagné leur domicile après les semaines d'exode. Je me souviens du Louvre, de la tour Eiffel affublée d'un drapeau à croix gammée, mais surtout de ma dernière visite à Montmartre à la recherche d'une aventure amoureuse. En vain. En revanche, je revois encore, dans une rue au pied du Sacré-Cœur, un Maghrébin qui voulait nous vendre des photos pornographiques...

Autant dire que je n'ai eu aucune relation avec la population. J'ai retrouvé le témoignage d'un capitaine de régiment de la 30ᵉ division, la première force d'occupation à Paris. Il raconte que les premiers signes amicaux des Parisiens sont venus dès que nous avons commencé à défiler avec de la musique militaire. Un jour, un détachement a été applaudi, rue de Rivoli, à la relève de la garde.

HSM : Pendant que vous marchiez dans un Paris déserté, je suis entré en résistance sans tout à fait m'en rendre compte. Notre maison du Périgord était en zone libre. Nous n'avions pas de laissez-passer. Sans en parler à quiconque, j'ai décidé de franchir en fraude la ligne de démarcation, sur les coteaux de Castillon-la-Bataille. C'était risqué : les soldats tiraient sans sommation en cas de tentative de franchissement illégal de cette frontière artificielle. J'avais trouvé une combe, dans la propriété d'un ami de la famille[1], qui conjuguait deux

---

1. Il s'agit de la maison d'Émile Prot, dans le village de Carsac-de-Gurçon, entre Castillon-la-Bataille et Sainte-Foy-la-Grande.

avantages : elle était à l'écart des passages contrôlés, et il y avait plusieurs points d'observation qui permettaient de jauger la situation à l'aller comme au retour. La ligne était matérialisée par un chemin de terre mais, de part et d'autre, personne n'avait le droit de pénétrer dans une zone de quelques centaines de mètres. Un jour, je me suis lancé, le cœur battant, les mains moites sur mon guidon, courant vers le petit bois de l'autre côté du vallon. Cette première réussite m'encouragea. Durant cet été 1940, je devins un braconnier de la ligne.

Mes parents me réprimandaient sans trop insister, car je leur rendais service. Ma réputation a vite fait le tour de la famille. Le cancre que j'étais, petit dernier cantonné en bout de table, était devenu l'objet de nombreuses sollicitations pour rendre un service, faire passer un oncle en zone libre...

En octobre 1940, j'ai retrouvé Bordeaux à l'heure allemande, avec ses panneaux de signalisation peints en lettres rouges et noires. L'essence avait presque disparu. Les moteurs à gazogène se substituaient aux voitures. Nous découvrions les cartes d'alimentation et le rationnement de la nourriture. Des récits plus ou moins fantasmagoriques de boutiques de luxe dévalisées par des Allemands aux portefeuilles garnis circulaient dans la ville. Nous apprenions à utiliser la saponaire à la place du savon, la saccharine pour oublier le goût du sucre, et à manger du topinambour. J'ai acquis de cette période une haine profonde du marché noir. L'occupant encourageait le développement d'une économie parallèle. Ce trafic, où les bénéfices étaient décuplés par la pénurie, a fait naître à Bordeaux, comme dans les grandes villes, une petite classe de privilégiés, d'intermédiaires qui profitaient de l'occasion pour gagner grassement leur vie. Je trouvais dégradant ce spectacle de Français profitant lâchement des circonstances pour s'enrichir sur le dos de compatriotes moins favorisés.

Le marché noir, qui s'accompagnait souvent d'une grande complaisance vis-à-vis des Allemands, est une tache de notre histoire.

AK : À quel moment avez-vous décidé d'entrer dans la Résistance ?

HSM : En février 1941. Mais d'une certaine manière, on a décidé pour moi. Un matin, j'ai été convoqué par le recteur de Tivoli, le père de Gorostarzu[1]. Je n'avais jamais parlé avec lui. J'étais un élève banal, sans histoires. Et ce jésuite prestigieux gardait ses distances avec nous. C'était un homme concentré, le visage d'une grande intelligence. Je me suis rendu dans son bureau avec une certaine appréhension, supposant que cette convocation avait pour motif mes bulletins scolaires.

En fait, le père de Gorostarzu avait appris que je passais la ligne de démarcation en fraude, puisque mes passages m'avaient procuré une petite réputation parmi les élèves. Il m'a demandé de rendre service à un ami. J'ai accepté aussitôt. Je le revois encore se diriger vers une porte, au fond de son bureau… Il a fait entrer un homme qui attendait dans une autre pièce. « *Pouvez-vous transporter un paquet qui contient de la correspondance ? N'y a-t-il pas de risques ?* » J'ai répondu non. « *Je n'ai jamais eu d'ennuis, je connais très bien le coin.* » En quelques secondes, j'étais devenu un agent de liaison. J'avais basculé dans la Résistance.

AK : Quelle lourde responsabilité de la part d'un directeur de collège ! Choisir un élève dont on a la charge

1. Le père de Gorostarzu était l'oncle d'un cousin germain d'Hélie de Saint Marc, Bertrand de Gorostarzu, qui servit comme lui à la Légion étrangère. Le père de Gorostarzu fut, après la guerre, provincial de la Compagnie de Jésus.

pour lui confier une mission qui peut le conduire à la mort…

HSM : C'était la guerre… Dans l'action, le sixième sens agit pour vous, et le père de Gorostarzu a dû sentir que j'étais capable de tenir ce rôle. Parfois, j'ai le vertige en pensant aux conséquences de cet instant-là. Je suis entré dans le bureau du recteur comme un adolescent vite monté en graine, un peu trop élancé. J'en suis ressorti avec un secret de vie ou de mort. Ma vie avait basculé.

AK : Vous avez pu parler avec le visiteur de l'ombre ?

HSM : À peine quelques minutes, ce jour-là. Je revois encore son regard perçant, scrutateur, intense, celui du chef de réseau qui, en quelques secondes, doit se dévoiler devant un inconnu. Il jouait à pile ou face. J'avais passé le premier barrage. Il m'a tendu la main, en se présentant sous le nom de « colonel Ollivier »[1]. L'homme était rond et massif. Son allure bonhomme incitait à la confiance. Je n'ai connu son vrai nom et son histoire qu'après la Libération.

1. De son vrai nom Claude Arnould, il était un ancien engagé volontaire de la guerre de 1914. Ses deux frères sont morts au front, lui-même est un survivant miraculeux d'une attaque suicidaire du commandement, le 14 juillet 1918. L'entreprise familiale qu'il dirigeait fit faillite entre les deux guerres. Il semble avoir eu un rôle au service du contre-espionnage durant cette période, sous le pseudonyme de Désiré. Mobilisé en 1939, il échoua à Mont-de-Marsan et, dès juillet 1940, créa un réseau de résistance sur la côte atlantique. Celui-ci prit, à la fin 1941, le nom de réseau Jade-Amicol – « col » pour colonel, le nom de code d'Arnould, et « ami » pour amiral, le nom de code de son homologue britannique de l'Intelligence Service, le capitaine Kuehn. La particularité de ce réseau était d'être directement rattaché aux services anglais, le fameux MI6, et non au général de Gaulle.

Le colonel Ollivier m'a conquis tout de suite. J'ai aimé sa sérénité, sa manière de banaliser ce qu'il me demandait. C'était l'homme de l'ombre dans toute l'acception du terme : chaleureux et distant, manipulateur et maître de lui, dur et calme, à l'affût derrière un air placide. On pouvait lire dans ses yeux une méfiance toujours en éveil et une volonté implacable.

L'adolescence, c'est l'âge des résolutions farouches et des conciliabules intérieurs. Je me suis engagé tout entier. À l'insu de mes parents, je suis allé le voir des dizaines de fois, entre l'hiver 1941 et l'été 1943. Le colonel brouillait toujours les pistes, semblait revenir de Londres quand il était la veille à Arcachon, être en contact avec Churchill alors qu'il avait rencontré un émissaire du Vatican à Paris.

AK : Est-ce qu'il vous a formé au renseignement ?

HSM : J'ai eu la chance d'être intégré dans un véritable réseau professionnel, directement dirigé par les services britanniques, qui utilisait des ecclésiastiques habitués au secret. Ainsi, c'est en résistant que je suis devenu résistant. Le réseau était cloisonné avec soin. Il était exclusivement dédié à l'espionnage, et non aux débats politiques. Sa couverture religieuse facilitait les mouvements, et les groupes ne se connaissaient pas[1].

Beaucoup de résistants n'ont pas eu cette chance. Des hommes merveilleux sont tombés par amateurisme. Ils n'ont pas eu l'efficacité qu'ils auraient pu avoir[2]. On ne

---

1. En 1944, on estime que le réseau utilisait un peu plus de mille agents. Son fonctionnement précautionneux sauva la plupart de ses membres. Sur toute la guerre, seulement huit d'entre eux furent fusillés et vingt-six sont morts en déportation, dont le capitaine Kuehn.

2. Le ministère des Anciens combattants évalue à 77 615 le nombre de résistants tués, fusillés, morts sous la torture ou en déportation.

s'improvise pas clandestin. C'est une culture, des habitudes qu'il faut forger une à une (adopter une autre adresse, un autre personnage, s'en tenir au minimum dans les conversations, ne rien garder sur soi, faire en sorte que votre capture ne « brûle » pas la cache ou la boîte aux lettres du réseau, etc.). Ces attitudes finissent par devenir une seconde nature. Toute ma vie en a été marquée. Aujourd'hui encore – alors que, je vous rassure, mes activités d'espionnage sont réduites à la portion congrue –, j'aime cloisonner mes rencontres, ne jamais donner le programme de mes sorties, taire ici ce que j'ai appris là.

AK : Vous n'avez jamais parlé de votre engagement à personne ?

HSM : Jamais, même par allusion. Le colonel disait : « *Un regard en coin, c'est déjà trop.* » Je vivais dans une double dimension. La première dimension, en surface, était grise et terne : c'était un ersatz de ma vie d'avant-guerre. J'ai repassé mon bac, que j'avais raté une première fois, et puis j'ai suivi sans enthousiasme une préparation à Saint-Cyr, à Bordeaux puis à Versailles.

Le régime de Vichy, avec sa rhétorique et son imagerie, attirait quelques-uns de mes camarades et la plupart de nos maîtres. Ma fréquentation du colonel rendait inefficace la propagande de la révolution nationale, qui, en d'autres circonstances, aurait peut-être correspondu à ma sensibilité tourmentée.

Même mon père se détachait de Pétain. Vous savez que les lois antijuives d'octobre 1941 avaient heurté sa conscience. Mon frère Louis, l'aviateur, était en Afrique noire avant de rejoindre Londres et les Forces françaises libres. J'enrageais de devoir ingurgiter des leçons interminables et vides de sens. Le programme de la préparation me faisait penser à un canard dont on a coupé la tête et qui avance encore.

AK : Quelles étaient vos activités au sein du réseau ?

HSM : Je rejoignais le colonel à chaque moment de liberté. J'étais un de ses agents de liaison, d'abord de part et d'autre de la ligne de démarcation, puis, lorsque la confiance s'est installée, entre les points de contact du réseau dans le Sud-Ouest, essentiellement autour d'Arcachon, dans les Landes et jusqu'à Biarritz.

Le grand jeu scout de l'été 1940 avait été remplacé par un engagement plus oppressant, tant la répression était forte à Bordeaux. Durant les deux dernières années de l'Occupation, la quasi-totalité des réseaux bordelais allait être démantelée, leurs agents arrêtés et déportés. C'était l'hécatombe. La surveillance de la ligne de démarcation s'était considérablement renforcée. Il m'est arrivé de voir une patrouille allemande s'approcher à moins de dix mètres. Une autre fois, quelques balles ont été tirées dans ma direction, mais j'étais déjà hors de portée. Nous allions aux rendez-vous avec un sentiment d'angoisse. Durant ces années 1941 et 1942, la Résistance se battait à mains nues[1]. Le réseau Jade-Amicol surveillait les mouvements de ports, de ter-

1. À titre d'exemple, le monument aux morts de la ville de Sainte-Foy-la-Grande, où Hélie de Saint Marc franchit la ligne de démarcation en fraude, fait état des morts suivants : René Barat, imprimeur du réseau Buckmaster, déporté ; Georges Villeminane, arrêté sur dénonciation, déporté ; Raoul Dumora, instituteur, arrêté sur dénonciation, mort sous la torture des Waffen SS sans avoir parlé ; M. Nouvel, du Groupe Jean, déporté ; Norbert Perrot, du mouvement France combattante, déporté ; Jacques Jacob, dénoncé, torturé et massacré après qu'on lui a fait creuser sa tombe. Suivent les noms de vingt-deux maquisards, tués au fil des accrochages durant l'été 1944, et de six otages juifs fusillés le 5 août 1944.

rains d'aviation ou de gares, les listes de marchandises transportées, etc. Il effectuait des relevés militaires du mur de l'Atlantique et cherchait à obtenir le plus de renseignements possibles sur les troupes allemandes, soit visuellement, soit en approchant des Français qui travaillaient à leur contact.

Le colonel me confia plusieurs missions au-delà de la ligne de démarcation, pour passer des valises dont j'ignorais le contenu ou pour fureter à vélo d'un village à l'autre. Je me rappelle d'une mission à Mont-de-Marsan, durant l'hiver 1942, pour remettre un pli et des colis à un homme que je ne connaissais pas. Comme dans L'*Armée des ombres*[1], nous nous jaugions d'un regard avant d'échanger nos mots de passe. C'était cela, la forme de guerre à laquelle l'armistice nous avait contraints. J'ai passé la nuit chez lui, sursautant au moindre bruit suspect, avant de reprendre le car pour Bordeaux le lendemain.

AK : Par rapport à la guerre classique que vous avez connue ensuite, avez-vous senti des différences ?

HSM : Une immense solitude. Dans l'action clandestine, vous êtes votre principal ennemi. Un homme qui détient un secret a l'impression de le porter sur le front. Il se trahit par d'infimes décalages de comportement, un tremblement dans la voix ou un regard furtif. Je me souviens d'un jour où le colonel et moi prenions un train dans deux wagons différents. À l'arrivée, un contrôle allemand était posté sur le quai. La peur me gagna. J'ai vu passer Arnould quelques dizaines de mètres devant moi, le pas tranquille, sans une hésitation, l'air absorbé, comme si son esprit s'était détaché de son corps. Cela

1. Roman de Joseph Kessel sur la Résistance, paru en 1943, dont Jean-Pierre Melville tira un film en 1969.

m'a donné un coup de fouet. Je me suis appliqué à adopter le même comportement. Et nous sommes passés sans encombre, notre valise à la main. Cette discipline m'a servi plus tard, sous le feu, en Indochine et en Algérie.

Durant l'hiver 1943, le STO[1] a été mis en place. Je n'étais pas encore concerné, mais j'ai senti un déclic. Je voulais me battre à visage découvert. J'ai demandé au colonel de m'aider à passer en Espagne pour gagner l'Afrique du Nord et les forces combattantes. Il a refusé net : « *Votre place au combat est ici. Vous aurez des responsabilités autrement plus importantes que celles de chef de section sur le front du Moyen-Orient.* »

Ce fut notre dernière entrevue avant mon retour de Buchenwald[2]. Je n'étais pas d'accord ; je piaffais ; je ne voyais pas de perspectives s'ouvrir à moi. À la prépa Sainte-Geneviève, un petit groupe se formait. On parlait d'un passeur à Perpignan. Il fallait faire vite, un départ étant prévu pour juillet. Je pris ma décision.

---

1. Service du travail obligatoire : organisation officielle destinée à fournir une main-d'œuvre française aux usines allemandes. D'une durée de deux ans, le STO s'appliquait aux hommes nés entre le 1er janvier 1920 et le 31 décembre 1922. Le 1er mars 1943, un train quitta la gare Saint-Jean de Bordeaux à destination de l'Allemagne. Le 4 juin de la même année, le préfet régional Sabatier recevait une circulaire émanant de Pierre Laval demandant que les insoumis et autres « défaillants » soient recherchés et contraints avec la plus grande fermeté. (René Terrisse, *Bordeaux* 1940-1944, Perrin, 1993.)

2. Dans les années qui suivirent la Libération, le réseau Jade-Amicol fut au cœur de deux polémiques. La première visait Claude Arnould lui-même, suspecté d'avoir continué ses activités clandestines au service du Vatican et de la CIA. La seconde concernait plusieurs « bulletins de résistance » accordés, après la guerre, par Claude Arnould à des officiels de Vichy comme Maurice Papon, préfet de la Gironde, ou Paul Baudoin, éphémère ministre de Pétain en 1940. Vraies ou fausses, ces pratiques furent, en tous les cas, une politique récurrente des services américains, qui « retournèrent » en Italie, en Allemagne et en France de nombreuses personnalités engagées du côté de l'Axe pour les utiliser au cours de la guerre froide.

J'ai demandé à parler à mon père, dans la bibliothèque du Fournial. C'était un jour d'été comme le Périgord en a le secret, chaud, lourd, écrasé d'odeurs de magnolia et de tilleul mêlées à celles de la ferme qui remontaient de la cour. Nous étions en guerre mais rien ne pouvait troubler la beauté de ce jour-là. Mes neveux s'ébattaient dans la prairie et les éclats de leurs voix nous parvenaient assourdis. Je n'ai rien dit de mes activités dans la Résistance, alors même que nous risquions de ne plus jamais nous revoir. L'instant était dramatique, presque mélodramatique. Mon père s'opposa pour la forme à ce départ. Un fils en captivité, un autre qui se battait au-dessus de la Ruhr ; j'étais le troisième à entrer dans l'engrenage de la guerre. Mais il accepta de me donner l'argent du passage. Comme nous étions deux grands sensibles et deux solitaires, nous avons abrégé les effusions.

AK : Comme ma mère le jour de mon départ vers mon régiment, votre père avait senti que rien ne vous freinerait. Leur attitude peut étonner aujourd'hui. En dépit de l'éducation rigide et coercitive qu'ils nous avaient donnée, c'était leur manière de respecter notre liberté.

HSM : Longtemps après, en cellule puis en déportation, j'ai repris le film de ces dernières heures où tout était encore possible, où j'aurais pu échapper à mon destin. À vingt ans, j'étais déjà un homme de rupture. Lorsque je fais un choix, je n'ai pas pour habitude de m'arrêter en chemin.

J'ai vécu ma dernière nuit au Fournial, mon dernier bol de lait dans la cuisine, le dernier baiser de ma mère. J'ai remonté l'allée des pins sur ce sentier où je disais au revoir à mon enfance heureuse. J'ai rejoint la route en haut du coteau, résolu et buté. J'allais enfin me battre à découvert.

En évitant les gares et les contrôles, j'ai rejoint notre lieu de rendez-vous, un 13 juillet, à Perpignan. Un petit groupe se formait dans un café, avec un mot de passe digne d'un film de série B : « *La parole est à l'Évangile.* » J'avais cru cette filière aussi sûre que le réseau du colonel. Ce n'était qu'un tuyau percé comme il y en eut tant en ces périodes troublées[1]. Nous fûmes mis en relation avec un homme qui assurait pouvoir nous faire traverser les Pyrénées. Ce passeur jouait un double jeu. Pour sauver sa propre vie, il avait accepté de livrer un convoi sur deux. Nous avons embarqué dans un camion bâché, à la tombée de la nuit. Une heure plus tard, nous étions aveuglés par les projecteurs des Allemands qui nous attendaient tranquillement dans un chemin de vigne. Après quelques interrogatoires musclés, j'ai connu la prison puis le camp de Compiègne, prélude à la déportation. Pour moi, la guerre allait se poursuivre d'une autre manière, dans la nuit et le brouillard[2].

---

1. L'estimation la plus courante est de plus de cent vingt mille tentatives de passage des Pyrénées en fraude, dont seulement un tiers a réussi.

2. Le 7 décembre 1941, Hitler donna l'ordre d'appliquer le décret *Nacht und Nebel*, dont l'appellation est inspirée d'un vers de *L'Or du Rhin* : « *Soyez semblables à la nuit et au brouillard...* » Il s'agit d'un ensemble de mesures d'exception – tortures, exécutions sommaires, déportations... – applicables aux auteurs d'actes hostiles au Reich. Le chef du haut commandement des forces armées, le général Keitel, apposa son commentaire au bas du décret : « *Un effet de frayeur efficace et durable ne peut être atteint que par la peine de mort ou par des mesures propres à maintenir la population dans l'incertitude du sort des coupables. Le transport en Allemagne permet d'atteindre ce but.* »

La guerre à l'Est

AK : Pour nous, jusqu'à l'été 1941, la guerre a ressemblé à un rêve. Rien ne paraissait devoir nous résister. En janvier, je rejoignis l'école de cavalerie de Krampnitz, dans la banlieue de Potsdam. Je subis avec ma promotion une instruction très dure, mais, le soir, nous attendait la capitale et ses délices. Il régnait à Berlin une atmosphère irréelle. Les combats étaient lointains. Je retrouvais mon frère aîné, Clemens, qui m'entraînait dans les plus belles réceptions de la ville et me présentait à ses amies. Je fis la connaissance de la fille du ministre des Sports du Reich, Fee Tschammer und Osten, qui n'avait qu'un défaut : elle habitait à vingt-cinq kilomètres du centre-ville, dans une magnifique villa construite pour les jeux Olympiques de Berlin. Pour ses beaux yeux et sa conversation (elle me racontait toutes les histoires qui couraient chez elle sur les dignitaires du régime), le petit aspirant que j'étais se ruinait en taxi.

Je rendais aussi visite à Oskar de Prusse, le fils du kaiser, ami de ma mère et de mes tantes, qui demeurait à Potsdam. À la différence de ses frères, il avait refusé toute compromission avec Hitler. Quand j'arrivais chez lui, il commençait par m'intimer l'ordre de me taire en mettant un doigt sur sa bouche, puis plaçait un coussin sur le téléphone pour se garder des écoutes, qui étaient monnaie courante dans l'Allemagne policière d'alors. Exclu de l'armée sur ordre du Führer (alors que ses frères avaient rallié le régime), il occupait ses loisirs forcés à construire dans son jardin un abri antiaérien pour lui et sa famille, sur le modèle des fortifications de Verdun.

Je me souviens du 10 mai 1941 comme du dernier jour de répit que connut notre famille. J'avais profité du mariage d'une cousine pour demander une permission et me rendre chez mes parents. Trois de mes frères avaient fait de même et nous avons fêté ensemble le soixante-dixième anniversaire de mon père. Pour ne pas être en reste, mon père consentit à endosser sa vareuse d'officier général de l'empereur. Ce jour-là, l'insouciance régnait à Blumenscheidt. Ce ne fut que plus tard que nous avons appris qu'un curieux événement avait eu lieu, l'un des premiers dysfonctionnements dans la marche impeccable du Reich nazi : pendant que nous faisions la fête, Rudolf Hess, le remplaçant d'Hitler à la tête du parti, gagna l'Angleterre en avion. Les communiqués officiels expliquèrent que le compagnon de captivité du Führer était devenu fou, mais ce départ suscita des interrogations : mission secrète auprès de Churchill ? Trahison ? « *Les rats quittent le navire* », commenta simplement mon père.

L'incident fut étouffé, pour tout dire oublié, et à la mi-mai j'appris que j'étais versé dans la 9e Panzerdivision. J'étais fou de joie. C'était l'une des plus prestigieuses unités de la Wehrmacht, qui venait de se couvrir de gloire en Pologne, en France et dans les Balkans. Bientôt nous partîmes vers l'Est. Je me souviens de mon étonnement à l'annonce de cette destination : nous n'y comptions plus d'ennemi depuis que le pacte germano-soviétique avait fait de l'URSS un « allié ».

En réalité, Hitler et Staline s'observaient, chacun soupçonnant les arrière-pensées de l'autre et attendant le premier prétexte pour rompre ce traité de circonstance. À sa signature, Hitler voulait pouvoir agir en Pologne à sa guise, et Staline gagner du temps pour achever de construire l'armée Rouge. Mais l'affrontement entre l'Allemagne et l'URSS était inévitable. Côté allemand se mêlaient des considérations idéologiques (contre le bolchevisme), racistes (70 à 80 % des Russes, croyait Hitler, étaient des « Mongols ») et stratégiques : ce vaste pays représentait un territoire « naturel » d'extension. Le dimanche 22 juin, nous mîmes les moteurs en marche, direction Moscou. Nous entrâmes en Russie en traversant le fleuve Bug, qui coule dans l'est de la Pologne.

HSM : Avez-vous reçu un accueil comparable à celui de la France ?

AK : Bien meilleur ! Nous avons été reçus dans tous les villages d'Ukraine comme des libérateurs. Les femmes nous apportaient du pain, des œufs, du vin et du miel. En cet été chaud, je me souviens de la profusion de prunes, de reines-claudes, de mirabelles. Les premières semaines de la guerre en URSS furent un enchantement…

L'Ukraine a été l'une des régions à souffrir le plus de l'instauration forcée du marxisme. Staline avait ordonné des déportations massives pour briser la résistance des paysans au projet bolchevique. Il eût été facile à Hitler d'être véritablement le libérateur, comme l'affirmaient des affiches apposées dans tout le pays. Mais, aveuglé par sa haine des Slaves et des juifs, il se conduisit en despote et les sentiments de la population basculèrent d'autant plus vite que Staline, au même moment, changea de vocabulaire, adoptant un ton patriotique et adressant par voie de radio des messages à ses « *frères* » ukrainiens pour les exhorter à la résistance.

Ils croyaient que nous venions les libérer du joug stalinien dont ils souffraient particulièrement, et nous les traitions en peuple inférieur. Hitler avait pour projet de repousser les populations au-delà de la Volga, pour mettre Berlin à l'abri des menaces russes et utiliser le territoire comme colonie allemande. Après la Wehrmacht, arrivèrent les administrateurs nazis, qui mirent en coupe réglée les villes et les villages, réquisitionnant toutes les ressources. Sans parler des exactions[1]...

Nos supérieurs s'opposaient parfois à cette politique. Pendant la campagne de Russie, les cadres de mon bataillon furent convoqués par le chef de corps, le major von Ohlen, qui déclara que, malgré l'ordre d'Hitler de séparer les commissaires politiques soviétiques des autres prisonniers et de procéder à leur exécution immédiate, il venait de recevoir un contrordre du général de corps d'armée interdisant de telles exactions. C'est à ce dernier qu'il fallait obéir. Cela n'a pas empêché que

---

1. Hitler, à l'Est, avait choisi une guerre d'anéantissement. Quatre groupes mobiles de tuerie, les *Einsatzgruppen*, constitués de trois mille hommes, furent chargés d'une politique de la terre brûlée, à l'arrière de l'armée allemande. Ils exécutèrent d'abord les fonctionnaires, les commissaires politiques et les intellectuels. Puis ils s'en prirent aux hommes juifs. Enfin aux femmes et aux enfants juifs. Les victimes devaient se déshabiller en rang, le long d'une fosse commune, avant d'être abattues. En deux jours, certains commandos pouvaient massacrer plus de trente mille personnes... L'*Einsatzgruppe A* annonça, durant l'hiver 1941, avoir déjà exécuté plus de 250 000 juifs. Un rapport remis par Himmler au Führer, le 29 décembre 1942, fixe le nombre de juifs fusillés dans la zone sud de l'urss occupée par l'Allemagne, uniquement entre août et novembre 1942, à 362 211 personnes. Au total, on estime les victimes à plus d'un million.

d'autres horreurs furent commises en Russie, où les nettoyages de villages furent fréquents[1].

HSM : Jusqu'où êtes-vous allé, en Russie ?

AK : Je commandais une patrouille blindée de reconnaissance, autrement dit trois automitrailleuses blindées équipées d'un petit canon de 20. Ma mission consistait à reconnaître le territoire devant nous pour voir où étaient les Russes. Se fixaient-ils encore quelque part ? Tel ou tel village était-il encore occupé ou non ? Notre pire ennemi était un petit canon antichar que les Russes avaient dans toutes leurs unités : un canon Krupp de 47 mm, idéal pour les embuscades. Chaque fois que l'on s'approchait d'un village, souvent à travers champ, dans les derniers cent mètres on s'attendait à voir le célèbre flash, synonyme de l'entrée en marche du canon.

Nous sommes allés jusqu'au fleuve Don, au nord-ouest de Stalingrad. Pour être précis, la ville de Voronej, à un endroit où le Don et la Volga font chacun une incursion, l'un vers l'est, l'autre vers l'ouest. Nous avons eu à combattre plusieurs ennemis. Au début, la chaleur écrasante de l'été continental, assortie d'une épaisse poussière suffocante. Puis vint la boue, qui nous obligea à ralentir notre progression. À partir d'octobre, la

---

1. D'autres officiers généraux furent moins cléments. Le chef de la 6e armée, von Reichenau, écrivit dans son ordre du jour du 10 octobre 1941 : « *Le soldat doit avoir pleinement conscience de la nécessité de sanctions sévères mais justes contre la sous-humanité juive.* » Et le chef de la 11e armée, von Manstein, renchérit le 20 novembre 1942 : « *Le soldat doit faire preuve de compréhension à l'égard de la nécessité des sévères mesures d'expiation menées à l'encontre des juifs, qui sont les dépositaires spirituels de la terreur bolchevique. Cette expiation est nécessaire pour étouffer dans l'œuf tous les soulèvements qui sont, pour la plupart, organisés par des juifs.* »

pluie s'est mise à tomber, transformant la terre noire d'Ukraine en une sorte de colle tenace immobilisant les véhicules, les chevaux, les hommes. Cette pluie a duré jusqu'à fin novembre. Ensuite, les premiers grands gels ont commencé et la température a baissé rapidement, nuit après nuit, de plusieurs degrés. Jusqu'à moins 50 °C. Mais curieusement, le plus pénible pour le soldat, ce n'est pas le froid, parce que même par les températures les plus basses, il peut avancer. Tandis que dans la boue, il est immobilisé, autrement dit sans défense.

Les partisans ont profité de cette dégradation du temps pour passer à l'attaque. Ils se sont efforcés de couper nos liaisons avec l'arrière pour nous priver de ravitaillement... Ces groupes étaient composés des débris de l'armée Rouge, que nous avions battue en été. Songez qu'à l'été 1941, après la grande bataille de Kiev où nous avons mis en déroute une armée entière, nous avons capturé 700 000 prisonniers d'un coup. En deux ou trois jours. On pouvait voir d'interminables colonnes gardées par quelques sentinelles allemandes. Beaucoup de prisonniers ont pu s'enfuir dans les forêts impénétrables de la région. À l'époque, nous n'en avions cure, sûrs de notre force. Mais bientôt, ils se sont reconstitués en unités combattantes soutenues par l'aviation. Avec le climat, ils sont devenus le cauchemar de l'armée allemande.

HSM : Dans son *Journal*, Ernst Jünger écrit, à propos des partisans russes, qu'ils étaient « *semblables à des hordes de loups, traqués dans leurs forêts pour y être exterminés jusqu'au dernier* ». Et il ajoute : « J'ai appris ici des choses qui relèvent purement et simplement de la zoologie. » C'est une phrase terrible !

AK : La guerre contre les partisans fut atroce. Elle donna lieu à une opération dont le nom de code fut

Freischütz, en mai 1943, dans les forêts autour de Briansk, à deux cents kilomètres de Moscou. L'armée allemande était dans la nécessité absolue de se débarrasser de bandes qui menaçaient ses lignes de ravitaillement, faisaient sauter les trains de transport de troupes, semaient la terreur parmi les populations... Un corps d'armée entier fut chargé de ratisser un territoire grand comme deux ou trois départements français pour débusquer ces troupes irrégulières, difficiles à distinguer des populations civiles. Le bilan fut terrible. On rasa des villages. Côté allemand, il y eut vingt-sept tués ; côté russe, mille cinq cents morts dont trois cents femmes et enfants, et cinq cents blessés sans parler des nombreuses personnes déportées. Le général Keitel avait donné ses ordres : « *La lutte contre les partisans doit être sans merci. Même les femmes et les enfants ne seront pas protégés s'ils sont susceptibles d'avoir passé des informations [...] ou d'être du côté des partisans.* »

HSM : Avez-vous, personnellement, participé à cette opération ?

AK : Non. À cette date, j'avais déjà été blessé et j'étais à l'hôpital. La seule opération de cette nature dont j'ai eu connaissance, c'est celle qui a suivi la prise de Tarnopol par notre 9e division blindée, en juillet 1941. Tarnopol était l'une des grandes villes de la fameuse « ceinture juive », qui allait de la mer Noire à la Baltique, le long de la frontière polonaise. Le soir même de notre victoire, un de mes soldats, dépêché en ville pour récupérer un blindé endommagé, fut témoin d'un effroyable spectacle relevant du crime de guerre. Des hommes en tenue SS[1] assassinèrent sauvagement tous

1. Ils appartenaient à l'*Einsatzgruppe D* du SD, qui suivit les unités de combat de la Wehrmacht.

les juifs de la ville, aidés par la population : pour économiser leurs munitions, les soldats frappaient avec des bêches et des pioches. Le massacre dura deux jours, et le nombre des victimes s'éleva à près d'un millier de juifs.

HSM : Quand vous avez eu connaissance de ce qui s'était passé, quelle a été votre réaction et celle de vos camarades ?

AK : Comme les témoins étaient plusieurs, le récit a fait le tour du bataillon et entraîné des réactions violentes de la part des hommes : c'est la première fois que je les vis enfreindre les règles de discipline pour dire à leurs officiers ce qu'ils avaient sur le cœur : ce « nettoyage » était inadmissible. Ils ne voulaient pas être complices de tels procédés. Il fallut ramener le calme dans la troupe. Plus tard, pour achever d'apaiser les esprits, on affirma que les responsables du massacre avaient dû répondre de leurs actes devant une juridiction de leur corps.

Les camps

HSM : Je me souviens de mon entrée en Allemagne, dans un wagon à bestiaux. Mes camarades et moi étions entassés dans ce caisson de bois, dans une grande promiscuité, sans air. On s'accroupissait, genoux écartés, et le buste du voisin venait s'encastrer entre nos jambes. Était-ce le jour ou la nuit ? Je ne sais plus. Par le trou d'un nœud dans une planche, un détenu a vu pour tous les autres le passage de la frontière. Nos rêves d'évasion s'enfuyaient. Chaque cahot du convoi nous éloignait de la France. À cet instant, de rage, j'ai eu les larmes aux yeux.

Nous sommes arrivés à Buchenwald en septembre 1943, au terme d'un voyage épuisant. Ce camp avait été créé en 1937 sur l'Ettersberg, un petit massif montagneux très boisé, impraticable, situé à huit kilomètres de Weimar. Buchenwald se traduit littéralement par « la forêt de hêtres ». La colline était battue par un vent violent que les déportés appelaient *« le souffle du diable »*.

Chaque heure de cette première journée a tracé dans mon existence un avant et un après, sans possibilité de retour.

Il y a eu un avant : l'arrivée sur le quai, les affaires jetées en vrac sur le sol qu'il a fallu enfiler au hasard, vestes trop courtes et sabots de pointures différentes. Il y a eu un après : la colonne, au pas de course, qui franchit les trois porches successifs et la dernière grille avec sa devise, « *Justice ou injustice, ma patrie* », qui aussitôt résonna en nous de manière sinistre, comme un ricanement métallique.

Il y a eu un avant : cette rumeur qui passait d'un rang à l'autre : « *C'est un camp dur, très dur.* » Il y a eu un après : l'attribution d'un numéro de matricule et l'entrée dans le petit camp, séparé du monde concentrationnaire par des barbelés terrifiants au travers desquels nous pouvions apercevoir notre avenir.

Il y a eu un avant : ce jeune homme bravache et courageux à sa manière, policé et ironique, tellement inconscient et adolescent que j'étais en ce matin de septembre. Il y a eu un après : ces peaux rasées, ces mains fouillant dans les poches à la recherche de miettes de pain absentes, ces petits pas hésitants, ces visages prématurément ridés, les regards de bêtes affolées que j'ai découverts dans le camp. J'ai eu un moment de recul et d'effroi.

Le reste est une histoire que j'ai toujours de la peine à évoquer. Certaines nuits, je rêve encore en allemand. Votre langue est la langue de mes cauchemars. Au milieu de la nuit, j'entends certains mots prononcés avec la violence gutturale des ordres qui claquent comme des coups, et je suis précipité dans le gouffre de mon passé de mort-vivant…

AK : Dachau fut le premier camp dont j'ai entendu parler[1]. Quand j'étais adolescent, on disait souvent, mi-

1. Dachau était situé à quinze kilomètres de Munich. Il fut ouvert le 22 mars 1933, sur l'ordre d'Himmler et fut un centre « d'école » pour les futurs responsables de camps. Rudolf Höss, futur commandant d'Auschwitz, y fit ses premières armes et c'est à Dachau que se déroulèrent les pires « expériences médicales » nazies. On estime que 150000 personnes moururent à Dachau.

rigolard mi-sérieux, à quelqu'un qui tenait des paroles un peu libres sur le régime : « *Sois prudent, ne dit pas ça sinon tu finiras à Dachau !* » Comme on aurait dit : « Le grand méchant loup va venir ! » Pratiquer l'ironie était une manière d'évacuer le problème, de ne pas aborder en face l'horrible réalité qu'elle cachait.

HSM : Après la guerre, la découverte des camps de concentration a occulté un fait marquant des années 1930. L'Europe était alors couverte de camps : détention, réfugiés, transit. Dans la France de la IIIe République, les réfugiés en provenance d'Allemagne et d'Espagne[1] étaient rassemblés dans des camps dits de « recueil » dans le sud (Argelès, Saint-Cyprien, Gurs...)[2]. Je sais même qu'il y eut un camp officiellement dénommé « de concentration » à Rieucros, en Lozère.

AK : Avant la guerre, les Allemands furent les premières victimes des camps. On savait parfaitement que si l'on ne s'alignait pas sur les opinions officielles, on risquait l'arrestation. Mais cette crainte était souvent recouverte par un sentiment pervers : pour nous, ces lieux de mort étaient le revers de la médaille, quelque chose comme l'effroyable prix à payer pour ce que le régime donnait à l'Allemagne : l'unité retrouvée, la puissance économique, la force militaire...

---

1. 550 000 Espagnols et 160 000 juifs étrangers.
2. Aujourd'hui, une plaque apposée à l'entrée du camp de Gurs résume à elle seule le statut de ces camps, puisqu'elle fait état de « *23 000 combattants espagnols, 7 000 volontaires des Brigades internationales, 120 patriotes et résistants français, 12 860 juifs immigrés internés en mai-juin 1940, 6 500 juifs allemands du pays de Bade, 12 000 juifs arrêtés sur le sol de France par Vichy* ».

HSM : J'en ai parlé plus tard avec certains de mes subordonnés de la Légion, des Allemands qui avaient fait la guerre, certains comme officiers dans la SS probablement. Je leur ai aussi posé cette question, et ils m'ont répondu : « *Oui, on savait que ça existait. Le régime ne faisait pas de cadeau, mais ce n'était rien comparé à nos victoires.* » En fait, les SS régnaient sur ce monde avec des effectifs réduits. Ils en assuraient la surveillance du haut des miradors, et occupaient les hauts postes de l'administration, déléguant le suivi quotidien aux kapos. Nous redoutions surtout les Blockführer (les chefs de blocs). Certains, dont les noms résonnent encore à ma mémoire, Zöllner ou Sommer, ont laissé un sinistre souvenir car ils étaient d'authentiques bourreaux.

Il n'est pas de meilleur garde-chiourme qu'un ancien détenu. Dans un monde réglé, chacun éprouve de la compassion pour le faible. Mais lorsqu'il s'agit de sauver sa peau, on n'imagine pas ce qu'un homme est capable de faire à ses anciens compagnons d'infortune. Les nazis avaient donc recruté des prisonniers qui acceptaient de collaborer en échange de la vie sauve et d'un certain confort : les kapos. Certains rivalisaient de cruauté avec les nazis. D'autres se servaient de leur statut pour soulager le sort de leurs camarades[1].

Au début, les SS avaient donné le pouvoir aux prisonniers de droit commun, qui portaient le triangle vert. Le doyen du camp, qui était le représentant des détenus devant les SS, fut d'abord choisi parmi les criminels. Puis, dans les années 1940-1941, à la suite d'une révolution interne, les détenus politiques (triangle rouge) reçurent ou prirent le pouvoir dans le camp. Ce chan-

1. Ainsi le légendaire Robert Siewert, qui avait pris un certain ascendant sur les SS et dénonça à plusieurs reprises les exactions des surveillants auprès de la direction du camp, avant d'être lui-même exécuté, en avril 1945.

gement profita surtout aux communistes, bien organisés et hiérarchisés. Allemands, espagnols ou français, ils avaient échangé une parcelle de leur collaboration contre un certain nombre d'avantages : des livres, un cinéma, un orchestre de jazz ou, infiniment précieux, des bottes, des couvertures, de bons vêtements, une soupe moins claire... La distribution des colis de la Croix-Rouge se faisait souvent à leur profit. Dans son livre sur les camps[1], Annette Wieworka a cette comparaison saisissante : parmi les détenus de Buchenwald, dit-elle, il y avait autant de différences de condition qu'entre un SDF et la reine d'Angleterre. Cette situation a provoqué une grande polémique entre les détenus : fallait-il ou non accepter ces miettes de pouvoir ? Cela a-t-il permis de sauver des prisonniers ou, au contraire, compromis des hommes obligés de se plier aux ordres des nazis ?

Je suis arrivé à Buchenwald sans carte de parti, avec un nom de l'Ancien Régime ; j'ai donc été affecté à la construction d'une voie de chemin de fer. Dans *L'Écriture ou la vie*, Jorge Semprun[2] a raconté qu'il fut versé dans l'*Arbeitsstatistik*, un service administratif confortable qui avait un rôle primordial, puisque c'est là que se décidait l'affectation de tel ou tel détenu... Je n'ai pas eu cette chance. Être communiste favorisait l'affectation à des postes stratégiques ou protégés, comme l'infirmerie et les cuisines. On y vivait moins durement qu'à l'usine ou dans la mine. Rares furent les membres du parti affectés hors du camp, dans ces commandos où la mortalité pouvait atteindre 90 % d'un convoi. Ils

1. *Déportation ou génocide*, Plon, 1991.
2. Ancien membre du parti communiste espagnol, écrivain et membre de l'académie Goncourt, Jorge Semprun a publié plusieurs livres sur son expérience de la déportation, parmi lesquels *L'Écriture ou la vie* et *Le Mort qu'il faut*.

contrôlaient les transports, l'approvisionnement, mais aussi espionnaient les nazis et rapportaient des renseignements à la direction clandestine du camp.

AK : Pensez-vous que le milieu d'où vous venez ait vraiment contribué à vous faire affecter à un poste particulièrement harassant ?

HSM : Ça a dû jouer à l'échelon de la nomenklatura communiste du camp, puisque j'ai été envoyé dans un des commandos les plus durs de Buchenwald. Si j'avais été un bon militant du parti, je n'y serais pas allé. On m'aurait trouvé une affectation plus en accord avec mon statut. D'ailleurs, quand je suis arrivé au camp, un de mes camarades communistes m'a dit : « *Il faut que tu te déclares sous un faux nom.* » J'ai refusé : les dossiers administratifs des prisonniers suivaient le convoi, et lorsque des irrégularités étaient constatées les mesures de rétorsion étaient effroyables : elles pouvaient aller jusqu'à l'élimination pure et simple. Mais pour vous donner une indication sur le contexte, Chaumelle, un de mes plus proches compagnons de Buchenwald, ancien radio de la Résistance, m'appelait « *le ci-devant Saint Marc* », comme sous la Terreur…

AK : N'avez-vous pas été tenté de faire partie de ce noyau dur protégé de la mort ? Avec le temps, ne vous êtes-vous jamais dit : « J'aurais dû accepter certains accommodements pour éviter ces souffrances… »

HSM : « J'aurais pu » ou « j'aurais dû » sont des locutions inconnues pour moi. Les conjectures sur le passé ne nous avancent en rien. Je ne l'ai pas fait, c'est tout. Par certains côtés, j'en suis fier.

Il y avait d'autres attitudes possibles. Même dans le pire cloaque, les hommes ont une capacité d'adaptation fulgurante. Abel, l'un de mes compagnons, avait tout compris du système et des rapports de force occultes qui le régissaient. Au bout de trois jours, il nous parlait indéfiniment des tendances et des sous-tendances à partir de déductions compliquées, de fragments de conversation, de modifications de règlement ou de changements d'affectation. Il lisait dans l'organisation du camp à livre ouvert. Il avait un esprit politique. Après la guerre, il a continué son rôle d'éminence grise avec les anciens déportés de l'autre côté du rideau de fer, à l'Est. Quand on a su évoluer au sein d'un monde aussi absurde que Buchenwald, on peut comprendre n'importe quel pouvoir hermétique.

Par tempérament et idéal, je refusais en bloc le système nazi. Je ne croyais pas au communisme. Aucun impératif supérieur ne m'autorisait à envoyer des camarades à une mort certaine plutôt que d'autres. Comment choisir ?

Pour être honnête, je dois préciser que les deux ou trois fois où j'aurais pu succomber à la tentation, mon état physique et moral était supportable. Quelques semaines plus tard, acculé, anéanti, j'aurais peut-être signé n'importe quoi. Je m'abstiens donc de juger. Mais je ne renie pas mon attitude. J'ai payé le prix fort, mais j'ai pu vivre après Buchenwald sans être miné par le remords.

AK : Quel est le ressort qui permet de survivre à cette situation ? Est-ce que l'éducation que vous aviez reçue, enfant, vous a aidé à tenir ?

HSM : Je vous répondrai par un paradoxe. Pour survivre dans les camps, mon éducation fut un handicap. Pour survivre aux camps, ce fut un atout. L'armature morale que j'avais revêtue au cours de mon adolescence s'est fendue le jour où j'ai revêtu l'habit de déporté. La noblesse de sentiment, la politesse de comportement, la retenue, le respect d'autrui, la prière, l'entraide, tout a volé en éclats. Le monde évoluait à l'envers, avec des codes de conduite extrêmement brutaux. Pour survivre, il fallait se refermer sur soi-même, considérer autrui au mieux comme une pierre inerte, au pire comme un obstacle à son espace vital. Il fallait entretenir des relations avec quatre ou cinq amis à toute épreuve, le reste était inutile. Le sourire d'un séminariste, la politesse surannée d'un avocat pétri de culture, le regard intransigeant d'un camarade, l'humour d'un paysan communiste, furent pour moi des éclats d'humanité dans cet univers glacial.

J'avais vingt et un ans. Avec le recul, je me suis rendu compte qu'en camp de concentration – et c'est vrai aussi pour la guerre –, les êtres les plus simples survivent mieux que les autres. L'un de mes amis m'a dit : « *Là-bas, je me suis transformé en animal, avec les besoins, les attitudes et les sentiments d'un animal. Il était toujours temps ensuite de redevenir un homme.* » Juste avant les Italiens et les Yougoslaves, les Français étaient méprisés, raillés du fait de la défaite de 1940 et de la collaboration. Nous étions des sous-hommes parmi les sous-hommes. Je me rappelle de certains Polonais taillés dans la pierre, d'une force colossale. Ils avaient été bûcherons pendant des années, travaillant dans la neige jusqu'à la taille. Je ne sais s'ils avaient jamais connu le goût de la viande. La dureté de Buchenwald semblait glisser sur eux, presque sans les atteindre. Avec mon habitude de dormir dans des draps, de prendre des bains et d'utiliser des couverts en argent, je faisais statistiquement partie des premiers qui auraient dû tomber.

AK : Avec toutes les précautions qui accompagnent la comparaison, j'ai pu faire la même constatation en

Russie, lors du terrible hiver 1941-1942. À cause du grand froid, il fallait lutter sans faiblir contre le relâchement du corps et de la volonté : le sommeil ne pardonnait pas, compte tenu de la température. Sous le coup de la fatigue, les plus lassés s'endormaient facilement en marchant ou assis sur un cheval. Les officiers donnaient l'ordre à tout soldat de réveiller un camarade en train de s'endormir, parce que cela signifiait qu'il se laissait entraîner par la mort. Dans ces conditions, ceux qui avaient le plus de mal étaient les plus jeunes et les mieux éduqués. Les sous-officiers de quarante ans s'en sortaient mieux. Vous, vous avez résisté...

HSM : Je me demande tous les jours à quel prix. Savez-vous jusqu'à quelle extrémité la faim, simplement la faim, peut conduire ? C'est une sensation monstrueuse qui envahit tout. La nourriture finit par devenir une abstraction, un objet de fantasme autour duquel tourne la moindre de vos pensées. L'attente de la ration quotidienne était une obsession. Lorsqu'elle arrivait, la détresse conduisait à la prostration.

Lors des dernières semaines de ma déportation, j'aurais pu faire partie de ces loques qui se jetaient au sol pour se disputer les déchets de soupe tombés dans la boue. La faim m'a conduit aux abords de la folie, dont j'ai failli ne pas revenir. C'est effroyable. Le corps se disjoint. Il a des réactions automatiques, malgré l'engourdissement de la conscience.

Au commencement de ma vie concentrationnaire, certaines images en moi furent plus fortes que la vermine : le visage de ma mère, le soir, se penchant sur mon lit d'enfant ; mon père, droit derrière son bureau de travail ; les images douces du Périgord : du soleil, de la nourriture et de la tendresse. L'amour reçu fut le morceau de bois auquel je me suis raccroché dans ce naufrage. C'était des images du monde d'avant. Le mot le plus courant, à Buchenwald, c'était peut-être : « *Tu te souviens ?* » « *Tu te souviens du goût du confit grillé, presque noir dans l'assiette ?* » « *Tu te souviens de la sensation merveilleuse des pieds au chaud dans des bottes fourrées ?* » Nous avions besoin de revivre dans un passé fantasmé et enchanteur. Certains soirs d'été, dans le camp, la beauté de la nature, la brûlure du soleil, les effluves de baies écrasées et de sous-bois de l'autre côté des barbelés nous serraient le cœur.

Un an plus tard, je ne me souvenais plus de rien. J'étais dans l'enfer d'un tunnel où les détenus tombaient comme des mouches. Mon ressort, c'était de vivre au jour le jour, sans projet. J'ai vécu comme un somnambule sur une route, fatigué, au bord de la chute et qui se dit : « Il faut que je fasse encore un pas, encore un... pour être digne de ce que je veux être. » Ç'a été ma manière d'éviter l'effondrement. Mais il faut faire aussi la part du hasard. Un jour de plus et la mort m'était promise. C'est pourquoi je ne me ferais pas professeur de morale dans les camps.

Mais je voudrais aussi avoir votre regard, vu d'Allemagne, August. Avec le recul des années, nous savons désormais que tout système totalitaire produit, par une sorte d'automatisme, le même univers de destruction. Les nazis, comme les régimes communistes en Russie, au Vietnam ou en Chine, concevaient la société comme une horlogerie où chaque rouage doit obéir à une logique parfaite. Leur système dément n'appréhende l'individu que comme un esclave au service du but final. Tout dysfonctionnement doit être éliminé. Le totalitarisme a donc besoin de lieux pour y déverser les irréductibles, avant d'y engloutir les victimes de la terreur qu'il instaure. Les camps n'étaient pas une excroissance malheureuse du régime nazi. Ils étaient au cœur de son expansion. À quel instant, citoyen puis officier allemand, avez-vous pris conscience de cela ?

AK : La terrible révélation de l'ampleur du système et de ses crimes m'est véritablement parvenue après la guerre. Nous avons tous été pris dans le tourbillon de la guerre : le front pour les soldats, les bombardements pour la population civile. L'Allemagne est devenue une gigantesque gare de triage. Entre les réfugiés, les militaires, les STO, les déportés, tous ces déplacements se faisaient en train… Aussi choquant que cela puisse paraître, dans ce désordre, les convois de prisonniers politiques ou de juifs pouvaient passer inaperçus.

J'ai le souvenir d'avoir, par deux fois, frôlé la réalité concentrationnaire sans que cela me donne vraiment à réfléchir. La première date de l'été 1942. Je venais d'être grièvement blessé et évacué par train. Dans une petite gare perdue, notre convoi fit halte et j'en profitai pour me dégourdir les jambes. Sur une voie adjacente, un autre train était stationné, composé de wagons à bestiaux remplis d'êtres humains dont j'ai aperçu les visages maigres se pressant aux fenêtres pour respirer. Des SS avec des chiens montaient la garde et, à la question de l'un des nôtres sur la destination de ce triste convoi, ils ont répondu : « *Travail forcé à l'Est.* »

Plus tard, tandis que je séjournais à l'hôpital de Lublin, en attendant d'être opéré, j'aperçus de ma chambre des gens en tenue rayée, marchant dans une allée, poussés par des sentinelles et des chiens. C'était le faubourg de Majdanek transformé par les SS en camp de concentration. De mon lit, j'entendis des cris, et même parfois des coups de feu. J'interrogeai une infirmière sur la provenance de ces bruits et elle me répondit naïvement – ou hypocritement : « *La garnison a l'habitude de tirer des salves d'honneur sur les tombes de ses camarades morts à l'hôpital.* »

Aujourd'hui je m'interroge, et j'en suis meurtri à jamais. Face aux scènes que je viens de décrire, je ne me souviens pas m'être posé de questions, avoir été effleuré par le doute. Aucune ne m'a posé un cas de conscience. J'ai pourtant été élevé dans la foi chrétienne. La souffrance de mon prochain aurait dû susciter quelque chose en moi. Peut-être avais-je déjà vu tellement de souffrances en Russie, tellement de morts autour de moi... ? J'étais comme habitué. Et puis, soldat d'un pays en guerre, j'étais entièrement tendu vers un seul but : retourner au front pour me battre aux côtés de mes camarades.

HSM : Votre génération avait pris l'habitude de vivre dans cette prison sans barreaux et sans portes du nazisme ordinaire. Aucun système concentrationnaire n'a jamais manqué de bourreaux. Je n'ai jamais vu l'ombre d'une hésitation chez les soldats qui nous violentaient. À leurs yeux, nous étions de simples numéros sur des listes d'appel.

Vous parlez d'ignorance, mais Buchenwald n'était pas hors du monde. Il existait des villages alentour qui voyaient les commandos au travail. Lorsque nous marchions autour du camp, il nous semblait que, parfois, derrière les fenêtres, on nous observait. Mais jamais aucun civil ne nous regardait en face. Ces hommes et ces femmes paraissaient vivre une existence normale. Ils avaient des enfants, travaillaient, écoutaient la radio. Après avoir croisé nos ombres, les pieds et les jambes enveloppés de chiffons informes, ils rentraient chez eux, bricolaient dans leur jardin, faisaient l'amour. Leur inconscience nous hantait. Nous en parlions sur nos châlits. Nous haïssions cette indifférence des populations allemandes. Nous aurions préféré les crachats ou les cris de mépris. Mais les habitants de l'autre côté du monde, par leur absence de réaction, nous ravalaient à l'état de non-humains et de larves luttant les unes contre les autres pour un morceau de pain mouillé. Nous voyaient-ils seulement ?

La compassion est un sentiment difficile à analyser. Je me souviens d'une scène qui tranche avec le silence hostile des civils allemands. Quand j'étais à Langenstein[1], un satellite de Buchenwald, je travaillais dans l'usine souterraine. Un jour, je fus envoyé avec des camarades pour creuser des tranchées à l'extérieur du camp, sous la garde des sentinelles. Nous n'étions pas jolis à voir, les yeux saillants, d'une maigreur effrayante. Or non loin de nous, des femmes travaillaient dans un champ. À un moment donné, l'une d'elles s'est approchée de nous. Je la revois encore, cette belle femme de quarante ans, une paysanne bien plantée. Ces détails étaient importants pour des prisonniers privés de présence féminine depuis des années. Elle portait un sac de pommes de terre et a tenté de nous le donner. Les SS n'ont pas voulu. Alors elle s'est mise à les injurier. Nous ne saisissions pas le sens de ses paroles mais nous en comprenions la nature : comme Antigone devant Créon, elle faisait valoir que la simple loi de l'humanité primait la loi nazie. À force d'insistance, elle a obtenu gain de cause et les pommes de terre nous furent concédées. Étrange puissance que la résolution d'une femme…

---

1. Le commando de Langenstein, à quelques kilomètres d'Halberstadt, fut ouvert en avril 1944 et compta jusqu'à cinq mille détenus dans dix-huit blocs. La firme Junker cherchait à percer des galeries souterraines – le tunnel – pour enterrer ses usines de production d'avions à réaction et de prototypes V6. Près de dix kilomètres de galeries furent construites, certaines pouvant accueillir des trains d'une vingtaine de wagons. La mortalité fut effroyable : des galeries « consommaient » un mort par mètre d'avancée. L'espérance de vie des déportés affectés au tunnel ne dépassait pas six semaines.

AK : En lisant vos souvenirs, j'ai été frappé par la fraternité dont vous faites état à plusieurs reprises, au cours de ce drame que vous vivez avec vos compagnons.

HSM : Je ne serais pas aussi optimiste. Imaginez la vie à Langenstein, retranché au fond d'une forêt. Presque chaque matin, nous relevions des cadavres[1] que nous portions à la fosse commune dans des caisses de bois, par groupes de quatre déportés, après le travail. Nous n'en parlions jamais. Leur matricule était simplement rayé des plans de charge et des listes du bloc. Nous n'avions plus de larmes. Les appels au secours dans la nuit restaient sans réponse. L'agonie et les cauchemars, le sifflement des poumons à bout de course, les excréments vidés dans les gamelles ou à même les châlits tant certains étaient exténués, les corps purulents sans le moindre pansement, faisaient partie de notre quotidien. Nous étions des sacs d'os prononçant à peine dix mots par jour. Alors, la fraternité…

Mais il est vrai que dans le dépouillement d'un camp de concentration, j'ai fait une grande découverte : la lâcheté et l'égoïsme, la délation parfois, se trouvaient chez ceux où je m'attendais le moins à les trouver. En revanche, j'ai pu connaître la générosité, la noblesse, le courage là où, selon les critères de mon enfance ou de mon adolescence, ils n'auraient pas dû exister. Cela change toutes les perspectives.

À Langenstein, le hasard a voulu que, dans une mine, je sois affecté à un perforateur. On appelait ça un *bohrhammer*, une machine pneumatique pour percer des trous dans la roche. Nous étions deux : moi, le petit Français malhabile et famélique, j'étais à côté d'un mineur de profession, un communiste letton taillé comme

1. Les registres du commando de Langenstein comptabilisent jusqu'à deux cent cinquante-trois morts en une seule semaine.

▲ Toute la puissance de l'aristocratie allemande : le grand-père maternel d'August von Kageneck, le baron Clemens von Schorlemer, ministre de l'Agriculture de la Prusse.

◀ Le père d'August von Kageneck en 1908, lorsqu'il était attaché militaire auprès de l'ambassadeur d'Allemagne à Vienne. En 1914, il fit tout son possible pour empêcher l'engrenage fatal de la guerre.

◀ Le manoir du Blumenscheidt *(la Maison des fleurs,* en mosellan), en Rhénanie, où August von Kageneck passa toute son enfance. En haut, la roseraie.

▲ Les six enfants Kageneck en 1927. August (5 ans) est le deuxième en partant de la gauche.

▼ Un soldat américain présente son automobile dans le parc de la propriété des grands-parents maternels d'August von Kageneck, le château de Lieser, en 1920.

▼ Le baron von Schorlemer au milieu de ses petits-enfants. Le nazisme et la guerre vont emporter toute la famille dans la tourmente.

▶ Le père d'August von Kageneck, en 1935, en uniforme de général de l'armée impériale, entouré de ses deux fils aînés en uniforme d'officier de la Wehrmacht.
Ce fut la seule occasion pour laquelle il accepta de remettre son uniforme.

▲ August von Kageneck *(à gauche)* avec trois camarades de promotion, sur le quai de la gare de Provins, le jour du retour de leur unité en Allemagne (octobre 1940). F.W. Christians, le futur président de la Deutsche Bank de 1975 à 1986, est à droite.

Premiers prisonniers russes ▲ de la section d'automitrailleuses d'August von Kageneck, en juillet 1941, en Ukraine, près de Lwow. Sur le front de l'Est, l'avancée de la Wehrmacht se déroule comme dans un rêve.

◀ August von Kageneck *(à droite)* avec deux officiers de sa compagnie dans le village de Shdanova (en Ukraine, au nord de Koursk), après des combats particulièrement âpres.

▲ Les habitants d'un village ukrainien sortent de leur cachette pour accueillir l'armée allemande après le départ des troupes soviétiques. Quelques semaines plus tard, les *Einsatzgruppen* nazis appliqueront à leur encontre la politique de la terre brûlée.

▲ Au début de l'hiver 1941, l'armée allemande s'enlise. Tout mouvement de véhicule étant impossible à cause de la boue, les soldats se déplacent à cheval. Bientôt, ils connaîtront le froid et le harcèlement des partisans russes.

◀ August von Kageneck avec un lieutenant de sa compagnie dans les positions d'hiver, à l'est de Koursk (hiver 1941). Le lieutenant de la Seconde Guerre mondiale approche. Après le siège de Stalingrad, l'espoir changera de camp.

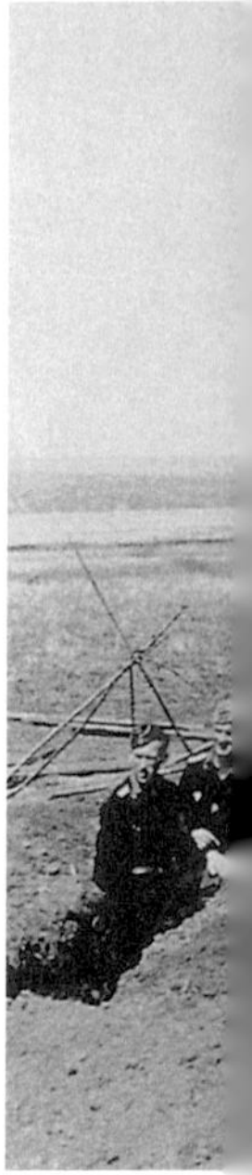

▲ Les positions et le campement de la compagnie pendant l'hiver 1941-1942. August von Kageneck est à gauche, dans la tranchée des fortifications des premières lignes de front. Les conditions extrêmes rappellent le pire des tranchées de la Grande Guerre.

▶ Mariage d'un camarade d'August von Kageneck, le lieutenant Schandill, dans une isba russe, l'hiver 1941-1942. Le lieutenant fête son mariage à distance (sa fiancée étant représentée ici par une poupée). Ce pis-aller permettait aux soldats de se marier en restant au front.

▲ Le frère d'August von Kageneck, Erbo (ici devant son Messerschmitt BF 109, en Sicile, en mai 1941), a trouvé dans la Luftwaffe un exutoire à son tempérament hors du commun.

▼ Dans le quartier général d'Hitler, en Prusse orientale, Erbo *(au milieu)* reçoit les feuilles de chêne pour sa 65e victoire aérienne. Il sera abattu par un avion australien le 12 janvier 1942. Tant de bravoure au service de tant d'horreurs : le drame de l'armée allemande se lit sur cette image.

▲ Erbo porté en triomphe, en Russie, après une nouvelle victoire (octobre 1941). Il devient une des figures de légende de l'aviation allemande.

un bélier d'assaut, qui subsistait plutôt bien dans ce milieu inhumain parce qu'il volait. Il était passé maître dans l'exécution méthodique de ce qui était un crime à l'aune des valeurs d'un camp de travail. Être pris la main dans le sac en train de voler les SS, c'était une balle immédiate. Quant aux vols entre détenus, les représailles pouvaient être sanglantes.

Le Letton avait un sang-froid impressionnant. Dans la logique des camps, il aurait dû me laisser crever en quelques semaines, sans un geste pour moi. Dans ce tunnel, le moindre sentiment humain était un obstacle à la survie. Si j'avais été un homme habitué à fracasser la roche, mon camarade aurait économisé ses forces. Or il s'est attaché à moi. D'une manière incompréhensible, il faisait une part de mon travail. Il me soutenait, m'encourageait et il me faisait profiter de ses vols. Vous connaissez ce que l'on appelle « le syndrome du survivant » : quand vous placez des hommes dans des conditions inhumaines, ils deviennent tous des coupables. Pendant cet hiver terrible, transi de froid et de faim, secoué par la toux, j'ai survécu grâce aux vols du Letton qui privaient d'autres détenus de leur ration. Eux en sont morts, sans doute, je n'en sais rien. Mais j'ai accepté ce pain-là.

Je me rends compte aujourd'hui que cet homme et moi vivions, dans la souffrance, des moments d'amitié extraordinaires. Nous ne parlions pas la même langue. Nous utilisions le jargon qui avait cours dans le camp, un mélange d'allemand, de russe, d'anglais et de français. Cet espéranto de la misère devait comporter vingt-cinq ou trente mots : manger, dormir, pain, peur, content, pas content. Il m'a sauvé la vie pour rien, par pure gratuité.

AK : Avez-vous jamais trouvé la moindre trace d'humanité chez vos gardiens ?

HSM : Il me faudrait chercher longtemps... Mais j'ai un souvenir étrange. L'été 1944, Buchenwald fut bombardé par les Américains, et durant quelques jours après le bombardement, il y eut une période de désorganisation, chose inconnue dans le monde concentrationnaire. Au lieu d'aller travailler à la carrière, nous allions, par groupes, déblayer. J'avais été envoyé, avec quelques autres, dans une villa occupée par des officiers SS qui avait subi des dégâts. Et nous nous affairions dans ce silence pesant des travaux de force, où chacun économise sa salive et ses gestes. À quelques mètres de là, une autre maison d'officiers était, elle, indemne et toujours habitée. Il était peut-être 5 heures du soir. C'était la fin de notre journée de travail, et tout à coup, la porte de cette villa s'est ouverte et un officier SS est apparu. Il portait son uniforme couleur de mort avec les écussons, mais il avait enlevé ses bottes et avait enfilé des charentaises. Dans sa main, il tenait des morceaux de pain. Et, à notre stupéfaction, il nous a fait signe de venir et nous a distribué du pain. C'était comme si, en dehors de son service, une fois rangées ses bottes, il pouvait s'autoriser quelque humanité... Mais pour être franc, c'est le seul geste naturel que j'aie connu en presque deux ans de vie concentrationnaire. Bourreaux et victimes étaient plongés dans un système inhumain.

AK : Après avoir côtoyé d'aussi près le tréfonds de la condition humaine, peut-on jamais reprendre des relations normales avec autrui ?

HSM : On éprouve une certaine difficulté à compatir à des désagréments surmontables. On a acquis pour toujours un sixième sens, celui des survivants qui, d'un regard, savent décrypter le visage d'un compagnon d'infortune. C'est ce sixième sens qui m'a porté à être si proche du peuple vietnamien et de sa tragédie. Par ailleurs, la comédie humaine vous hérisse. C'est vraiment l'épreuve qui révèle le salaud ou l'honnête homme. Tel est devenu l'un des principes qui ont guidé ma vie. Mon attirance pour la Légion étrangère s'explique sûrement ainsi. Le feu est une heure de vérité. Je ne crois pas du tout à la grandeur de la guerre, qui est également une expérience du Mal. Mais, au feu comme en camp, les expériences de fraternité d'armes ou d'esprit de corps ne sont pas des coquilles vides. Et quand on a vécu ensemble la peur, connu ensemble la souffrance, frôlé la mort côte à côte, et surtout réalisé qu'on ne pourrait jamais s'en sortir seul, ce sont des moments qui n'ont pas d'équivalent dans une vie.

Le baptême du feu

HSM : August, vous souvenez-vous votre premier engagement au feu ?

AK : Ma première journée sur le front a eu lieu le 23 juin 1941, le lendemain de notre entrée en Union soviétique, dans le sud de l'Ukraine, un peu au nord de la ville de Lvov… Je me trouvais à la tête de trois automitrailleuses, avec un petit canon de 20 et sept hommes (trois dans la première et deux dans les autres), et j'avais reçu l'ordre d'effectuer une patrouille blindée afin de reconnaître une forêt qui se trouvait entre nous et le fleuve Bug. La guerre n'était plus dans mon imagination. Elle était toute proche, j'allais en éprouver la griserie et les souffrances. J'éprouvais un mélange d'excitation et de peur.

Soudain, nous avons été pris à partie par des tirs provenant de tous côtés. Je me suis immédiatement répété les consignes apprises à l'école : fermer la grille de la tourelle, enlever le cran de sécurité de mon arme, riposter. À chaque tir, chacun d'entre nous sursautait…

HSM : Dans l'armée française, il y a une expression pour décrire ce phénomène. On dit « *il salue* », pour décrire ce mouvement instinctif des épaules et de la tête.

AK : C'est exactement ça. J'avais l'impression très nette d'être dans la zone du feu. Pour la première fois de ma vie, je pouvais être blessé ou tué d'un instant à l'autre. En tout cas, j'étais devenu un soldat à part entière. Mes hommes étaient beaucoup plus rompus au combat parce qu'ils avaient déjà fait les Balkans, les campagnes de Pologne ou de France. Mon adjoint, Auflitsch, était deux fois plus âgé que moi. Il avait tout connu. Devant lui, je devais donc faire mes preuves.

Le soir même, j'appris que c'était des Allemands qui m'avaient tiré dessus, dans le désordre de l'offensive. Cela pour contribuer à mon humilité. Mais je me suis étonné par mon calme. Comme si rien n'aurait pu m'arriver...

HSM : C'est ce qu'on appelle l'initiation.

AK : L'initiation est complète quand on est confronté à ce qui fait le pendant au baptême du feu, la découverte de la mort. Ce jour-là, j'ai aussi vu mes premiers cadavres. C'était des morts de combats antérieurs, des Russes alignés dans un fossé depuis vingt-quatre heures. Sous le soleil ardent de cet été 1941, les corps étaient en décomposition, couverts de mouches, puants... Je suis resté devant eux une bonne demi-heure, à cause de l'encombrement de la route. Une réalité brutale et cruelle venait brusquement de s'ouvrir devant moi, que je n'avais pas du tout connue auparavant.

HSM : J'ai connu plusieurs baptêmes du feu. Le premier à Buchenwald, lorsque nous avons été bombardés par une forteresse américaine. C'était l'été 1944. On avait l'habitude de voir des avions qui passaient, escortés par les petits nuages de la DCA, puis on entendait les explosions sur Erfurt, qui était proche. Les raids alliés sont devenus de plus en plus fréquents. Au début, ils n'avaient lieu que la nuit et c'était les Anglais qui les effectuaient, puis les Américains sont entrés en action en pleine journée. À chaque alerte, les SS nous faisaient évacuer l'usine et nous réfugier dans un petit bois à proximité, mais nous n'imaginions pas que nous serions concernés. Ils n'allaient quand même pas bombarder un camp de concentration...

Et puis tout d'un coup il y eut un tremblement de terre. Les projectiles tombaient sur le bois où nous étions et sur l'usine. Nous nous sommes tous jetés au sol, prisonniers et soldats. Pour ma part, j'ai cru que j'allais entrer sous terre. C'était des bombes incendiaires. Le feu a duré un quart d'heure, et j'ai eu l'impression d'un début d'apocalypse. Je me suis dit : « *C'est la fin du monde, je vais être tué, mais au fond, pourquoi pas ? C'est une solution d'évasion.* » Le plus pénible était peut-être le sentiment de passivité, d'être à la merci d'un éclat sans rien pouvoir faire. Et puis, ce fut le silence... Les gens qui se relèvent, les gémissements des blessés, les cris des agonisants...

Mes autres « baptêmes » eurent lieu en Indochine[1]. Ils furent, si l'on peut dire, progressifs parce que nous vivions dans une sorte de guérilla, et non dans une guerre totale comme vous en avez connue, August. L'ex-

---

1. Hélie de Saint Marc a effectué trois séjours en Indochine : 1948-1950 (affecté au 3e régiment étranger d'infanterie, le long de la route coloniale n° 4) ; 1951-1953 (affecté au 2e bataillon étranger de parachutistes, engagé dans les violents combats entre le Viêt-minh et l'armée française au Tonkin) ; et 1954, pendant la période située entre la chute de Diên Biên Phû et les accords de Genève.

périence la plus intense que j'ai eue à vivre en la matière eut lieu au cours d'une embuscade de nuit que j'avais tendue à une colonne Viêt-minh, près du poste que j'occupais à la frontière de Chine. Je me souviens parfaitement de mon état d'esprit à ce moment-là. En les attendant, je me faisais l'effet d'un chasseur qui piège le gibier, et cela m'inspirait le sentiment d'une certaine lâcheté. C'est moi qui ai donné l'ordre d'ouvrir le feu, et j'ai vu les hommes tomber. Terrible impression ! Les soldats du Viêt-minh ont réagi ; nous nous sommes battus dans l'obscurité, dans une grande confusion... Et là, ce n'était plus la lâcheté qui prévalait mais le sens de la responsabilité face aux hommes qui vous regardent, vous obligeant à dominer votre fébrilité.

Comme vous, je commandais à des légionnaires plus aguerris que moi, dont beaucoup avaient fait la guerre de 1940. J'avais deux sous-officiers, Klimovitz, un Allemand qui avait été officier pendant la campagne de Russie, et Lombardero, dont j'ai déjà parlé, un Espagnol qui avait fait la guerre civile dans les rangs du *Frente popular*. Ils étaient proches l'un de l'autre. Et vis-à-vis d'eux, j'entretenais une sorte de complexe. Je savais que tant que je n'avais pas connu le feu, je n'appartenais pas à leur clan. Mais après cette opération, qui a été difficile, et ce combat dont on s'est bien sortis, j'ai su que j'étais admis. Ce fut pour moi une fierté.

AK : La véritable armature d'une armée, ce sont ses sous-officiers. J'ai parlé du sergent Auflitsch. Ce Tyrolien avait ceci d'incroyable qu'il vous suppléait sans jamais vous faire perdre la face. Lors de ma première patrouille, je voulus reconnaître à pied un petit groupe de maisons. J'avais déjà sauté de ma tourelle et je m'en allai, le pistolet-mitrailleur à la main. Je sentis soudain s'abattre une main lourde sur mon épaule. C'était Auflitsch qui m'engueulait : « *Vous êtes fou, mon lieute-*

nant. On ne se prive pas ainsi de la protection de son blindé. Si vous êtes à pied, n'importe qui peut vous abattre. Rentrez ! » J'obtempérai immédiatement. Il est mort en juillet 1942, debout à la tourelle de son char, au cours d'une offensive entre Koursk et Voronej. Je lui dois la vie.

HSM : J'ai connu à la Légion cette race d'hommes. Traditionnellement, les sous-officiers sont tous d'anciens légionnaires montés par le rang. À l'époque, certains avaient déjà six ou sept ans de guerre. J'arrivais d'un camp de concentration et je n'avais aucune expérience du combat, sauf celle de recevoir des obus sans pouvoir riposter ! Pour moi aussi, la compétence, le sang-froid et le courage de ces sous-officiers ont été d'un très grand secours. Ils étaient admirables, parce qu'ils savaient donner des conseils et ne s'en prévalaient jamais pour vous rabaisser...

AK : À la fin de la guerre, l'expérience des troupes – ajoutée à nos pertes – était telle qu'elle donnait lieu à des situations incroyables. Prenez, par exemple, la bataille de Rschew, entre janvier 1942 et mars 1943, qui fut quelque chose comme Verdun. Les combats coûtèrent cent mille hommes aux Allemands et huit cent mille aux Russes – pire qu'à Stalingrad. Au bout de trois ou quatre jours d'engagement, les compagnies ne comptaient plus que quinze ou vingt soldats. Et c'était non seulement les sergents, mais parfois de simples caporaux qui commandaient...

L'instinct de guerre s'acquiert vite. Je l'ai éprouvé le jour de mon plus grand engagement, à Tarnopol, en Pologne. Nous avons livré combat aux Russes pendant plusieurs heures, dans les rues mêmes de la ville. L'ennemi était partout, sous les toits et jusque dans les clochers. C'était à la fois éprouvant et enivrant. Je me souviens d'un long moment passé derrière un mur, à attendre qu'une fusillade cesse. J'étais entouré de blessés qui gémissaient et me lançaient des regards implorants en attendant d'être évacués. Soudain, la ville céda. Et je fus pris d'une frénésie inexplicable. J'étais comme invulnérable : tout cédait devant moi. Je me souviens du moment où nous commençâmes à nettoyer les rues. Je vis des soldats russes détaler sous mes yeux. Alors j'ai levé mon pistolet-mitrailleur, j'ai songé une seconde que j'allais tuer un homme, j'ai ouvert le feu et j'en ai abattu un, avec une froideur qui me paralyse encore aujourd'hui.

HSM : Le combat peut faire naître des attitudes assez difficiles à justifier. Comme cet étrange instinct qui pousse à donner la mort, comme une ivresse que l'on regrette sitôt le dernier coup de feu donné.

AK : L'un de mes camarades m'a raconté une anecdote semblable à ma propre expérience. Cela se passe pendant la campagne de France. La ligne Weygand vient d'être franchie, même si nos troupes rencontrent une petite résistance, assez sporadique, dans tel ou tel village. Cet officier et ses hommes tombent nez à nez avec deux chars français qui se sont égarés... Une bataille s'ensuit. Grâce à leur canon, les Allemands réussissent à mettre les deux engins hors d'état de nuire et voient les soldats français en sortir et se rendre, les mains en l'air. Dans la mêlée (le combat continue avec les fantassins), mon camarade remarque parfaitement qu'ils se rendent et, malgré cela, il ouvre le feu et les abat. Inutile de dire qu'il en éprouve encore du remords.

HSM : C'est effectivement une sorte de vertige qui s'empare de chacun. D'abord parce qu'on vit dans l'irréalité. Au combat, d'une certaine manière, la vie ni la mort n'ont d'importance. Pas plus qu'on a conscience du risque de la mort, on vit dans un état d'exaltation où tuer n'a guère d'importance. Cet état n'intervient pas dans un combat de position qui dure, mais dans le combat fiévreux...

AK : La guerre de position est plus propice à l'angoisse. Surtout pendant des bombardements où l'on subit sans pouvoir réagir. Je me souviens d'une scène, dans un village russe. Nous étions assiégés depuis trois semaines par l'armée Rouge, avec nos chars et nos camions. Nos bombardiers stukas tentaient de briser l'encerclement en pilonnant les Russes, mais nos positions étaient tellement proches les unes des autres que nous étions autant exposés que nos adversaires. Pendant un bombardement, je m'étais réfugié dans un trou au côté d'un jeune soldat de ma compagnie. Il tremblait tellement fort que j'étais obligé de le tenir.

HSM : Dans la guerre, il y a ce moment particulier qu'est l'attente qui précède une action, et au cours de laquelle on se dit : « *Quelque chose va peut-être se déclencher.* » C'est là que naît la peur. Je n'ai pas honte de dire que j'ai souvent eu peur dans ma vie. Peur en franchissant la ligne de démarcation à la barbe des patrouilles allemandes, peur lors de mon arrestation dans les Pyrénées, peur en camp de concentration, quand j'ai failli mourir, peur enfin en Indochine, où la nuit, pleine de mystères et de bruits, est propice à l'angoisse. On entendait des froissements, des frémissements, des aboiements rauques, des appels stridents, des chuchotements... Et puis soudain, l'obscurité était balayée d'étincelles par les lucioles. Et quand on était en embuscade ou quand on effectuait soi-même une patrouille, cet accompagnement « musical » était quelque chose d'assez inquiétant.

Je crois que tout soldat digne de ce nom a connu la peur. S'il ne l'avoue pas, c'est un menteur ou un inconscient. Toutefois, j'ai connu des camarades de combat qui ne semblaient pas habités par la peur. Dans cette attitude qui, souvent, permet toutes les audaces, où est l'inconscience, où est le courage ? Et quelle est la limite entre les deux ?

AK : Dans toutes les armées du monde, il y a des soldats qui paraissent n'être en proie à aucun état d'âme. Ni à la peur ni à l'exaltation. Peut-être parce qu'ils n'ont pas d'imagination et qu'ils ne peuvent envisager ni la mort ni la souffrance ?

HSM : À moins qu'ils ne possèdent un instinct qui leur permette de surmonter tout danger dans une totale inconscience. Pourtant, qui peut se vanter d'être absolument hermétique à la peur ? L'humain est une mécanique fragile. Il suffit d'une rage de dents, d'une dysenterie, pour transformer un homme équilibré qui, il y a un instant, regardait la mort en face avec sérénité en une loque. Le sujet que nous évoquons requiert la plus grande humilité. J'ai essayé d'être (et je crois l'avoir été) le plus courageux possible, tout en étant tenaillé par la peur. Aussi il est juste de dire que le vrai courage, c'est la peur qui est surmontée. Mais à l'inverse, et je le sais pour l'avoir éprouvé, le courage peut se transformer en panique pour des raisons impalpables : maladie, fatigue, lassitude. Alors, à cet instant, on voit la vie dans son absurdité, son cortège de malheurs et de souffrances, et l'on est pris par le désespoir.

AK : Ça vous est arrivé ?

HSM : Bien sûr. Face au danger, il est plus facile d'être courageux quand on a un commandement – vingt ou cinquante soldats sous sa responsabilité et, qui plus est, qui vous regardent et comptent sur vous – que d'être seul, isolé... Un de mes amis m'a raconté l'histoire suivante. Il avait été officier, avait connu l'Indochine, les embuscades où il s'était montré très courageux. Puis il a quitté l'armée, est devenu correspondant de guerre. Il a eu pour mission de couvrir la guerre du Vietnam. Et, m'a-t-il confié, un jour il s'est retrouvé au milieu d'un accrochage. Il était journaliste, donc sans aucune responsabilité, mais sans savoir non plus ce qu'il se passait, et il m'a dit exactement ceci : « *J'étais seul au fond de mon fossé, sans aucun ordre, sans personne qui me regardait, et j'ai été pris d'une trouille effroyable ! Parce que je n'avais plus d'exemple à donner, plus l'obligation d'être à la hauteur de ceux qui étaient courageux autour de moi.* »

J'avoue que, chaque fois que j'ai été pris par la peur, je me suis ressaisi parce que autour de moi il y avait un caporal qui se comportait mieux que son lieutenant, et sa bravoure m'obligeait à réagir.

AK : J'ai connu une fois cette peur qui naît de l'impuissance. C'était en novembre 1943, à Berlin. Je m'étais réfugié dans un couloir du métro pendant un bombardement. Autour de moi, les gens hurlaient et j'étais paralysé. Ce fut une expérience pire que mes treize mois de combats en Russie. Pendant la campagne, je n'ai pas eu peur. Notamment au début, quand je faisais partie d'une armée victorieuse et que je découvrais la guerre. Ma curiosité était sans limites. J'étais en totale admiration devant notre force. Nos régiments de chars étaient magnifiques. Je me souviens toujours de notre première attaque massive : dans un grondement, cent soixante blindés qui avançaient en rangs serrés dans les champs de blé, leurs commandants émergeant des tourelles. On eût dit des bateaux sur la mer...

HSM : C'est du Wagner, votre récit !

AK : Mais au cours de cette offensive, le régiment a enregistré de très graves pertes. Il a perdu, je crois, dix ou quinze chars. Et l'on a très vite déchanté. L'été 1942, les combats sont devenus extrêmement durs. Nous nous trouvions au nord de Stalingrad, et les Russes nous attaquaient sans relâche pour empêcher notre avance vers la Volga. Pendant quinze jours, nous avons été sous leur feu sans interruption. Est-ce que j'ai eu peur à ce moment-là ? Je crois que je n'en ai pas eu le temps.

La guerre a probablement changé de visage le jour où j'ai vu un de mes camarades mort dans son engin blindé. Le véhicule comptait quatre hommes à bord : un chauffeur avant, un chauffeur arrière et deux types dans la tourelle. Il avait été transpercé par un obus, et trois types avaient été tués d'un coup. C'est moi qui ai eu le triste privilège de les découvrir dans la carcasse calcinée. Le premier avait la tête arrachée parce que le projectile avait frappé la voiture à hauteur de la visière. Ensuite, mon camarade était effondré dans la tourelle, les entrailles à l'air ; et le chauffeur arrière avait la moitié de la tête ouverte. Seul le deuxième type de la tourelle, le chargeur du canon, put être sauvé. Quand j'ai vu ça, j'ai véritablement eu peur et j'ai pensé : « *La voilà, la réalité de la guerre. La seule chose à espérer, si tu dois mourir, c'est que tu ne souffriras pas trop et que la mort viendra vite.* »

HSM : Une phrase de Churchill dit à peu près ceci : « *J'ai cru longtemps que la guerre était une aventure exaltante. Je sais maintenant que c'est l'horreur absolue.* » Je pense que tous les deux, et de très nombreux combattants avec nous, reprenons cette remarque à notre compte.

AK : Il y a un autre phénomène, plus complexe encore, qui est la peur d'avoir peur. Ça m'est arrivé en Russie. Ça me prenait à chaque fois, avant que le jour se lève. Après une nuit de deux ou trois heures, je me réveillais en pensant : « *La boucherie va recommencer.* » Les réveils étaient brutaux. Tous les jours, les Russes bombardaient nos positions. Je me souviens d'un bombardement dans une gare, entre Voronej et Koursk, où fut pratiquement éliminée une compagnie de jeunes Allemands arrivée la veille pour installer des défenses. J'entends encore leurs cris dans l'obscurité : « *Maman ! Maman !* » Sous le choc, ils avaient été pratiquement ensablés… Comment ne pas être traumatisé par un tel spectacle ? Et pourtant, on n'en parlait pas. Peut-être par fierté, peut-être aussi parce que c'est inutile.

Tout le monde sent si la peur est là ou non : il y a les regards, l'atmosphère. J'ai une photo, prise dans le village de Shdanova, où nous sommes restés pendant trois semaines sous le feu incessant de l'artillerie ennemie. L'un d'entre nous a voulu immortaliser la scène. On nous voit tous assis par terre, la tête rentrée dans les épaules, attendant le prochain coup de canon. Et l'on voit sur nos figures se dessiner la peur. Chacun est silencieux, concentré, mais se dit en son for intérieur : « *Le prochain coup sera peut-être pour moi, et ce sera le dernier.* »

HSM : La peur fait partie de la guerre au même titre que l'exaltation ou la fraternité. Mais le monde des combattants est habituellement enveloppé d'une très grande pudeur. On n'étale pas ses sentiments, on parle peu de sa souffrance, pas plus que de ses problèmes familiaux ou de la peur que l'on éprouve ou que l'on a éprouvée. Chacun sait que c'est un mal inévitable. Tout soldat sait que son voisin la connaît aussi bien que lui, mais personne ne veut en parler. Ne serait-ce que par une sorte de superstition. En parler, ce serait l'avouer. L'avouer, ce serait l'accepter et risquer de ne pas la surmonter.

AK : L'écroulement mental d'un homme peut venir très vite. J'ai vu des officiers pleurer au plus dur des accrochages entre l'armée russe et la nôtre, pendant l'été 1942. Je me rappelle le capitaine Huebner, un officier qui commandait une compagnie de fusiliers motocyclistes dans notre bataillon. Au cours d'une contre-attaque menée par des chars, les fameux T34, il avait pratiquement perdu sa compagnie entière. Il a commencé son rapport (« *J'ai perdu quatre-vingts hommes sur cent...* »), et s'est effondré en larmes. Le commandant a dû le redresser et consoler comme un enfant ce soldat qui, quelques jours plus tôt, forçait l'admiration de tous par son énergie et sa détermination.

La souffrance et la grâce

HSM : La souffrance est un thème très difficile à évoquer à voix haute. Davantage encore que l'amour, c'est peut-être l'épreuve la plus personnelle qui soit. Elle renvoie au plus profond de chacun, à une part un peu obscure, parfois peu glorieuse de notre personnalité. C'est souvent un chemin assez pénible à parcourir…

AK : Je fus très fier de ma première blessure, survenue en juillet 1941. Parce qu'elle était légère, et valorisante aux yeux de mes camarades. Une fois de plus, j'avais débarqué de mon automitrailleuse, en dépit des avertissements de mon adjoint. Le village que nous venions de prendre était traversé par un cours d'eau. Je devais entrer en jonction avec une patrouille arrivée de l'autre côté. Cette patrouille était commandée par un camarade de promotion, et je n'ai pas résisté à l'envie d'aller lui serrer la main. Nos retrouvailles eurent lieu sur le pont à moitié détruit. Jusqu'à ce que des rafales partent des buissons au bord de l'eau.

J'ai couru comme un dingue vers mon engin, garé à quelque trente mètres, et soudain j'ai senti un choc sur mon mollet gauche. J'ai porté la main à ma jambe, elle était pleine de sang. Je venais de recevoir un éclat de grenade à main qu'un Russe avait lancée sur la route.

Vous ne pouvez pas imaginer ma fierté. Pour une blessure, on recevait une médaille. Il y en avait trois sortes : bronze, argent et or. Quand nous rentrions en permission, nous les exhibions fièrement. Mon frère Clemens, qui a été six fois blessé, a reçu une médaille d'or. J'ai été légèrement blessé une deuxième fois, en juillet 1942, par un éclat de mortier qui m'a déchiré la main. Dans les deux cas, j'ai connu peu de souffrance pour beaucoup de gloire.

HSM : L'Allemagne est vraiment la patrie du romantisme ! Pour ma part, dans les camps, j'ai vécu l'inverse : peu de gloire mais beaucoup de souffrance ; la souffrance des autres et celle que j'ai éprouvée, comme un uppercut en pleine figure. J'ai rencontré le monde de la vermine, de la maigreur, de la faim... Je me suis heurté à cette question obsédante : « *Comment un Dieu bon peut permettre un univers de souffrance, de désespérance comme celui-là ?* » Je n'ai jamais vraiment guéri de ce choc.

Si l'on veut parler de blessure de guerre proprement dite, il me faut parler de l'Indochine. Ma blessure est survenue au cours d'une patrouille d'exploration où nous avons essuyé le feu nourri du Viêt-minh. J'ai été touché à la jambe. Les légionnaires qui m'accompagnaient étaient trop peu nombreux pour me porter. J'ai donc été évacué en brancard par mes partisans au terme d'une marche difficile où nous fûmes harcelés par nos adversaires. C'est à leur dévouement que je dois de n'être pas tombé entre les mains du Viêt-minh.

Pendant ce déplacement, j'ai d'abord éprouvé une souffrance physique mêlée d'une souffrance morale parce que j'avais peur que nous fussions faits prisonniers.

Et ensuite, ce fut une certaine fierté d'avoir connu une nouvelle étape dans mon initiation.

AK : Ma troisième blessure n'eut rien de romantique, même si elle m'a sauvé la vie en permettant mon évacuation d'un front en pleine déliquescence auquel je n'aurais probablement pas survécu. Sur cinq camarades engagés avec moi en avril 1939, nous sommes deux à être rentrés chez nous. Le 25 juillet 1942, en mission de reconnaissance près du village de Boljoié-Vereika, je suis tombé sur huit chars russes T34 et, alors que je m'apprêtais à envoyer un message radio pour demander l'intervention des stukas, l'éclat d'un obus tiré par l'un d'entre eux est entré sous mon oreille et m'a fracassé la mâchoire et les dents. J'ai gardé la lettre de mon commandant de bataillon, Gorn, qui était à mes côtés et m'a livré tous les détails de ce qui s'était passé. Je saignais comme un veau au fond d'un trou. En face de nous, à cinq cents mètres, il y avait les T34 prêts à nous achever. Avec un extraordinaire culot, Gorn s'est levé en faisant signe aux chars de ne plus tirer, comme s'ils avaient blessé leurs propres soldats, ce qui était plausible puisque nous étions mêlés aux lignes russes. Ce stratagème a marché. Ils ont arrêté le feu. Cela lui a donné le temps de me faire évacuer en side-car.

Je me suis réveillé dans un poste de soins, avec un grand pansement. Autour de moi, des dizaines de blessés gémissant, et cette première pensée : « *Ouf ! Tu vis encore !* » Puis une seconde : « *Tu as reçu un coup qui devrait t'éloigner du front au moins pendant quelques semaines, sinon quelques mois...* » Ensuite, j'ai été envoyé à l'arrière, en train, pour être opéré. Au milieu de mes souffrances, j'étais en proie à un énorme soulagement, et dans le même temps rongé par le regret de ne plus être parmi mes hommes.

HSM : Je conçois très bien le sentiment confus, non pas d'avoir déserté mais de ne plus vivre au cœur de l'action, et la frustration qui naît. Vous souvenez-vous des premiers visages que vous avez découverts à votre réveil ?

AK : J'ai dormi pendant des journées entières, comme je n'ai jamais dormi. Au front, on vit dans une sorte de fatigue permanente, sans sommeiller plus de deux ou trois heures par nuit. En ouvrant les yeux, j'ai découvert la blancheur immaculée de l'hôpital où je séjournais. Quel contraste avec la Russie et ses isbas de terre battue. J'étais nourri uniquement par tuyau, passant par le nez, parce que je ne pouvais pas avaler quoi que ce soit. Dès que j'ai pu manger un peu, on m'a donné des œufs, de la crème fraîche, du vin rouge. C'est tout ce que je pouvais assimiler.

Les femmes qui s'occupaient de nous étaient comme des apparitions. Nous avions été privés de leur visage et de leur douceur depuis tant de temps. Je me souviens d'une jolie Lorraine à qui j'ai osé sourire dans une rue de Metz, pour la première fois depuis mon accident, alors que je ne devais pas être beau à voir. L'aborder de cette manière, c'était me persuader que la vie continuait.

HSM : Lorsque les Américains se sont approchés du camp de Langenstein, un ordre a été donné d'évacuer le camp. Tous les détenus valides ont été rassemblés et sont partis, escortés par les *posten*, les sentinelles. Trop faible, j'avais été envoyé à l'infirmerie, le *Revier*. Je gisais dans ce baraquement en compagnie d'autres déportés qui, eux aussi, pouvaient à peine marcher. L'odeur que dégageait cet amoncellement de plaies suintantes et de crasse était épouvantable. Nos têtes paraissaient énormes par rapport à nos membres filiformes.

Une rumeur a couru que les deux baraques d'infirmerie allaient être liquidées au lance-flammes. Dieu merci, il n'en a rien été. Le camp vidé dans la plus grande pagaille, nous sommes restés sur nos châlits, pauvres cadavres suspendus à la vie par un mince filet de conscience, au milieu de la vermine, dans un silence de plomb qui contrastait avec l'agitation qu'avait connue le camp durant ces derniers mois.

Soudain, nous avons vu surgir, sur le seuil du *Revier*, des civils amenés par un pasteur. Je revois leurs regards affolés parce qu'ils découvraient. Ceux d'entre nous qui avaient encore la force de parler les ont injuriés. Pour ma part, je me rappelle seulement avoir entr'aperçu le visage d'une femme. Est-ce parce qu'elle a fait remonter en moi le souvenir de ma mère ? Toujours est-il que j'ai perdu connaissance[1].

Quand je me suis réveillé, j'étais dans un hôpital réquisitionné par les Américains. J'avais été déshabillé, nettoyé, et j'ai à mon tour connu cette impression de calme et de propreté. Comme vous, August, j'ai beaucoup dormi à ce moment-là. Dans un demi-sommeil, j'ai revu mon compagnon de misère, le Letton, venu jusqu'au pied

1. Un journaliste de *Star and Strips* qui accompagnait les troupes américaines raconta, dans le numéro du 20 avril 1945, son arrivée dans le camp : « *L'odeur de la mort était partout. Au* Revier *étaient les mourants. Ils étaient atteints de dysenterie. Ils gisaient là dans leurs excréments, trop faibles pour bouger. Un homme plus fort que les autres se tenait à la porte. Il n'avait plus de muscles aux cuisses, aux mollets, au bassin. Ses jambes n'étaient plus que des os et ses genoux, deux grosses protubérances. Son corps était un squelette couvert de peau grise, tendue. Il est impossible de rester trop longtemps dans le Revier. L'odeur vous suit jusque dans l'air du printemps…* » Après le transfert dans une caserne d'Halberstadt transformée en hôpital, cent quarante-quatre des déportés recueillis dans le *Revier* ne purent être sauvés. Hélie de Saint Marc pesait quarante-deux kilos et, pendant une semaine, ne se souvenait plus de son nom. Les deux tiers des déportés immatriculés dans le commando de Langenstein ne sont pas revenus.

de mon lit d'hôpital pour me dire adieu. Nous nous sommes serré la main en silence. Abruti de médicaments, j'étais incapable d'avoir une conversation suivie. Ensuite, j'ai croisé les premiers soldats américains, les premières infirmières. Parmi elles, il y avait trois Françaises avec qui j'ai discuté, dans l'émotion que vous imaginez…

AK : Que sont devenus vos camarades évacués par les SS ?

HSM : Leur évacuation a été tragique. Le convoi s'est promené entre les lignes russes et les lignes alliées, tentant d'échapper à la capture… L'un de mes camarades, Paul Le Goupil, a raconté cet effroyable exode dans un livre très émouvant, *La Route des crématoires*. Il rapporte une anecdote que je vous livre sans commentaire. Pendant le voyage, un de nos camarades à bout de force va mourir. L'un des prisonniers a une audace inouïe. Il s'adresse au sous-officier qui a la responsabilité du convoi : « *Est-ce qu'on peut le laisser chez un habitant ?* » Le SS consent, mais ajoute : « *Si aucun habitant ne l'accepte, on le liquide.* » Le convoi s'arrête à une première maison. On frappe, on parlemente. Les habitants n'en veulent pas. Dans une deuxième maison, même scénario. Personne ne veut le recueillir. Enfin une troisième porte s'ouvre et quelqu'un l'accueille… L'homme est sauvé. Les SS abandonnent leur victime, moins par commisération que par indifférence.

AK : Les derniers mois des SS ont été effroyables. Pressés par le temps, ils ont rivalisé de cruauté. Une scène m'a été rapportée par une femme de Bergen, une petite ville à quelques kilomètres de Belsen, dans le nord-ouest de l'Allemagne, qui hébergeait un camp de sinistre mémoire. Un jour, elle a vu arriver un grand convoi venant d'Auschwitz et d'autres camps de l'est de l'Allemagne. Les SS avaient regroupé tous les déportés dans une partie de la gare pour les évacuer vers l'ouest. Spontanément, la population a voulu leur apporter de l'eau. Et les SS ont refusé. Ces prisonniers étaient mourants. D'ailleurs, ils sont peut-être morts le jour même ou le lendemain, avant l'arrivée des alliés. Mais leurs geôliers étaient arrivés à ce point d'inhumanité qu'ils n'ont pas voulu soulager leurs derniers instants.

HSM : Je ne demande qu'à croire aux forces de l'esprit et du Bien. Jean Guitton a dit : « *Entre l'absurde et le mystère, je choisis le mystère.* » Je fais mienne cette devise. Mais je ne peux pas m'empêcher de douter : si l'absurde avait le dernier mot, ce serait horrible.

AK : Le soldat espère surtout une protection par sa prière. En implorant Dieu de le garder de tous les dangers, il croit obtenir un supplément d'assurance. Récemment, je lisais les souvenirs de guerre d'un ami autrichien qui écrivait à sa mère des choses très touchantes : « *Merci pour les prières que tu as faites pour moi pendant toute la campagne. Je savais que tu priais, et ç'a été pour moi une sorte de blindage.* »

HSM : Je pense plutôt que la foi atténue l'angoisse de la mort, tandis que l'agnostique qui s'interroge sur l'au-delà se dit : « *Moi, je risque de perdre la douceur des choses terrestres.* »

AK : Qui peut savoir ce que sera son attitude à l'heure de la mort ? Les croyants sont-ils plus sereins que les athées ? Les courageux le demeurent-ils ? Et les faibles ? Il y a dans *Dialogues des Carmélites*, de Bernanos, une scène que j'aime beaucoup, celle des derniers instants de la mère prieure, une femme admirable, aussi exigeante pour les autres que pour elle-même. Sur son lit de souffrance, tandis qu'elle entre en agonie, elle a cette phrase : « *J'ai médité sur la mort chaque heure de ma vie, et cela ne me sert maintenant de rien.* » Tandis que la craintive Blanche de la Force montera à l'échafaud comme une sainte.

HSM : Ce qui me gêne dans les discours où se mêlent considérations militaires et religieuses, c'est l'inévitable tentation des dirigeants politiques de mettre Dieu de leur côté. « *Gott mit uns* », cette formule relève un peu de la manipulation... Quand l'URSS était en danger, Staline lui-même s'est appuyé sur l'Église orthodoxe, pensant que ses soldats se battraient bien mieux le jour où ils seraient devenus des croyants fervents... Est-ce qu'en Allemagne les aumôniers étaient les porte-parole du discours officiel ? Est-ce qu'ils disaient aux soldats : « *Vous vous battez pour l'Allemagne mais également pour l'Occident, contre le bolchevisme* » ?

AK : Le célèbre « *Gott mit uns* », que nous portions sur nos ceinturons, est antérieur au nazisme. Il remonte au XIXe siècle, quand les empereurs étaient de très fidèles fils de l'Église protestante. C'est d'ailleurs très protestant, cette idée selon laquelle « Dieu est avec nous » et bénit nos armes... Les nazis, pourtant peu portés sur la religion, n'y ont pas touché. Hitler, comme Staline, jugeait peut-être utile cette référence divine pour galvaniser les soldats.

La seule fois où j'ai assisté à une messe sur le front, le prêtre nous a déclaré : « *N'oubliez pas que vos chars portent la croix.* » Il ne parlait pas de la croix gammée mais de la croix du Christ. Ses propos n'étaient pas dictés par le régime.

HSM : Les relations entre un soldat et un prêtre en temps de guerre ont toujours quelque chose d'exceptionnel. Probablement parce que la mort rôde entre eux. Je me rappelle une histoire qui remonte à la guerre d'Algérie. Cela se passe dans une compagnie de la Légion étrangère qui vient de patrouiller dans le massif du Honna. Elle a eu un accrochage très sérieux avec une katiba de fellaghas. À la tombée de la nuit, les combats cessent et le commandant de compagnie essaie de mettre un peu d'ordre dans ses troupes, puis va visiter les blessés. L'infirmier lui confie : « *Mon capitaine, il y a là un légionnaire qui voudrait vous voir ; il risque de ne pas passer la nuit.* » L'officier se rend au chevet du blessé. Et celui-ci, d'une voix mourante, lui demande un prêtre. Le capitaine répond que l'aumônier est au PC du bataillon et qu'il n'est pas possible de le faire venir. Le blessé se résigne.

Le capitaine continue ses visites, préoccupé par le mourant, et se souvient soudain d'un de ses légionnaires dont on lui a dit qu'il était un ancien prêtre. À la Légion, la tradition veut qu'on n'interroge jamais un homme sur son passé. Il le convoque et lui dit : « *Je ne devrais pas te poser cette question, aussi tu n'es pas obligé de répondre. Mais que faisais-tu avant d'être légionnaire ?* » L'homme hésite une seconde et répond : « *J'étais curé, mon capitaine.* » « *Tu étais curé... Alors, écoute. Je n'ai pas d'ordre à te donner dans ce domaine mais tu as, là-bas, un camarade qui est en train de mourir. Il réclame un prêtre. Tu pourrais peut-être aller lui donner un coup de main pour l'aider à passer de l'autre côté...* » Le légionnaire baisse les yeux, réfléchit un moment et dit : « *J'y vais.* » Le capitaine le voit alors se diriger vers l'endroit où les blessés sont rassemblés, et s'agenouiller près du brancard où est allongé le soldat qui va mourir.

AK : La guerre introduit parfois des urgences qui rendent superflues les distinctions religieuses. Un ami m'a raconté une histoire aussi singulière que la vôtre. Celle d'un dénommé Kramer, un juif allemand émigré aux USA après la Nuit de cristal, en 1938. Kramer est revenu en Europe en 1944 avec l'armée américaine. Pendant la bataille des Ardennes, sur le bord d'une route, il trouve un soldat de la Wehrmacht dans un fossé. L'homme est mourant. Kramer s'approche de lui, se penche et lui demande en allemand : « *Qu'est-ce que je peux faire pour vous ?* » L'autre répond comme votre légionnaire : « *Je vais mourir. Est-ce que je peux voir un prêtre qui me donnerait les derniers sacrements ?* » Kramer m'a raconté ce qui lui était passé par la tête à ce moment-là. Sans réfléchir, il a répondu à l'Allemand : « *Je suis prêtre et je vais vous aider.* » Il a improvisé une sorte de prière, inspirée des vieux restes de son éducation religieuse, et l'a aidé à expirer sereinement.

Rébellions et complots

HSM : Qu'êtes-vous devenu après votre blessure ? Avez-vous jamais connu à nouveau les combats ?

AK : Mon rétablissement a été long. Pendant ma convalescence, je n'ai eu de cesse que de rejoindre mes camarades qui se battaient toujours sur le Dniepr. Cela me fut refusé, peut-être sur intervention de ma mère. À partir du mois d'avril 1943, j'ai été versé comme officier instructeur. En Poméranie d'abord, ensuite près de Dresde, puis près de Brno, en Tchécoslovaquie. J'ai formé trois promotions. Je commandais une trentaine d'élèves, la plupart plus âgés que moi. Avant la mobilisation, ils étaient avocats, médecins ou diplomates. Mais j'ai également contribué à l'instruction des derniers appelés de la classe 27 ou 28, âgés de seize ou dix-sept ans. Parfois moins encore.

HSM : À ce stade de la guerre, quel était le moral de ces aspirants ?

AK : Officiellement, très bon… En réalité, tous étaient dubitatifs quant à la réussite finale de l'entreprise hitlérienne. Nul ne pouvait évidemment parler à cœur ouvert mais le soir, après la fin de l'instruction, je les faisais venir dans ma chambre pour écouter leur opinion. L'un d'eux, Welczec, était le fils d'un ambassadeur à Paris et Madrid. Il était informé par sa famille, et sceptique sur l'avenir du Reich. Un autre, Kurt Bley, était avocat, très au fait de la situation économique et politique du pays. Nous en parlions souvent, tout en redoublant de prudence dans nos formulations, car dans un tel régime chacun peut devenir un traître pour son meilleur ami[1].

HSM : L'échec vous paraissait donc inéluctable ?

AK : Nous savions tous que la guerre était terminée. Probablement depuis Stalingrad. Mais jamais nous n'en aurions parlé en ces termes. La moindre imprudence pouvait être fatale. Je me souviens très bien qu'en mars 1943, à l'hôpital d'Ems, j'ai demandé à un officier qui avait une chambre à côté de moi : « *Vous y croyez, vous, à la victoire ?* » « *Chut ! m'a-t-il répondu. Moi, je n'y crois plus, mais n'en parlez pas !* » C'était un sujet tabou.

HSM : À Buchenwald, j'ai rencontré un prisonnier allemand qui parlait très bien français. Après un bombardement, durant cette période où l'organisation allemande fut mise en défaut, je fus affecté avec lui au travail de déblaiement d'une caserne de SS. Je me suis mis à lui parler, et il m'a raconté qu'il avait été officier dans la Wehrmacht et qu'il avait vécu en France avec l'armée d'occupation. Je lui ai demandé pourquoi il

1. Après la guerre, Kurt Bley devint rédacteur en chef de *Die Welt*, qui paraissait à Hambourg sous contrôle britannique. Il confia à August von Kageneck qu'aux moments de leurs discussions, il était déjà l'un des principaux collaborateurs d'Adam Trott zu Solz, l'un des conjurés du complot du 20 juillet 1944 contre Hitler. Il était dans la maison de celui-ci lors de son arrestation mais réussit à se cacher. Il s'engagea dans la Wehrmacht pour échapper aux poursuites.

était là ; il n'a pas répondu. Il avait probablement été victime d'une purge, comme tant d'autres…

Le commandement avait-il placé des officiers spécialisés dans la surveillance de leurs camarades pour vérifier leur fidélité au régime ?

AK : En allemand, on appelait les *Nationalsozialistische Führungsoffiziere* (NSFO) les officiers chargés de surveiller l'attitude nationale-socialiste des autres officiers de la troupe. Dans notre école, deux ou trois avaient pour tâche d'écouter nos conversations. Par ailleurs, l'instruction comportait un cours appelé *Heerwesenunterricht*. Sous l'Empire, c'était un cours de maintien pour les officiers, et c'était devenu un examen doctrinal sur ce que devait être un parfait cadre nazi. Dans chaque dossier d'élève, on inscrivait une réponse à la question : « *Quelle est son attitude vis-à-vis du régime national-socialiste ?* » Pour ma part, et c'était le cas de beaucoup de mes camarades, je notais machinalement : « *Bonne* », « *Insoupçonnable* »…

C'est dans le cadre de cette instruction que chaque promotion de l'école était tenue d'assister à un procès du *Volksgerichtshof* (tribunal du peuple). À l'automne 1944, j'emmenai mes aspirants à l'un d'entre eux. Il ne s'agissait plus des grandes purges ayant suivi l'attentat de juillet mais de condamnations de gens suspectés de menées contre le régime : un avocat qui avait douté devant un membre du parti que les conjurés du 22 juillet aient agi par ambition, une jeune fille qui avait couché avec un prisonnier russe, un prisonnier français qui avait mis en doute le nombre de chars russes détruits par la Wehrmacht. Tous trois furent condamnés à mort par le président Roland Freisler, redoutable hiérarque du régime au crâne dégarni et aux yeux de glace. Mes aspirants sortirent du tribunal horrifiés. C'était probablement l'effet recherché. Je les implorai de dissimuler leurs sentiments.

Nous étions sur nos gardes. J'ai ainsi été témoin de l'arrestation de l'un de mes camarades, à l'école d'officiers de Dresde. Mon ami Braun von Stumm avait été interrogé par l'un de ses aspirants : « *Vous dites que vous êtes catholique pratiquant. Si le pape ordonnait à tous les catholiques allemands de désobéir à Hitler, que feriez-vous ?* » Il a répondu : « *J'obéirais au pape, dont l'autorité, pour moi, est supérieure à celle d'Hitler parce qu'elle est spirituelle.* » Le lendemain, il était arrêté. Il est mort dans un camp de concentration.

HSM : Vous n'avez pas eu vent, à cette période, des complots qui se tramaient contre Hitler ?

AK : Dans le contexte du front, une telle idée était proprement inconcevable. D'abord parce que nous étions accaparés par la défense de l'Allemagne, et ensuite parce que nous n'avions qu'une connaissance partielle de ce qui se passait dans notre pays. La connaissance et la distance propres au raisonnement n'étaient l'apanage que de quelques officiers de l'état-major qui avaient une meilleure appréciation de ce qui se passait. Des réseaux existaient au sein de l'armée, comme au 9e régiment d'infanterie de Potsdam ou dans l'Abwehr de l'amiral Kanaris. J'ai su après coup que certains de mes camarades étaient au courant de ce qui se tramait contre Hitler à partir de 1943. Mais tout cela restait très cloisonné et très secret.

Je connaissais Claus von Stauffenberg[1], ne serait-ce que de nom, parce qu'il descendait d'une très grande famille du sud de l'Allemagne : son neveu servait au

1. Le 20 juillet 1944, à Rastenburg, en Prusse orientale, une bombe éclata au QG d'Hitler, qui en sortit indemne miraculeusement. Son instigateur, un officier traditionnel du nom de Stauffenberg, avait pour but de tuer le Führer afin de négocier un armistice avec les alliés. Il fut exécuté avec les autres organisateurs du complot.

régiment de Bamberg, où je me suis engagé. Au moment de l'attentat, j'étais officier d'instruction à Brno (Tchécoslovaquie). La bombe éclata vers midi, mais ce n'est que vers minuit que nous apprîmes l'échec de l'attentat. Une certaine confusion s'ensuivit. Nous vécûmes dans l'incertitude la plus totale. On parla d'un obus anglais sur le *Führerhauptquartier*, d'un tir d'artillerie effectué par les Russes… Personne ne savait que penser.

L'un de nous osa l'hypothèse d'un attentat. Il fut immédiatement rabroué par les autres. Un attentat contre le chef suprême ? Impossible. La prudence était de rigueur. Certains ne purent s'empêcher de manifester leur joie. Le baron Hally von Momm, qui avait été une figure de l'armée allemande pour ses prouesses cavalières, commanda à son ordonnance de lui monter du champagne pour fêter le succès de l'entreprise. Il fut dénoncé et arrêté. Toutefois il parvint à sauver sa tête et, dégradé, fut envoyé dans un bataillon disciplinaire sur le front de l'Est. Épargné une nouvelle fois, Hitler eut beau jeu de fustiger « *des officiers lâches et ambitieux, une petite clique misérable…* » pour montrer son invulnérabilité et décourager les initiatives.

HSM : Je me rappelle notre espoir à l'annonce de cet attentat. La nouvelle a traversé le camp, d'abord comme un de ces innombrables bobards qui circulaient dans ce champ clos, puis comme une vague, presque une clameur. Une joie intérieure nous a envahis. L'attentat contre Hitler m'apparaît aujourd'hui comme mon seul jour de bonheur à Buchenwald.

Et puis il fallut se résigner. Rien ne changeait. Les coups des gardiens et des kapos redoublaient même, au fur et à mesure que la situation militaire se durcissait. Il nous faudrait attendre le bruit des avions alliés dans le ciel, accueillis par les balles de la DCA, pour faire naître à nouveau une telle espérance.

Comment Stauffenberg fut-il considéré par le corps des officiers ?

AK : Comme un traître. Qu'un officier d'un pays en guerre porte atteinte à son chef suprême, cela ne pouvait pas être jugé autrement. D'ailleurs, quand, vers 1938, des opposants à Hitler comme Helmut von Moltke tentèrent de faire connaître en Angleterre l'existence d'une résistance intérieure, les autorités britanniques leur répondirent que leur démarche frôlait la haute trahison. C'est avec le temps et le recul que le bien-fondé d'une cause apparaît et relativise la désobéissance qui en est à l'origine.

Sur le moment, nous avons unanimement condamné cet attentat. Pour quelles raisons ? Personne n'aurait osé s'en féliciter publiquement ! Et puis nous menions tous un combat à mort pour la survie de l'Allemagne. À cette date, les alliés avaient débarqué en France et en Italie, mais les Russes étaient aux portes de l'Allemagne. Ils étaient arrivés à Varsovie et s'étaient installés sur la Vistule, avec de formidables têtes de pont d'où ils pouvaient nous envahir à tout instant.

C'était cela qui nous soutenait : la crainte d'une invasion par l'armée Rouge. La propagande hitlérienne, qui avait nourri toute notre enfance, portait sur deux dangers supposés : les juifs et les communistes. Je n'avais jamais vraiment cru que les juifs menaçaient l'Allemagne. En revanche, nous savions que le communisme était un péril à notre porte. Voilà la raison de l'extraordinaire dureté des combats à l'Est ; jusqu'à la chute de Berlin.

Après l'attentat de juillet 1944, cinq officiers de mon régiment ont été exécutés... L'un d'eux, Roland von Hösslin, a été pendu le 14 octobre au terme d'un procès devant le tribunal du peuple qui a duré une heure à peine. Après la guerre, l'un de ses subordonnés a raconté comment Hösslin, qui commandait un détachement blindé de reconnaissance en Prusse orientale, avait entrepris, en juillet 1944, de l'entraîner dans le complot. C'était pendant un voyage en voiture, de nuit, qui emmenait les deux hommes vers un champ de tir en Pologne. Hösslin se répandait sur la faible chance de gagner encore la guerre, au vu de la situation désastreuse des divers fronts. Connaissant bien son interlocuteur, il lui posa brusquement la question : « *Nous sommes en train de préparer un putsch, est-ce que vous êtes prêt à vous joindre à nous et, éventuellement, à tirer au pistolet sur le Führer ?* » Ce procédé était d'une imprudence inouïe. Et répondre comportait les mêmes risques. Il suffisait que l'autre le dénonce pour qu'il soit immédiatement arrêté.

Ce genre de piège était courant dans les derniers mois du Reich. Alors que j'étais à Berlin, je fus invité à une réception donnée par Frau von Dircksen pour l'anniversaire de sa nièce, Gundi von Laffert. La maîtresse de maison était connue pour sa vieille sympathie pour le régime : dans les années 1920, elle avait donné beaucoup d'argent à Hitler dans l'espoir que celui-ci restaurerait les Hohenzollern sur le trône. La réception avait lieu à Schwanenwerder, sur le lac de Wannsee, dans une villa appartenant à un ami de la famille, Goebbels. Ce soir-là, à quelques semaines de l'écroulement du monde, la maison sur l'eau avait quelque chose de féerique. L'alcool coulait à flots et les officiers présents ne cherchaient qu'à noyer les épreuves qu'ils enduraient depuis quatre ans. Je fus abordé par un vieux monsieur en civil qui m'entraîna dans un coin discret et se présenta : « *Général en retraite von Schweinitz... Dites-moi, mon jeune ami, vous qui êtes officier sur le front, que pensez-vous de l'inacceptable accusation portée contre les responsables du complot du 20 juillet en disant que seule l'ambition personnelle avait dicté leur conduite ?* » J'étais un peu ivre. Je commençai par lui dire que j'étais seulement instructeur, mais devant son insistance, je lâchai le fond de ma pensée : « *Je crois que n'importe quel gouvernement aurait agi de la sorte face à des officiers ayant commis un acte de haute trahison en temps de guerre.* »

L'homme me fixa longuement avec son monocle, et brusquement me tourna le dos. Plus tard, je demandai à Gundi si cet homme était bien le général von Schweinitz. « *Impossible, me répondit-elle. Il s'est décommandé cet après-midi.* » Un de mes amis à qui je racontai l'anecdote quelques jours plus tard me déclara que ces réceptions étaient souvent truffées d'agents de la Gestapo qui traquaient les « ennemis du régime ».

HSM : Il est frappant de constater à quel point la question de l'obéissance et de la rébellion a hanté les soldats de nos deux pays… Les grandes figures de la France libre étaient toutes des officiers hors la loi : De Gaulle, condamné à mort ; Leclerc, qui a poursuivi la guerre sous un pseudonyme ; Kœnig, qui embarqua clandestinement sur un cargo depuis Jersey dès le 16 juin ; de Lattre, dégradé et condamné à dix ans de prison par Vichy… À partir de 1940, une petite voix intérieure nous soufflait qu'un soldat français pouvait dire : « *Non, je n'obéis pas, parce que c'est contraire à mon éthique.* »

J'ai retrouvé le même débat après la révolte d'avril 1961[1]. Au sein du tribunal militaire qui me jugeait, j'ai

1. Le 21 avril 1961, commandant par intérim du 1er régiment étranger de parachutistes, Hélie de Saint Marc accepta de suivre le général Challe dans le putsch d'Alger. Après l'échec du mouvement, il se rendit aux gardes mobiles pour assumer sa responsabilité. Le 5 juin 1961, le haut tribunal militaire le condamna à dix ans de réclusion criminelle. Il fut gracié le 25 décembre 1966.

vu, durant l'audience, le malaise du général Ingold[1], qui était alors le grand chancelier de l'ordre de la Libération. Il vivait un terrible débat intérieur : « *Ai-je le droit, à mon tour, de condamner un soldat qui se révolte ? N'y a-t-il pas quelques vraies raisons à son geste ?* » J'ai appris ensuite qu'il avait démissionné de son poste, au grand dam du général De Gaulle, pour protester contre le verdict.

Désormais retraité et vieux soldat sans arme, je reste hanté par ce dilemme, lorsque je constate à quel point les militaires, aujourd'hui encore, sont envoyés en première ligne dans des opérations incertaines, sans aucun scrupule. J'ai lu récemment une brochure officielle sur l'éthique dans l'armée. Une phrase m'a fait sursauter : « Votre métier, c'est de tuer. » Au sens strict, personne ne peut contester l'évidence. Pourtant ce texte m'a fait froid dans le dos. Une armée n'est pas un corps mécanique, composé d'exécuteurs dociles des ordres quels qu'ils soient. C'est un corps vivant. Un soldat accepte de mourir pour que d'autres vivent et, plus grave encore, de tuer pour que d'autres ne soient pas tués. La responsabilité et l'obéissance doivent s'accompagner d'une conscience élevée, toujours en éveil, irréductible.

AK : Quand j'étais chef de peloton, au front, je n'ai eu aucun cas de conscience quant à l'obéissance due à mes chefs ; jusqu'au jour où j'ai été blessé, envoyé à l'ar-

1. Adjoint de Leclerc, il fut l'homme de la Colonne Tchad, l'un des premiers officiers à rejoindre le général de Gaulle, et condamné à mort par contumace sous Pétain. Dans son journal, lorsqu'il apprit sa nomination au tribunal militaire, il écrivit : « *Parmi les juges, n'en était-il pas qui, bien des années auparavant, avaient harangué des troupes pour les entraîner dans une rébellion ? Un tribunal militaire aussi les avait condamnés à la "peine de mort, confiscation des biens, dégradation militaire", parce qu'ils avaient cru en la défaite de la France. Existait-il tant de différences entre ces deux options ?* »

rière et coupé de mes camarades, de cette fraternité presque monastique qui est celle des soldats en guerre… Sur mon lit d'hôpital, j'ai eu le temps de réfléchir. J'ai entendu des commentaires sur la guerre et sur le régime d'Hitler provenant de grands esprits, parfois même de la radio anglaise que nous écoutions clandestinement à Berlin.

Pourtant, devenu instructeur, jamais je ne me suis posé la question de la désobéissance. Tous ceux qui ont participé au complot Stauffenberg avaient eu connaissance de certains crimes commis sur le front, ou à l'arrière contre les juifs. Leurs yeux s'étaient ouverts. Tandis que les miens étaient voilés. Je faisais mon devoir de tous les jours, sans me poser de questions.

HSM : Quand il est à un poste exposé, dangereux, qui demande beaucoup de cohésion entre les hommes, le devoir d'un officier est d'écarter tout ce qui peut porter atteinte à cette cohésion.

AK : Mon frère Franz Joseph avait un camarade, un certain commandant Rhein. À la fin de la guerre, il était chargé de l'intendance de la 320e *Volksgrenadierdivision*, la division des grenadiers du peuple. Un jour, alors qu'il était en train de travailler dans un village non loin de Cracovie, il demanda au planton d'où il était originaire. « *D'Auschwitz* », répondit l'homme. « *On dit qu'il y a un camp de concentration à Auschwitz, dit Rhein. Pouvez-vous me dire ce qui s'y passe ?* » L'homme refusa d'abord, puis, après beaucoup d'hésitation et la promesse que rien ne serait répété, il accepta de parler. Il confia que son beau-frère avait été enrôlé par les SS pour travailler au camp, et qu'il avait découvert l'horrible traitement réservé aux déportés, au point de demander son affectation dans une unité au front.

Abasourdi, Rhein se rendit chez son supérieur et lui rapporta ces propos. L'officier ouvrit alors un tiroir, sortit un document et le lui tendit. Rhein découvrit alors un rapport sur la première incursion de l'armée Rouge en territoire allemand, au début d'octobre 1944. Les Russes étaient restés une semaine dans un bourg et ils avaient commis des actes horribles sur la population civile ; le curé, ayant protesté contre le viol des femmes, avait été cloué sur la porte d'une grange les bras en croix, comme le Christ. « *Qu'est-ce que vous en dites ?* », a demandé le colonel. Rhein a répondu : « *Mon devoir d'officier allemand me dicte de défendre mon pays et d'empêcher l'armée Rouge d'y pénétrer.* » Pour lui comme pour moi et des milliers de nos camarades, le baroud d'honneur mené par la Wehrmacht interdisait toute désobéissance.

HSM : À l'inverse, on peut désobéir sans être sûr du succès de son entreprise. Le geste de Stauffenberg était risqué. D'ailleurs, aucun officier ne s'était porté volontaire pour tirer sur Hitler. Lui a accepté, en dépit d'une blessure qui l'avait amputé de trois doigts, l'empêchant de tirer au pistolet.

AK : En Allemagne, il y a quelque chose que le soldat français ne connaît pas : c'est le serment qui lie un soldat à son pays, quel que soit le régime. Hitler y avait ajouté un serment à sa personne. Pour l'avoir prêté, j'en connais encore les mots par cœur : « *Je jure devant Dieu, par le serment sacré que je prête au Führer, à Adolf Hitler… Je suis prêt, à tout instant, à engager ma vie pour le tenir, pour le Reich et pour son peuple…* »

Dans leur décision d'attenter à la vie du Führer, le plus dur pour mes camarades de régiment a été de briser leur serment. Tous l'ont écrit à leur femme.

Dans ses mémoires, le général Speidel fait le récit d'une rencontre avec le général Ludwig Beck, qui fut, avec Stauffenberg, l'une des têtes pensantes de l'attentat. Ancien chef d'état-major de l'armée avant la guerre, mis à pied par Hitler, Beck[1] avait préparé, pour le cas où l'opération réussirait, une denkschrift, un aide-mémoire pour tous les soldats allemands, où l'on peut lire : « *Je conjure tous les soldats allemands de garder la conscience tranquille et pure. Chacun est responsable, avec sa conscience, de son pays. Et ceci n'est pas seulement voulu par la raison de l'État mais par l'ordre et le commandement de Dieu. Nous devons toujours essayer de faire de la conscience notre raison principale supérieure. Ceci est valable pour la vie politique et pour la vie de l'humanité entière.* » Ce texte est le signe que, parmi ces officiers, la conscience était quand même l'ultima ratio, le stade qui dépassait tous les serments.

---

1. Commandant en chef de l'état-major en 1935, Ludwig Beck s'opposa à l'agression contre la Tchécoslovaquie et démissionna. Sans commandement pendant la guerre, il joua un rôle de premier plan dans l'attentat contre Hitler. Il essaya de se suicider le 8 août 1944 et fut achevé par un sergent.

QUATRIÈME PARTIE

Hier, aujourd'hui, demain

1945 s'ouvre sur une dernière contre-attaque allemande. L'opération Vent du nord fait des dégâts ; les Américains progressent, reculent, puis reprennent leur marche en avant décisive. Mais il faudra encore attendre quatre mois pour que tombe le IIIe *Reich.*

Les troupes soviétiques déferlent sur la Pologne, gagnant Varsovie, Cracovie, Lodz. Elles atteignent Auschwitz, où sept mille survivants les attendent, hagards. Dans la nuit du 13 au 14 février, huit cents bombardiers lourds anglais et quatre cent cinquante forteresses volantes se relaient au-dessus de Dresde. Au matin, cent trente-cinq mille morts gisent dans les décombres. De Francfort, il ne reste que la cathédrale, seul îlot debout dans un océan de ruines.

Roosevelt meurt d'une hémorragie cérébrale. Hitler et Goebbels se suicident, ainsi que plusieurs généraux allemands. Enfin l'Allemagne capitule. « Le cœur, si longtemps tendu, se détend. Est-ce la joie ? Tout est si mêlé, si confus », *écrit, le 8 mai 1945, Émile Henriot dans* Le Monde. *Si mêlé, si confus, en effet.*

Les camps d'extermination ouvrent leurs portes : Dachau, Sobibor, Mauthausen, la conscience humaine apprend à retenir ces noms terrifiants. Des prisonniers reviennent, des réfugiés fuient ou regagnent leurs terres. C'est le grand va-et-vient de la paix. Vainqueurs et vaincus se croisent sur les routes ou dans les gares.

Le 14 juillet, la France fête la victoire. La Radiodiffusion française a ce mot, à propos du défilé : « Il y aura les soldats en bleu horizon, les soldats en kaki et les soldats sans uniforme. » Armée de bric et de broc composée pour la circonstance. Sur les trottoirs des Champs-Élysées se presse une foule gigantesque. Quelques mois plus tôt, ils étaient plusieurs dizaines de milliers à acclamer le maréchal Pétain.

Churchill est battu aux élections. Mussolini est abattu par un officier communiste. Des bombes atomiques sont lancées sur Hiroshima et Nagasaki dans une explosion de « cent mille soleils ». Patton et Joukov passent en revue les troupes alliées à Berlin. Les équilibres du monde se reconstituent avec une rapidité terrifiante. Yalta, Potsdam, c'est le marchandage des grands. Une autre guerre se prépare, bloc contre bloc, qui va durer quarante ans.

À Nuremberg, le procès de quatre-vingts dignitaires du régime commence, dans le berceau du nazisme. Goering, Hess, Ribbentrop, Keitel... Ils sont tous là, indifférents, impassibles, trop lisses et trop lâches pour des crimes si lourds.

En Indochine, la France envoie des troupes pour rétablir l'ordre après la proclamation de l'indépendance. Pour ces soldats, c'est la prolongation de la même guerre sous d'autres cieux, contre un autre uniforme. Dans les rangs de la Légion étrangère, on compte d'anciens soldats de la Wehrmacht et de la Légion des volontaires français contre le bolchevisme (LVF) à qui il est offert une seconde chance.

Octobre 1946, la France adopte une nouvelle Constitution et, un mois plus tard, se forme une chambre où les communistes ont le groupe le plus important. Le socialiste Vincent Auriol est élu président de la République. La

France envisage le rattachement de la riche Sarre à son territoire malgré les réticences alliées. Ses illusions ne durent pas.

En mars 1948, les Français, les Anglais et les pays du Benelux signent, à Bruxelles, un pacte militaire et économique. Sur l'insistance de la France, le texte cite encore l'Allemagne comme adversaire potentiel.

Berlin est isolé par les Soviétiques. Pour répondre au blocus, les alliés décident l'installation d'un pont aérien entre la ville et les capitales occidentales. Puis l'Allemagne fédérale (RFA) est créée. Konrad Adenauer en devient le premier Chancelier. En réponse, le Conseil populaire allemand (communiste) annonce la création de la République démocratique allemande (RDA) dans la partie orientale de l'ancien Reich. L'Allemagne va s'écrire au pluriel pendant quatre décennies...

L'écroulement

AK : Lorsque vous étiez à Buchenwald, quelle connaissance aviez-vous de l'évolution de la guerre ?

HSM : Nous savions très peu de choses, mais les grandes lignes du conflit en cours parvenaient tout de même à nos oreilles. Nos informations provenaient de deux sources. D'abord, l'écoute clandestine de postes radio, notamment par les détenus affectés aux ateliers d'électriciens, permettait de capter la Voix de l'Amérique ou le *Soldatensender* Calais. D'autre part, la « nomenklatura » des déportés, qui était en contact avec les SS, obtenait d'eux des renseignements. À force de travailler ensemble, des relations s'étaient instaurées. C'est ainsi qu'un certain nombre de gradés communiquaient des nouvelles à des détenus qui nous les transmettaient. Par ce biais, nous avons appris le débarquement de Normandie, la libération de Paris et l'attentat contre Hitler.

À ce moment-là, l'espérance s'est mise à grandir, alors même que nos conditions de vie se détérioraient, ne serait-ce que pour des raisons logistiques évidentes. Il y avait moins de ressources alimentaires en Allemagne, le ravitaillement arrivait moins bien et les premières victimes étaient, bien sûr, les détenus du monde concentrationnaire. Nous avons donc très vite senti qu'il s'était engagé une sorte de course de vitesse entre notre espoir, encouragé par les nouvelles du front, et l'aggravation de notre situation, qui pouvait avoir raison de notre résistance physique. Je me disais : « *L'Allemagne va être vaincue. Mais sera-ce avant ma mort ou après ?* »

AK : Fay von Hassel, la fille d'un des conjurés du complot contre Hitler, a raconté l'attente de la libération de Buchenwald. Elle y était détenue depuis quelques semaines. Son interrogation portait sur le fait de savoir qui, des Américains ou des Russes, les libéreraient les premiers. Cela avait évidemment une incidence sur sa destinée ultérieure.

HSM : Après la réussite du débarquement du 6 juin 1944, nous pensions qu'il y en aurait pour deux ou trois mois. Notre attente a duré un an. L'armée allemande a compensé son infériorité numérique et mécanique par une extraordinaire ardeur militaire. Songez au sursaut de l'offensive des Ardennes, qui aurait pu être fatal aux alliés.

AK : En juin 1944, j'étais instructeur à l'école d'officiers de l'arme blindée, à Königsbrück, près de Dresde. La nouvelle du débarquement allié (que la propagande appelait invasion) fut officiellement accueillie avec soulagement : nous allions pouvoir en découdre à la loyale avec les Anglo-Américains, et gagner définitivement la guerre. Personne ne crut à ce discours. Dès la fin du mois de juin, les têtes de pont étaient établies sur le front de Normandie, et à l'est le front s'effondrait. Dès lors, la guerre ne serait plus qu'une lente agonie de l'Allemagne, malgré la propagande et la fanatisation de son peuple qui connut un paroxysme à cette période.

Dans ses discours, Goebbels exaltait l'héroïsme de nos soldats, les comparant aux héros de Sparte se sacrifiant pour leur pays. Il demandait : « *Voulez-vous la guerre totale ?* » Et la foule, exaltée, répondait comme un seul homme : « *Oui !* »

J'ai un peu fréquenté Berlin à cette époque. L'atmosphère était survoltée. La ville dansait sur ses propres ruines. Je traînais sur l'Unter den Linden, avenue dont le Baedeker d'avant 1914 disait : « *On y voit les automobiles impériales, reconnaissables à leur couleur ivoire et au son mélodieux de leur trompe.* » Cette année-là, l'avenue était déserte. Dans les rares établissements encore debout, on pouvait croiser les dignitaires du régime.

Un jour de la fin 1944, dans le hall de l'hôtel Adlon rempli d'uniformes, j'aperçus un groupe d'officiers qui attirèrent mon attention parce qu'ils parlaient français. Parmi eux, un homme de belle prestance arborant la croix de fer. C'était le Belge Léon Degrelle, ancien dirigeant du mouvement Rex[1], devenu commandant de la division SS Wallonie, engagé sur le front russe et venu à Berlin pour arracher quelques heures de distraction. Une irrépressible envie de vivre s'était emparée de chacun.

HSM : Après le bombardement d'août 1944, à Buchenwald, les déportés purent s'emparer de nombreuses armes dérobées dans le dépôt des SS : fusils, revolvers, grenades... Ces armes furent dissimulées dans le camp, enterrées, et le secret fut bien gardé. La situation donna aux détenus une assurance nouvelle, et l'on m'a dit que, dans les dernières semaines, les SS

1. Mouvement antiparlementaire et autoritaire fondé en Belgique et qui s'engagea, en 1940, dans la voie de la collaboration.

avaient même peur de cette foule innombrable et anonyme qu'ils contrôlaient de plus en plus mal. Mais moi, sans-grade du monde concentrationnaire, excentré dans un camp satellite, presque mourant, je n'en sus rien. Langenstein était devenu un bateau ivre où les kapos et les SS rivalisaient de démence. Un jour, des avions alliés sont passés au-dessus du camp, à basse altitude, après un combat aérien. Tous les détenus se sont dressés en râlant, en criant, chacun tendant vers le ciel ce qu'il pouvait. Nous pleurions des larmes de douleur et de fierté.

AK : À l'automne 1944, je fus à nouveau envoyé sur le front, mais à l'ouest de l'Allemagne. J'arrivai au lendemain de l'échec de notre contre-offensive devant Bastogne. Mon train fut bombardé trois fois. Je fus affecté à la *Panzer- Lehr-Division*, sur la frontière luxembourgeoise qui reculait depuis la bataille des Ardennes, d'abord jusqu'au Rhin, puis au-delà malgré nos efforts pour contenir la progression des alliés. Nos soldats méprisaient les Américains, qu'ils ne tenaient pas pour très courageux, convaincus qu'ils ne devraient leur victoire qu'à leur supériorité mécanique.

Comme j'arrivais de deux ans d'école d'instruction, le commandant du bataillon m'accueillit froidement : « *Monsieur, vous arrivez bien tard pour le baroud d'honneur.* » Il ne me confia pas un poste opérationnel : les sous-officiers connaissaient mieux que moi le terrain et les hommes. J'ai donc passé des semaines à jouer aux échecs avec lui, fumant des blondes américaines et écoutant du jazz. Nous savions que nous défendions une cause perdue. Nous étions la division chargée de colmater les brèches du front, tant bien que mal : nos pièces d'artillerie étaient servies par des recrues de la *Hitlerjugend* et les voitures conduites par des jeunes filles du *Bund Deutscher Mädchen*[1]. Certaines sont mortes en vrais soldats.

Pour sortir de la tenaille établie par les Américains au sud et les Anglais au nord, j'ai réussi à entraîner une centaine d'hommes, des automitrailleuses et des camions, et à glisser ma colonne dans un corridor de cinq kilomètres entre les Américains et les Anglais. Avec les restes de ce qui avait été la Wehrmacht, je suis parvenu à gagner le réduit du massif du Harz. L'Allemagne était à feu et à sang, les villes en ruines, les routes encombrées de milliers de prisonniers.

HSM : À ce moment de la guerre, nous devions être assez près l'un de l'autre. Mais notre avenir était différent. Pour vous, la perspective de la défaite. Pour nous, une indicible espérance, au milieu du chaos. Le camp de Langenstein n'a pas connu la même atmosphère que celui de Buchenwald, où la mobilisation des déportés – communistes ou non – avait permis le dérèglement de l'organisation nazie. À Langenstein, l'écroulement du Reich avait rendu les SS plus impitoyables encore. L'appel avait lieu avant l'aube et les SS débusquaient, matraque en main, ceux qui tentaient de s'y soustraire. Les règlements de comptes entre détenus se multipliaient, les luttes devenaient d'une sauvagerie inouïe. J'étais entre la vie et la mort, en proie à des délires. Pourtant l'organisation du camp se délitait, jusqu'à la suppression de l'appel qui signifia la fin de la discipline SS.

Le 9 avril, pour la première fois, personne ne se rendit au travail. Les rumeurs devenaient folles. On disait que le camp allait être brûlé au lance-flammes, que les

1. Ligue des jeunes filles allemandes, qui donnait lieu à des jeux de mots tels que l'appellation *Bund Deutscher Matratzen* : « Ligue des matelas allemands ».

détenus seraient gazés ou encore parqués dans le tunnel bourré d'explosifs. Ce que je craignais, c'était un bombardement par l'aviation de chasse allemande. Il n'intervint jamais, heureusement.

AK : Pendant cette course contre l'inéluctable, pas un homme de ma troupe ne me fit défaut. J'ai pourtant le souvenir de soldats retrouvés pendus le long d'un chemin avec ce panneau : « *Je n'ai pas voulu d'une mort glorieuse, j'ai eu une mort dans la honte.* » Ces soldats avaient été ramassés sur la route par la *Feldgendarmerie*. Et malheur à celui qui ne pouvait pas fournir un ordre de marche en règle. Il était arrêté sans ménagement, quel que soit son grade, et envoyé au poteau d'exécution.

Notre unité a bénéficié de ce qu'un historien américain a appelé « *la cohésion des petites unités* » : tout le monde se connaît, serre les rangs, jure de ne pas abandonner. Et cet état d'esprit contamine chacun des soldats. Cela fut évident sur le front de l'Est, où la crainte des Soviétiques était une motivation constante. Mais à l'ouest aussi, j'ai assisté, dans le massif du Harz, à des réunions d'état-major nocturnes qui ébauchaient des plans d'attaque contre les Américains, comme si la guerre devait encore durer dix ans.

HSM : Ce qui provoque la déréliction d'une troupe, ce n'est pas forcément l'annonce d'une défaite, avec la perspective de la mort, de la souffrance. Cela, c'est le lot quotidien du soldat. En revanche, quand les hommes sentent que leurs chefs les abandonnent ou bien qu'ils sont désemparés au point de commettre des erreurs irrémédiables ou des injustices, tout peut arriver, même dans des unités aussi solides que la Légion. J'y ai connu des désertions. Je ne parle pas de celles qui interviennent au début, par découragement. Quand le légionnaire est pris dans l'ambiance de sa section, tenu par les gradés et les sous-officiers, il se fond dans l'esprit maison. Il faut donc un événement grave pour que cet esprit se brise. Par exemple, une erreur de commandement.

En Indochine, dans une section voisine de la mienne, j'ai connu un sous-officier dont on disait qu'il était, lui aussi, un ancien de la Wehrmacht. Un jour, après une faute évidente de son chef de section, ce dernier refusa de l'admettre et gifla son adjoint en public. La nuit même, le sous-officier allemand déserta avec deux fusils-mitrailleurs et rejoignit le Viêt-minh, où on lui donna un commandement. Ce soldat d'élite nous fit beaucoup de tort. Parce qu'on avait atteint son honneur.

AK : Dans son histoire de la guerre d'Indochine[1], Lucien Bodard rapporte le cas d'un ancien déserteur de la Légion, passé au Viêt-minh, qui revint à l'enceinte de son ancien poste et y épingla sa carte de visite à l'attention de ses anciens camarades. On pouvait y lire son vrai nom : « *Ernst von Schweilenbach, aspirant de la Luftwaffe.* » Pour cet homme, la guerre continuait sous un nouvel uniforme.

HSM : Racontez-nous les derniers jours…

AK : À l'issue de mon échappée à travers l'Allemagne, j'échouai du côté de Wernigerode, à cinquante kilomètres d'Halberstadt, dans le nord du Harz. Avec mes hommes, je me suis d'abord caché dans les immenses forêts de cette région montagneuse, tellement dense que personne ne peut y pénétrer. Les Américains n'avaient nulle envie de s'y risquer pour ne pas subir des pertes

---

1. Lucien Bodard, *La Guerre d'Indochine*, Grasset, 1997.

inutilement. La guerre était pratiquement terminée. Ils savaient que cette forêt était bourrée d'Allemands résolus au baroud d'honneur. Il y avait notamment les divisions SS qui n'avaient plus rien à perdre. Je me souviens d'un détail : quand elles nous saluaient, elles ne levaient plus le bras mais portaient la main à la casquette, et certains officiers nous disaient : « *Maintenant que la guerre est terminée, nous pouvons nous saluer entre officiers comme dans toutes les armées du monde.* »

Nous combattions quatre armées en même temps, pénétrés de l'orgueil de ne pas avoir failli aux lois de l'honneur. Du moins le croyions-nous. Un jour, nous avons reçu l'ordre d'aller reconnaître en automitrailleuse la petite ville de Braunlage, pour voir si les Américains étaient arrivés. C'est là que j'ai tiré mon dernier coup de feu, de la tourelle de mon engin, sur des soldats affolés. Baroud d'honneur sans intérêt.

Le 19 avril, j'ai entendu le discours de Goebbels célébrant l'anniversaire du Führer qui devait avoir lieu le lendemain. Il tentait encore de présenter la défaite comme une victoire, une victoire de la fidélité des Allemands à leur chef. À partir de là, nous n'y avons plus cru et nous n'avons eu plus qu'une idée en tête : rentrer chez nous. Pourtant, il fallait encore résister à cette tentation. Des procès en cour martiale eurent lieu après le 10 mai 1945, condamnant à mort pour désertion.

HSM : Quel jour précis avez-vous retiré votre uniforme ?

AK : Vers le 25 avril, le commandant de notre groupe de combat, Gerd von Fallois, a ordonné sa dissolution. L'ordre était simple : chacun pour soi et Dieu pour tous ! Fallois, Max von Daniels et moi-même avons décidé de tenter de nous glisser dans Wernigerode, occupé depuis deux semaines par les alliés. Fallois y avait fait une partie de ses études avant la guerre et connaissait la famille d'un médecin chez qui il avait logé. Notre idée était de nous faire admettre, par sa complicité, à l'hôpital pour éviter la captivité.

Nous avons traversé de nuit les lignes américaines et avons gagné la maison de ce médecin. Nous avons réveillé les occupants de la maison, en l'occurrence l'une des filles. Elle nous expliqua qu'elle ne pouvait pas nous garder : tout Allemand cachant des soldats de la Wehrmacht était passé par les armes. Elle nous permit de prendre un bain chaud, de nous restaurer et, le lendemain, son père nous procura de faux documents grâce auxquels nous fûmes accueillis à l'hôpital.

Nous avions laissé nos uniformes et nos armes dans la forêt. Je n'avais gardé qu'un pistolet pour me défendre et quelques boîtes de conserve. Ce n'est pas très glorieux mais il fallait sauver sa peau. Dans cet hôpital, j'ai vécu une scène incroyable lorsque la nouvelle de la mort d'Hitler a été connue. Le 30 avril, jour où il s'est tiré une balle dans la tête, dans son bunker berlinois, j'étais alité, officiellement malade, mêlé à d'autres blessés. La guerre n'était toujours pas terminée. La Deutsche Radio de Berlin émettait encore. Il y avait tous les jours le *Wehrmachtsbericht*, c'est-à-dire le rapport officiel du haut commandement de la Wehrmacht sur le déroulement des combats. Ce jour-là, donc, la radio annonça dans un message précédé d'une fanfare : « *Notre Führer a trouvé la mort en héros, en combattant à la tête de ses troupes jusqu'au dernier souffle, pour la grandeur de l'Allemagne.* »

Ce fut la stupéfaction dans la salle où je me trouvais. Tout le monde se leva, les blessés sortirent de leur lit, se mettant au garde à vous. Moi, je suis resté couché, en me retournant contre le mur pour qu'on ne voie pas mon visage qui trahissait le soulagement.

HSM : J'ai séjourné aussi dans un hôpital américain, mais pour un traitement de cheval, après vingt mois de déportation.

Pendant plusieurs semaines j'ai été nourri par perfusion, puis à la petite cuiller. J'ai appris plus tard que je faisais partie des trente survivants d'un convoi de mille déportés. Le traitement m'a remis d'aplomb et, à la sortie de l'hôpital, deux mois plus tard, j'étais plutôt bouffi. J'avais pris trente kilos en quelques semaines. Je me souviens de mes quelques pas en dehors de l'hôpital. J'avais une impression d'irréalité. La langue allemande me faisait tressaillir. Et en même temps, qui haïr ? Il n'y avait dans la rue que la foule grise des temps de guerre.

AK : À cette même date, je faisais, pour ainsi dire, un chemin inverse. J'étais désormais un soldat vaincu, traqué. L'armée Rouge était une menace quotidienne. Quand, le 4 juillet, l'hôpital où je me cachais passa sous son contrôle, je réussis à prendre le dernier train pour l'ouest de l'Allemagne et j'échouai chez une cousine qui – ironie du sort – hébergeait des officiers alliés. J'y ai retrouvé mon frère Clemens, que les autorités britanniques venaient de libérer. Les Anglais ont été extrêmement chevaleresques avec moi. Ils m'ont invité à dîner à leur table. Politesse due à l'adversaire ? Autre chose attisait leur curiosité. Ils me harcelèrent de questions : quel était l'armement des Soviétiques, leur tactique, le moral de leurs soldats, etc. À l'époque, il n'était pas exclu que la guerre continuât contre Staline.

Enfin, nous avons rencontré un officier, town major de Bonn, qui avait un faible pour le vin de Moselle. Tous les week-ends, il se rendait dans cette région pour son approvisionnement personnel. Cette zone avait mauvaise réputation : les Français arrêtaient tout le monde à tour de bras, même les soldats officiellement libérés par les Anglais pour la reconstruction de leur pays. Il nous proposa, à mon frère et moi, de nous conduire à Blumenscheidt en nous soustrayant aux contrôles d'identité. Le 8 août 1945, nous nous sommes retrouvés devant la maison de mes parents. Je revois encore ma mère, derrière la grille à l'entrée du parc, intriguée, pour ne pas dire effrayée, par ce véhicule anglais qui voulait entrer chez elle.

HSM : Les officiers alliés vous ont-ils toujours bien traité ?

AK : Le seul fait à leur reprocher concerne ma belle-sœur, Lilly. Mon frère commandait à l'époque une école militaire dans la région de Bergen. Tous deux habitaient chez un dentiste de la ville. Lorsque les alliés sont arrivés, ma belle-sœur était enceinte et, en dépit de son état, des officiers français l'ont expulsée pour prendre possession de la maison. Elle est partie avec un cortège de réfugiés et a accouché deux villages plus loin, parmi les prisonniers russes et polonais, dans des conditions que je vous laisse imaginer.

Après la capitulation, nous retrouvâmes les rigueurs de l'occupation française. Wittlich fut à nouveau garnison et, comme vingt-cinq ans auparavant, le drapeau tricolore flotta sur la place du Marché. Seule différence : nous n'avions pas à nous découvrir devant lui. La troupe n'était pas très disciplinée. Elle avait besoin de se ravitailler à tout prix. L'ordinaire de notre vie, ce fut la confiscation des meilleures têtes de bétail par une commission. Même l'argenterie achetée à Paris avant la Première Guerre fut emportée au prétexte qu'elle avait été volée pendant l'Occupation. Toutefois, elle nous fut rapportée deux ans plus tard par un officier sans qu'il en manque une seule pièce : elle avait servi pour le mess.

HSM : Mon retour à la vie n'a rien de commun avec le vôtre. Nous étions en avril 1945. Un convoi partait pour Paris avec des convalescents. Une atmosphère d'ivresse nous enveloppait : des rires, des exclamations... Je voyais par la fenêtre des images de l'exode allemand. Je n'éprouvais aucune émotion. J'avais l'esprit ouaté. Mais à la frontière française, mon cœur se dégela d'un coup : la France. Qui, demain, éprouvera encore un sentiment aussi violent que le nôtre, ce jour-là, devant ce mot : la France ? Nous collions nos visages à la fenêtre. J'apprenais, au fil du voyage, ce qui s'était passé pendant deux ans. À chaque gare, les badauds nous assaillaient d'anecdotes et de récits un peu confus.

Je n'ai pas voulu prévenir les miens depuis Paris. Mes parents avaient seulement été avertis par pli que j'étais vivant, mais ils ne savaient rien de mon retour. Je n'ai jamais aimé les effusions, les retrouvailles sur un quai de gare, les pleurs en public. Le silence me paraissait le seul linceul digne de notre maison des morts.

Il y eut encore ce voyage de Paris à Bordeaux, les yeux écarquillés pour savourer chaque image de mon pays. Il y eut ces silhouettes de femmes qui étaient comme autant d'apparitions pour un homme qui n'avait connu, depuis deux ans, que la vermine et les poux. Revêtu du costume en gros drap bleu des déportés, j'ai débarqué à la gare Saint-Jean. Bordeaux, l'odeur fade du fleuve, les façades noires de suie et de limon... Deux mois après ma libération, chaque pas sur le pavé de ces lieux que j'avais cru ne plus revoir depuis la plaine de Thuringe était un retour à la surface du monde.

Je me suis arrêté à l'entrée de la rue de la Verrerie. Je n'avais pas prévenu mes parents, mais j'étais impatient de les retrouver. C'est pour eux que j'avais tenu bon à Buchenwald. Le cabinet de mon père était au rez-de-chaussée et donnait sur la rue. J'ai frappé au carreau et il s'est simplement retourné. Il m'a aperçu, avant d'éclater en sanglots. Un instant après, j'étais dans ses bras avant d'étreindre ma mère, mon frère, sa femme et mes nièces. Je portais à mes lèvres, au goulot, une bouteille de Bordeaux. Cette joie ne pouvait pas combler la distance creusée entre nous. Mais sa force nous emportait comme un torrent. Je suis monté dans ma chambre. Un portrait du maréchal Pétain avait été relégué à l'étage, au fil du désenchantement de mon père pour le vainqueur de Verdun. De rage, j'ai pris le cadre et déchiré ce visage, synonyme pour moi de la compromission et de la soumission à l'Allemagne nazie.

J'ai retrouvé une région qui ne m'a guère plu. La région Sud-Ouest que j'ai revue au début de mai 1945 avait été libérée de l'armée allemande en septembre 1944. Les souffrances avaient été inégalement réparties. À Campsegret, l'été 1944, le curé s'était porté volontairement otage pour soustraire la population aux représailles. Des exécutions sommaires avaient lieu après les attaques du maquis. À Bordeaux, comme dans bien des villes françaises, le haut du pavé était occupé par des matamores qui se disaient vainqueurs alors qu'ils n'avaient participé que modestement à la victoire. Bien sûr, il s'en trouvait qui avaient résisté courageusement, qui s'étaient battus au sein des armées alliées mais, dans l'ensemble, il me semblait que la France était une nation victorieuse au rabais. J'ai trouvé indécente cette bande de fier-à-bras qui se faisaient passer pour de fervents gaullistes quand je les avais quittés pétainistes, et qui me racontaient leurs hauts faits. Je me sentais plus proche de mon beau-frère, emprisonné pour s'être fourvoyé dans la milice en juillet 1944. Lui, au moins, risquait sa peau pour cet engagement hasardeux.

Et puis je découvrais un pays impatient de retrouver une vie d'abondance. Il y avait encore des tickets de rationnement, le marché noir fonctionnait à plein... Je déchantais.

AK : En Allemagne, tout le monde avait reçu de la guerre un même paquetage de gloire et de sacrifice. Nous avions un profond respect pour les gens des villes qui avaient enduré jusqu'aux dernières heures de la guerre de terribles bombardements. Lorsque Hambourg a été pilonné pendant trois jours, en juillet 1943, j'ai traversé cette ville en ruines qui sentait encore la mort. J'ai encore dans les narines une épouvantable odeur de chair brûlée. J'ai connu Berlin bombardé tous les jours, toutes les nuits. Il n'y avait donc pratiquement pas de différence entre l'arrière et le front. La guerre était vraiment totale, ainsi que Goebbels l'avait promis.

Lorsque les combats ont cessé, au mois d'avril 1945, nous étions plutôt heureux. Ce fut un soulagement, mêlé du sentiment très douloureux que tout avait été vain. Cet effort de cinq ans, ces grandes victoires en France et en URSS, tous ces sacrifices, tous ces morts pour rien. Et puis, quelques semaines plus tard, les révélations ont commencé dans la presse, à la radio, sur l'entreprise nazie de destruction massive des juifs. Je découvrais le revers de notre épopée grandiose. En plus de notre défaite, nous allions porter le poids de la culpabilité.

HSM : J'ai revêtu plus souvent qu'à mon tour les habits du vaincu, en juin 1940 et plus tard en Indochine, et je connais cet état d'esprit fait d'accablement, de résignation mais aussi d'orgueil. Chacun contient en lui une immense envie de continuer à se battre.

AK : Sur le coup, nous étions dans un état d'anéantissement total. Je me souviens du voyage de retour, avec mon frère Clemens, dans le camion rempli de meubles d'un réfugié. Nous traversions un pays lunaire. Plus un édifice debout ! Le désastre était tel que nous n'avions pas eu le temps de faire des considérations. Nous étions littéralement écrasés, moralement et physiquement, par l'immensité d'une défaite comme il n'y en avait jamais eu dans notre histoire. C'était la fin d'un cauchemar. L'humiliation est venue ensuite, pendant l'occupation par les alliés et la condamnation de nos chefs militaires pour des exactions dont nous croyions qu'elles ne nous concernaient pas.

HSM : L'Histoire ne juge jamais que les vaincus. J'ai vécu l'humiliation à plusieurs reprises – en juin 1940 mais aussi en Indochine, et j'utilise le mot humiliation parce qu'au moment de la cessation des combats, en 1954, nous n'étions pas totalement écrasés. Jusqu'à la fin, l'armée française s'est battue courageusement, remportant quelques succès malgré le désastre de Diên Biên Phû. Et puis j'ai connu la honte de notre départ d'Algérie, bien que ce fût par procuration puisque, au moment des accords d'Évian, j'étais en prison. Dans ma cellule, j'ai donc vécu par l'imagination ce qui se passait sur cette terre où la France se résignait à l'abandon des harkis, ses frères d'armes, livrés au FLN et assassinés[1]. Je me méfie beaucoup des tribunaux internationaux : les vainqueurs n'y comparaissent jamais…

---

1. En dépit des accords d'Évian, des dizaines de milliers de harkis furent massacrés à partir du 19 mars 1962.

L'après-guerre

HSM : *Le Chagrin de la guerre*... Je n'ai jamais connu une expression plus juste que ce titre d'un roman vietnamien de Bao Ninh, qui écrit : « *Le chagrin de la guerre, dans le cœur d'un soldat, est semblable à celui de l'amour : une sorte de nostalgie du dénuement des heures noires, lorsque plus rien d'accessoire n'existe, et, deci, delà, une infinie tristesse devant un monde qu'il ne reconnaît plus.* »

J'avais trop rêvé. En déportation, la France avait été pour moi le pays du lait et du miel dont parle la Bible. J'avais rencontré, derrière les barbelés, des hommes qui avaient donné leur peau pour la liberté d'autres hommes. Or la vie de tous les jours, celle de la paix de l'année 1945, n'était pas à la hauteur de ce don-là.

En moi coexistaient deux sentiments extrêmes. D'abord un appétit de vivre que rien ne rassasiait : marcher dans les bois, me couler dans les ruisseaux d'été, rêver du désert des Touaregs ou des rivages des Pavillons-Noirs, être bouleversé comme le poète par toutes les femmes qui auraient pu être les nôtres et qu'on n'a pas su aborder... J'étais un survivant bien décidé à vivre. J'ai beaucoup ri, ce premier été de ma liberté, de ce rire dont on dit qu'il est parfois la politesse du désespoir. Mais d'une heure à l'autre, j'étais happé par la violence de mes souvenirs. La déportation était un soleil noir qui, en comparaison, rabaissait les fier-à-bras que je rencontrais à l'égal de pantins, tous semblables, avec de petites ambitions, de petits comportements, de petites pensées...

Il m'a fallu longtemps avant de retrouver mon équilibre, si tant est que je l'aie jamais retrouvé depuis. Je garde dans la profondeur de mon être une plaie ouverte. Les déportés, les torturés ou les enfants violés ont en commun une faille que rien ne peut combler. Leur intégrité a été atteinte. L'humiliation ne se dissout pas dans la paix. Elle ronge le cerveau comme la rouille attaque le fer : lentement, inexorablement. À mon retour des plaines allemandes, j'ai dû reconstruire ma vie sur des décombres intérieurs. Dans ces cas-là, personne ne réfléchit vraiment : il faut avancer sans s'apitoyer.

AK : L'après-guerre, en Allemagne, a été un réveil froid et horrible. Le pays, en ruines, s'est jeté dans l'immense chantier de la reconstruction pour éviter de trop penser à ce qui lui était arrivé. Pendant plusieurs semaines, j'ai participé au déblaiement du centre-ville de Wittlich qui avait été rasé par les bombardements américains. Je portais des brouettes de pierres au coude à coude avec mes compatriotes. Tout le monde retroussait ses manches dans un même élan. Le temps des interrogations viendrait plus tard. Le loisir me manquait. Je travaillais désormais à la ferme de mon père, avec mes deux frères survivants. Comme nous n'avions rien à nous mettre, nous portions encore nos uniformes, sans insigne et teints en brun, comme si nous avions du mal à nous arracher à notre passé récent. À Blumenscheidt, le fruit de nos efforts profitait surtout aux réquisitions effectuées par les Français. Le bois manquait, nous grelottions. La vie me pesait.

J'ai proposé mes services dans une ferme au Luxembourg. C'était interdit et, comme ancien officier de la Wehrmacht, je devais me présenter une fois par mois aux gendarmes français de Wittlich. Je passais donc la frontière en fraude. Une fois, j'ai été pris, arrêté, traduit devant un tribunal militaire et condamné à vingt jours de prison. À Trèves, je partageais ma cellule avec deux anciens nazis. C'est là, dans la réclusion, que j'ai commencé ma réflexion sur la guerre, ce que j'ai appelé mon examen de conscience. Les livres sur la guerre n'avaient pas encore vu le jour, mais j'ai dévoré tous les journaux qui, chaque jour, révélaient le désastre dans toute son ampleur et précisaient la nature de ce qui s'était passé dans les camps d'extermination.

HSM : Mal à l'aise dans l'atmosphère de l'après-guerre, j'ai cherché à Saint-Cyr, puis à la Légion étrangère, la fraternité que j'avais connue dans la Résistance et à Buchenwald. Ce corps a pour vocation d'accueillir des hommes sans racines qui veulent tirer un trait sur leur passé. C'était mon cas. J'ai plongé à corps perdu dans ce monde qui a ses lois propres, ses codes et ses solidarités.

À mon départ pour l'Indochine, un de mes camarades de déportation, Lucien Prudhomme, m'a accompagné sur le quai du port de Marseille. Dans le tunnel de Langenstein, nous avions partagé la misère la plus grande. Ici, le long des pontons, nous faisions des cabrioles, comme des enfants. Les blessures morales n'avaient pas entamé son humilité, sa force intérieure. Pourtant, au fur et à mesure que nous nous rapprochions du quai d'embarquement, je l'ai vu pâlir en entendant les légionnaires allemands s'interpeller entre eux. Il m'a lancé : « *Tu vas commander à tous ces Allemands ?* »

D'abord troublé, je me suis tu car je repoussais cette question depuis plusieurs jours. Je lui ai répondu : « *Maintenant, il n'y a plus d'Allemands mais des hommes.* » Je me suis senti libéré d'un étau. Comme si la Légion m'avait permis de faire place nette. Elle avait dégagé l'horizon : si ces hommes, sous le képi blanc, pouvaient renouer avec un avenir, mon passé aussi pouvait me laisser tranquille.

Encore aujourd'hui, à la faveur d'une conférence, beaucoup de gens me posent la question : « *Vous avez souffert du totalitarisme nazi, de la Gestapo… Comment avez-vous fait pour accepter des Allemands à la Légion ?* » Je leur réponds qu'en camp de concentration, j'avais des camarades déportés qui avaient souffert beaucoup plus que moi, et depuis plus longtemps. C'était les Allemands. Les premières victimes d'Hitler, ce furent eux.

AK : Les Allemands se sont jetés dans l'avenir. À un passé trop douloureux, ils ont d'abord préféré des lendemains peints aux couleurs de la réconciliation et de l'Europe. Ils se rendaient compte que si la guerre n'avait pas pu être évitée, c'était aussi parce que les marques de bonne volonté en direction de la France, après 1918, avaient été trop peu nombreuses.

En 1948, journaliste dans une feuille de Bad Kreuznach, j'ai participé à une marche européenne de la jeunesse, à Strasbourg, qui réunissait des centaines de jeunes Allemands, Belges, Français et Hollandais. Notre délégation était conduite par un jeune responsable démocrate-chrétien, Helmut Kohl[1]. Nous avons été accueillis par des responsables politiques européens,

1. Leader du parti démocrate chrétien, la CDU, Helmut Kohl deviendra chancelier en 1982 et sera le grand artisan de la réunification allemande en 1989.

notamment le Belge Paul-Henri Spaak, et je me souviens que, ce jour-là, des poteaux frontières ont été symboliquement brisés.

Nous mettions notre espoir dans le temps qui guérit tout. Nous ne parlions jamais de la guerre. Personne n'osait exhiber ses faits d'armes et encore moins ses décorations. Les anciens combattants, pourtant innombrables, se tenaient cois. À des détails, une démarche, un regard, je reconnaissais celui qui avait été mêlé à l'effroyable épopée. La guerre avait marqué les visages et modelé les corps. Il ne fallut pas dix ans pour que les retrouvailles aient lieu entre des hommes qui avaient en commun une histoire indicible.

Les premières réunions des anciens de ma division eurent lieu à partir de 1953. Elles se déroulèrent discrètement, dans des brasseries obscures de Vienne ou Munich, parfois dans des monastères ou des auberges de campagne. Nous ne voulions pas être soupçonnés de nostalgie ou d'irrédentisme anschlussien. Pourtant, nous ouvrions toujours la séance debout, en chantant le *Panzerlied*, le chant de combat des troupes blindées. Inévitablement, ces réunions drainaient des éléments infréquentables. Ainsi, un soir, je me retrouvai dans une brasserie de Munich à côté d'Ernst Otto Remer, l'ancien commandant du bataillon de garde de Berlin, qui écrasa le putsch de juillet 1944 et fit fusiller Stauffenberg dans l'immeuble de la *Bendlerstrasse*. Comme moi, l'Allemagne avait du mal à faire le tri dans son passé, à séparer les salauds des hommes d'honneur. En avait-elle la possibilité et le courage ?

Notre histoire

HSM : Longtemps, je me suis tenu à l'écart des amicales, des commémorations ou des cercles du souvenir. Je me suis englouti dans cette passion que fut, pour moi, la guerre d'Indochine ; puis je me suis battu pour l'Algérie. J'ai connu ma femme ; je me suis marié et nous avons eu quatre enfants. Vivre tout entier dans l'action était peut-être une réponse à la déchirure de la déportation. Je voulais toujours que la vie l'emporte.

Pourtant, lorsque j'ai connu à nouveau la prison, mon passé m'est revenu à la figure comme un boomerang. Pendant ces six ans de détention, j'ai été enfermé avec mon histoire. D'une certaine manière, le souvenir de la déportation a été plus douloureux à ce moment-là que l'épreuve elle-même. J'étais à vif. Jusqu'à la fin des années 1970, je n'ai jamais pu parler de mes années allemandes à personne. Lorsque je les ai évoquées pour la première fois, je n'ai pas pu aller dans mon récit au-delà de l'entrée dans Buchenwald... Mes souvenirs étaient des molosses qui m'attendaient au tournant : ils se sont jetés sur moi. Ce soir-là, j'ai coupé court à l'entretien et j'ai quitté la pièce.

AK : Il existe des blessures qui ne guérissent jamais.

HSM : Par cet effroyable paradoxe qui fait l'intensité de la condition humaine, la déportation m'a énormément apporté. Je n'aurais pas été le même homme sans Buchenwald et Langenstein. Je l'ai dit, la déportation m'a décapé de mes préjugés. J'ai appris à douter. J'ai découvert l'infini des hommes, sans distinction de race ou de culture. Cette expérience-là m'a beaucoup servi dans ma vie de soldat.

Cette boussole me sert aujourd'hui encore. Je ne suis pas rassasié des autres, de l'amitié, du savoir, de la dignité et de l'indignité des hommes. J'ai gardé une soif inextinguible de compréhension. À quatre-vingts ans, je fais encore des rencontres aussi intenses qu'en rentrant de Buchenwald. Et je retire toujours de grandes satisfactions en retrouvant ceux qui ont partagé les mêmes épreuves. Personne ne peut éteindre ce feu qui nous rapproche.

AK : Les retrouvailles avec nos camarades de combat ont eu pour mérite de stimuler notre mémoire collective. Les échanges, les bulletins de liaison ont accéléré la prise de conscience et l'obligation d'en savoir plus. Puis est venu le temps de la réparation…

La réconciliation ne doit pas être à sens unique. J'ai tenu à entrer en contact avec l'homme qui a abattu mon frère Erbo, au-dessus de Tobrouk, en 1942. Cela s'est fait par une de ces coïncidences que nous réserve la vie, si l'on sait les saisir. En 1984, un de ses camarades d'escadrille, nommé Rosenberg, qui voyageait dans un avion de ligne entre le Japon et l'Australie, lia conversation avec le pilote. Celui-ci l'invita à Sydney dans son club des anciens de la RAF. Il y fit la connaissance d'un officier surnommé « *the Killer* », qui possédait, paraît-il, une manière unique d'abattre les avions : par-dessous. Avant de mourir, mon frère avait eu le temps de raconter qu'il s'était fait surprendre de cette manière. Nous entrâmes donc en relation, par lettre, avec cet aviateur australien qui nous répondit qu'il était bien l'homme qui avait abattu mon frère au-dessus du désert libyen. Une correspondance s'est ensuivie. C'était une façon pour nous de tourner la page…

HSM : Est-ce que vous avez pu établir des relations aussi libres avec l'armée Rouge ?

AK : Depuis dix ans, des liens entre l'Allemagne et la Russie ont commencé à se tisser. Une association réunit les anciens combattants du RI 18, dans les rangs duquel mon frère Franz Joseph a trouvé la mort en 1941. Ce régiment a combattu à Rschew, à deux cents kilomètres de Moscou, sur la Volga, où s'est déroulée une des batailles les plus sanglantes de la guerre.

En 1991, les Allemands ont pris contact avec leurs homologues russes et des relations se sont nouées. Un jumelage a été établi entre Rschew et Gütersloh, en Westphalie, une des garnisons du 18ᵉ RI. Il permet des échanges entre lycées, et surtout une aide matérielle très substantielle, qui dépasse le million de Deutsche marks, sous forme d'équipements médicaux, de fournitures d'école, de meubles, etc. Le prochain objectif est l'édification d'un cimetière russo-allemand sur les bords de la Volga, surmonté d'une haute croix noire, qui devrait être terminé cette année.

En mai 2000, ma femme et moi avons accompagné un groupe d'Allemands à Rschew. Peter, l'un des fils de mon frère Franz Joseph, était du voyage. Son père est mort en décembre 1941 dans un village situé non loin de Rschew. L'endroit n'a pas changé depuis 1940. Nous avons retrouvé la maison où il avait établi son PC ; j'ai rencontré une femme qui se souvenait de lui. Nous avons aussi identifié le lieu où mon frère a été enseveli à la hâte par un feldwebel, un quart d'heure avant que les Russes n'entrent dans la ville.

HSM : Je me suis rendu à Buchenwald pour le cinquantième anniversaire de la libération du camp, en 1995. J'ai assisté à une grande foire sans âme, avec des discours et des stands de saucisses-frites, laissant peu de place au silence et au recueillement personnel. Il y eut d'ailleurs un incident quand l'un des intervenants officiels, le Premier ministre-Président de Thuringe, associa dans un même hommage les victimes de tous les totalitarismes. Des sifflets ont retenti : les communistes qui avaient tenu le camp en détiennent encore la mémoire. J'en suis revenu meurtri, comme si l'on m'avait volé mon pèlerinage.

En revanche, mon retour dans le tunnel de Langenstein reste l'un des moments les plus forts de mon existence. Je ne m'attendais pas à recevoir un choc de cette violence. J'ai tout retrouvé, intact. La pierre avait gardé la mémoire de notre calvaire, dans un silence de catacombes. Dans ces instants-là, le temps n'est rien. Dix ans se contractaient en une seconde. Pour revenir quarante ans en arrière, il m'a suffi de fermer les paupières. Je marchais avec ma femme, qui a tant compté pour mon équilibre par sa gaieté, son allant et sa beauté. Je revoyais, dans un grand désordre, sa silhouette dans le soleil blanc d'Alger et, en contrebas du tunnel, les corvées de cadavres : les images de mes filles nouveau-nées et celles des fantômes du *Revier* se superposaient. J'ai senti de nouveau les parfums des glaïeuls du Petit Lac, à Hanoi ; j'ai revu le visage de mon ami déchiqueté par une mine dans le delta ; j'ai tendu la main à ce mineur letton dont je n'ai jamais connu le nom mais qui m'a sauvé la vie ; j'ai vu le jeune garçon que j'étais, sur sa bicyclette aux pneus pleins, à l'instant où il franchissait la ligne de démarcation ; j'ai appelé les légionnaires que j'ai perdus au combat... Comme un accidenté de la route qui voit son existence défiler de tonneau en tonneau, j'ai rassemblé les éléments épars de ma vie. Je les ai déposés à l'entrée du tunnel de Langenstein, comme ces offrandes de fruits et de fleurs que les Vietnamiens déposent sur l'autel des ancêtres. Tant de mes camarades, au nom imprononçable, reposaient dans la fosse commune. J'étais l'enfant de ces morts-là...

AK : Aujourd'hui, mon pays vit avec ce passé douloureux qui pèse sur son destin. Il s'en accommode, oscillant au gré des générations entre plusieurs attitudes, qui vont de la culpabilité paralysante à l'indifférence feinte. On a même vu, dans l'esprit de notre temps où le marginal attire, parfois au détriment de l'essentiel, les Verts exiger que l'on érige dans toutes les villes un monument « au déserteur inconnu ».

HSM : La France est aussi en proie à cette tentation. À la tribune de l'Assemblée nationale, un ancien Premier ministre a tenu à rendre hommage aux déserteurs de la guerre de 1914-1918. Mesure-t-on la portée d'une telle parole ? Les conséquences qui pourraient se produire après avoir mis sur le même pied la défection et l'engagement, le sauve-qui-peut individuel et le sacrifice de sa vie pour la liberté ?

AVK : Pensez-vous que le métier des armes ait encore un avenir ?

HSM : Plus que jamais. L'Histoire est une entreprise de longue haleine. Comme autant de plaques tectoniques, notre monde est travaillé en profondeur par des forces terribles. Lorsque l'irruption volcanique aura lieu, demain, dans dix ans, plus tard encore peut-être, ces hommes que l'on toise parfois avec indifférence sous l'uniforme seront les premiers remparts et les grandes figures de notre monde versatile.

AK : Pour regarder son histoire en face, l'Allemagne a décidé qu'il n'y aurait qu'un seul *Memorial Day*, le 11 novembre, jour où l'on se souvient de tous les morts des guerres, aussi bien des victimes du nazisme que des soldats de la Wehrmacht morts au combat. Cela se passe non pas à l'occasion d'un défilé ou d'une prise d'armes, mais au cours d'une cérémonie très dépouillée, à Berlin, devant une simple sculpture qui montre une mère et son enfant. Une sorte de figuration de la pietà qui symbolise la douleur... L'Allemagne s'occupe aussi des tombes de ses soldats dans toute l'Europe. Il y aura bientôt un cimetière militaire allemand à Stalingrad. C'est aussi cela notre devoir de mémoire...

HSM : La mémoire est un mot délicat à manier. Je m'en méfie parce qu'elle est souvent sélective. La tentation de la mémoire est de ne montrer qu'un seul côté des faits. Résister à cette facilité nécessite un réel courage. Quand François Mitterrand a rendu hommage aux soldats allemands et à leur bravoure pendant la Deuxième Guerre mondiale, j'ai trouvé honnête de montrer que la mémoire collective européenne n'était pas hémiplégique. À notre échelle, notre entretien va aussi dans ce sens-là.

AK : Son attitude m'a rappelé celle d'Adenauer en 1952, à la tribune du Bundestag : « *Nous voulons déclarer aujourd'hui solennellement devant cette haute maison, au nom du gouvernement, que nous assurons de notre estime tous les membres de notre peuple qui ont porté les armes et qui ont combattu selon les hautes traditions militaires et dans l'honneur, sur la terre, sur les mers et dans les airs.* » De tels propos, tenus par un homme mis à l'index par les nazis dès 1933, n'avaient pas pour but de réhabiliter des soldats coupables de crimes contre l'humanité mais d'entreprendre la réunification morale d'un peuple brisé et divisé géographiquement.

J'ai vécu personnellement dans cette ambiance de réconciliation au sein de la colonie allemande de Paris. Il y avait de tout : d'anciens résistants, tel Albert Preuss, ancien syndicaliste caché en France pendant la guerre, des juifs rescapés des camps et d'anciens soldats de la Wehrmacht restés en France par la force des choses. Ce sont mes confrères juifs qui m'apportèrent l'aide la plus précieuse, à moi, l'ancien lieutenant de Panzers, me facilitant l'accès aux ministères ou à l'Assemblée nationale. Je n'ai pas le souvenir qu'il ait jamais été question de l'attitude de tel ou tel pendant la guerre : nous vivions la solidarité des compatriotes à l'étranger.

À mon arrivée en France, je n'ai jamais ressenti d'hostilité de la part de vos compatriotes. La guerre s'éloignait, l'Allemagne suscitait l'admiration par son dynamisme dans la reconstruction. Seul signe de méfiance : un fonctionnaire de la préfecture de police était préposé à ma surveillance. J'étais devenu correspondant du *Bild Zeitung* et collaborateur du *Pariser Kurier*, hebdomadaire destiné aux Allemands vivant en France, essentiellement des anciens prisonniers de guerre. Le chiffre des prisonniers de guerre s'élevait à quarante-sept mille, empêchés ou peu désireux de rentrer en RDA.

Un jour, un homme m'a abordé et m'a expliqué qu'il était chargé de me suivre, d'écouter mes conversations téléphoniques et de vérifier le contenu de mes articles. Cela se passa cordialement, au point que lorsqu'éclata le scandale Le Troquer[1], mon « ange gardien » me

1. Homme politique de la IVe République et président de l'Assemblée nationale, André Le Troquer fut compromis dans un grave scandale de mœurs qui mit fin à sa carrière.

confirma l'affaire et me communiqua des informations qu'il tenait de ses collègues de la Brigade mondaine.

HSM : Les Allemands auxquels j'ai commandé après la guerre et que j'ai admirés ont certainement contribué à changer peu à peu mon regard sur votre pays. La teneur de notre conversation, les liens qui se sont noués entre nous en sont la preuve. Quant à pardonner à mes bourreaux... La manière qu'a chacun de tourner la page lui appartient en propre. Difficile d'édicter une conduite pour autrui... Pour ma part, je ne me suis jamais trouvé, face à mes geôliers de Langenstein, en situation d'accorder ou de refuser le pardon. Mais j'y ai parfois réfléchi. Que ferais-je ? La réponse ne coule pas de source.

D'un côté, mon éducation chrétienne et le *Notre Père*, que ma mère m'a appris à réciter, m'enjoignent de pardonner. De l'autre, la nature humaine me montre chaque jour mes limites et j'éprouve de la difficulté à passer aux actes. Peut-être le déclic viendrait-il de l'attitude du repentant : oui ou non regrette-t-il sincèrement ? Que fait-il pour réparer les conséquences de ses abominations ? Je suis d'accord avec Primo Lévi quand il écrit : « *J'éprouve un impérieux besoin de justice mais pas de vengeance. Le pardon face à un coupable qui ne se repent pas, ce n'est pas juste. S'il donne des signes certains de ne plus être coupable, alors je suis prêt à pardonner.* »[1]

Ce va-et-vient entre ce que j'ai reçu et ce que la vie m'a réservé fonde toute mon existence. Depuis Buchenwald, je suis enclin à douter de tout, à regarder les hommes et les idées avec distance et parfois ironie. Cet état d'esprit ne m'a pas empêché de m'engager avec fer-

1. Primo Lévi, *Conversations et entretiens*, 10/18.

veur en Indochine et en Algérie, mais sans jamais, je crois, être dévoré par la cause que je servais.

Le paradoxe de mon existence aura été d'être souvent attiré aux avant-postes de l'Histoire, d'en côtoyer les passions et les brûlures, tout en demeurant, sur le plan intérieur, en proie au questionnement. Cela ne m'a pas facilité la vie.

AK : L'engagement d'un homme au sein d'une aventure collective comme la guerre obéit à un processus complexe. Quelle est sa part de liberté ? Et de grégarisme ? Jusqu'où est-il contraint ? Ces questions sont insolubles et pourtant nécessaires pour commencer à réfléchir.

J'ai répondu à l'appel de mon pays pour servir dans l'armée comme l'avaient fait mes pères. Notre patriotisme, notre attachement à la grandeur de notre pays étaient comparables à celui de nos voisins européens. D'ailleurs, personne autour de moi, ni même à l'extérieur, ne m'a appelé à la désobéissance. Cela ne m'exonère d'aucune responsabilité, et je continue d'en prendre ma part.

J'ai vécu la guerre, non pas de je ne sais quel promontoire d'où j'aurais pu apercevoir les massacres et les camps, mais au niveau de la tourelle de mon char, avec comme horizon une forêt ou un fleuve et comme perspective le risque de recevoir une balle, un éclat d'obus ou une décoration. Il m'a manqué du recul, du temps, pour m'offrir au cœur de la tourmente une réflexion sur la tragédie dont j'étais l'acteur et aussi le complice.

Cette réflexion, je l'ai conduite plus tard, m'interrogeant sur ma conduite et sur ses conséquences. Personnellement, je n'ai jamais commis d'acte contraire aux lois de la guerre. Pourtant, je me sens coresponsable du mal commis par l'Allemagne. Je suis lié à ces crimes par une sorte de solidarité, comme le maillon indissociable d'une chaîne infernale, et j'en porte le poids.

HSM : Nous aimerions que notre pays soit blanc comme neige. Mais l'aventure humaine n'est jamais dépourvue de taches. Les civilisations n'ont jamais pu annihiler la violence, seulement l'organiser en créant des uniformes, des galons, en imaginant des règlements, des codes de la guerre et de l'honneur. Mais la guerre exaltera toujours en l'homme ce qui, en lui, relève de l'ange – ses ressorts les plus nobles, le courage, le mépris de la mort – et ce qui relève de la bête – ses instincts bestiaux, la peur, la lâcheté. Vous et moi avons vécu ce combat intérieur. L'expérience ne se transmet pas, mais elle se raconte. Car seul le récit permet la compréhension, qui elle-même pousse vers l'avant les générations qui suivent. Le passé est important parce qu'il contient les clés de l'avenir.

Le sinologue Simon Leys, dans un de ses récits de voyage en Chine maoïste, raconte son dialogue avec un officiel qui, pressé de questions, bafouille et reconnaît qu'il n'existe pas de livre sur l'histoire du parti communiste chinois. De peur d'avoir à remodeler sans cesse la vérité à chaque purge et après chaque congrès, les Chinois avaient décidé de ne pas avoir de passé. L'Histoire est un remède au totalitarisme. Elle enseigne qu'il n'y a pas d'actes isolés, seulement des enchaînements. Un pays sans histoire ne serait pas un pays sans malheurs, mais un pays sans valeurs.

Examen de conscience

AK : J'ai écrit mes premiers livres comme un témoignage à l'usage de mes amis français. Je fréquentais alors ce que vous appelez le Tout-Paris. Philippe Héduy m'emmenait déjeuner chez Pierre et Hélène Lazareff à Louveciennes. Anne-Marie Cazalis me présentait à Juliette Gréco, Guy Béart, Roland Laudenbach et Romain Gary. Dans ce milieu, j'étais l'Allemand de service, requis pour raconter sa campagne de Russie...

Peu à peu, le regard que je portais sur mon histoire s'est transformé. À quelle monstrueuse entreprise avais-je été mêlé ? Un jour, la lecture d'un livre signé d'un juif letton, Meir Levenstein, sur les souffrances endurées par son peuple m'a ouvert les yeux. Arrêté par la police en juillet 1941 et livré aux Allemands, il raconte son calvaire jusqu'à sa libération. Ce livre produisit sur moi un effet comparable au *Journal d'Anne Frank*. J'en ai pleuré, en pensant : « *Cet homme a enduré cela parce que j'ai fait partie d'une armée qui a rendu possible ces actes.* »

Cette lecture marqua dans ma vie un bouleversement personnel et spirituel qui me poursuit encore. Dans ce mystère du Mal tel qu'il s'est déchaîné pendant la

Seconde Guerre mondiale, une chose est pour moi incompréhensible, c'est le destin du peuple juif, ce peuple élu de Dieu qu'on retrouve, dans toute l'Écriture sainte, des Psaumes au livre de l'Exode, battu, chassé, opprimé. Pourquoi ? J'ai beaucoup médité, jusqu'à écrire un roman, intitulé *Les Maudits*, où je me suis glissé dans la peau d'un SS gardien du camp d'Auschwitz pour tenter de pénétrer la psychologie de ces hommes. En vain.

HSM : Il y a quinze ans, un jeune homme est venu me voir. Je ne le connaissais pas. Il s'appelait Laurent Beccaria. Il parlait vite, sautait d'une intuition à l'autre. Tout en étant du même sang que moi (c'était un de mes petits-neveux), il venait d'un bord opposé, avec d'autres références. Notre attelage était improbable mais nos différences en garantissaient la pérennité. Plusieurs livres ont suivi, qui m'ont contraint à fouiller dans ma mémoire, à éprouver mes souvenirs au contact de ses questions, de ses objections, de ses réfutations. Il m'a permis de sortir de moi-même, d'échapper au passé comme enfermement pour le regarder en face. Plutôt que d'égrener les anecdotes, ensemble nous avons essayé de donner une cohérence à cette histoire éclatée qui fut la mienne. En prenant la parole, j'ai cherché un sens à mon destin chaotique et sanglant.

Cette aventure de papier m'a beaucoup apporté. Elle a même été traduite en allemand. Wolf Albes, un jeune professeur de français à la sensibilité frémissante, s'est entiché de ces livres. Il les a traduits et publiés dans votre langue, avec un culot et un désintéressement remarquables. Je garde un souvenir ému de nos séances sur la traduction, dans notre maison de Provence[1]. Si en 1944, à Buchenwald, j'avais imaginé cette scène...

---

1. *Asche und Glut. Erinnerungen*, Éditions Atlantis, Friedberg, 1998 ; *Die Wächter des Abends*, Éditions Atlantis, Friedberg, 2000.

AK : La mémoire requiert des faits concrets, des lieux à visiter pour en respirer l'atmosphère. Mon ami Albrecht Castell organise des voyages dans cet esprit. En 1994, nous sommes allés en Tchécoslovaquie sur les lieux de l'ancien camp de concentration de Terezyn, à Lidice, un village rasé par les Allemands en 1943, et à Prague. Notre groupe comprenait la fille d'un SS exécuté après la guerre par les alliés, qui tenait à visiter les lieux où son père avait sévi. Nous avions accueilli dans un autre groupe un officier, Joseph Heyden, qui avait fait trois ans de guerre en Russie, dans l'infanterie. Il a visité, entre autres, le tristement célèbre ravin de Babi Yar[1], près de Kiev, où les *Einsatzgruppen* des SS, les « groupes d'action », massacrèrent plus de trente mille juifs en deux jours, et il en a fait un récit bouleversant.

De ces voyages, j'ai tiré deux livres de réflexion sans complaisance ni pour moi ni pour mon pays. En Allemagne, mon essai porte ce titre : *Dans la rage et dans la honte*. Il m'a valu bien des reproches dans la société allemande, et jusque dans ma famille, certains refusant ou se sentant incapables d'affronter leur passé.

HSM : L'examen de conscience honore toujours celui qui l'entreprend. C'est une démarche personnelle. Ce qui me gêne plus dans l'exercice collectif qu'on impose à nos vieux pays européens, c'est l'impression que ceux qui le préconisent l'utilisent non pas pour le service de la vérité, mais à des fins idéologiques.

---

1. À cette occasion, nous avons demandé pardon aux victimes et, en même temps, délivré ce message : « *La grande masse de notre peuple et de nos anciens combattants regrettent profondément d'avoir obéi à un homme qui a abusé de cette obéissance dans un mépris total des lois divines.* »

AK : C'est le risque. Une exposition inaugurée en 1995 à Hambourg se proposait de retracer l'implication de l'armée régulière allemande dans les crimes hitlériens. Elle était organisée par un historien ex-communiste, Hannes Heer, et par Jan Philip Reemtsma, fils d'un fabricant de cigarettes qui avait subventionné le parti nazi et qui devait être soucieux de faire œuvre de réparation. Documents à l'appui, il était montré comment de simples soldats avaient servi de cordon de sécurité lors de l'élimination de juifs, comment « la lutte contre les partisans » dissimula des massacres de populations et comment la moitié des prisonniers russes moururent des suites de mauvais traitements. Le choc fut énorme. L'exposition devint une affaire d'État. Si l'armée régulière était impliquée, c'était chaque famille allemande, dont au moins un membre avait servi dans la Wehrmacht, qui devait faire son examen de conscience. Les responsables politiques durent prendre parti. Jusqu'à ce que des chercheurs découvrent que certaines photos de l'exposition représentant des soldats allemands avec à leurs pieds des cadavres russes étaient assorties de légendes erronées : des charniers découverts par la Wehrmacht après que Staline avait donné l'ordre à ses soldats d'éliminer les prisonniers politiques devant l'avancée allemande étaient attribués aux soldats allemands. Cette manipulation sema le doute sur l'exposition tout entière, qui fut fermée. Le scandale qui suivit empêcha que soit mené un vrai débat sur les responsabilités effectives de la Wehrmacht dans les exactions contre les populations russes et dans la Shoah.

HSM : La repentance telle qu'elle est pratiquée ardemment sert-elle à clarifier, est-elle vraiment une « purification de la mémoire » ou bien au contraire ne contribue-t-elle pas à aviver nos blessures et à nous accabler ?

AK : Mené avec honnêteté, dans le but d'apaiser, un examen de conscience est bienfaisant. Mes prises de position sur le passé de mon pays m'ont coûté cher : une longue brouille avec mon frère, un éreintement par la critique allemande. Pourtant, maintenant, je me sens tranquillisé. La repentance est une démarche intérieure pour faire la vérité avec soi-même.

J'en ai eu une nouvelle fois la preuve en octobre dernier, quand je me suis associé à un groupe d'Allemands, conduit par mon camarade Castell, qui se rendait à Oradour-sur-Glane. C'était la première fois qu'une association de mémoire allemande faisait ce pèlerinage. Ils ont visité le village, guidés par Robert Hébras, l'un des survivants du massacre perpétré par une compagnie de la division Das Reich en juin 1944, se sont recueillis dans l'église où périrent les villageois, au cimetière et devant la plaque à leur mémoire. Ils ont été reçus par le maire, à qui ils ont remis du pain, du vin et du sel, vieux symboles bibliques de réconciliation. Certains ont ramassé des glands du chêne qui a poussé sur les ruines de l'église pour les planter chez eux. Un seul mot résumait nos impressions : *Libération*. Je suis rentré à Paris étrangement apaisé…

HSM : Aucun homme ne peut avoir la vanité de penser qu'il ne s'est jamais trompé. Mais accomplir un travail de vérité nécessite d'accepter notre passé dans son intégralité. Trop souvent, un fossé se creuse entre ce que j'appellerais un retour lucide et une mise en cause à sens unique, qui conduit à un *mea culpa* généralisé. Ce devoir de vérité doit être assorti d'un devoir de confiance, de la certitude que ce travail est effectué au nom du bien commun, au-dessus des passions des hommes. Sinon, l'examen de conscience risque fort de se travestir. À quoi bon bâtir des générations de coupables, des enfants qui auront les dents gâtées, pour reprendre le verset de la Bible ?

Un de mes amis, qui connaît bien l'armée allemande d'aujourd'hui, m'assure qu'on assiste, chez les jeunes officiers, à un retour très net du nationalisme, de l'exaltation de la grandeur militaire de votre pays. N'est-ce pas parce qu'ils en ont assez d'être contraints de revêtir la tunique des coupables ?

AK : Il y a plus inquiétant que les mines un peu bravaches que prennent certains jeunes officiers pour exprimer la fierté de porter un uniforme. Le début des années 1990 a vu émerger en Allemagne des groupes néo-nazis très violents, revendiquant l'hitlérisme sans avoir jamais lu *Mein Kampf*, sans rien connaître du national-socialisme ni de l'histoire récente. Ce phénomène est la conséquence perverse de la réunification, qui a engendré un *Lumpenproltariat*, originaire de l'Est, qui souffre du chômage et se nourrit de la haine de l'étranger. Rien n'est jamais acquis. Le cœur de l'homme ne trouve pas la paix pour longtemps.

Demain, la guerre ?

AK : Nous sommes les témoins d'une vieille histoire, qui s'est éloignée très vite. Les plus jeunes nous regardent comme ils contempleraient les rescapés des guerres de Cent ans ou de l'épopée napoléonienne. Le monde qui nous a modelés n'a plus guère de liens avec le leur. Y aura-t-il encore une grande guerre en Europe ? Opposera-t-elle la France et l'Allemagne ? Peut-on imaginer à nouveau, dans la Somme ou à Hambourg, les tranchées, les attaques au gaz, les chars dans les villages, le couvre-feu ?

HSM : Nos vieux pays d'Europe occidentale sont probablement vaccinés contre le combat fratricide. Mais jusqu'à quand ? La guerre et la violence sont inscrites au cœur de l'homme depuis Caïn et Abel. Et peut-être que, sous d'autres formes, les générations futures de France et d'Allemagne connaîtront, elles aussi, des chocs frontaux. D'une manière que nous ignorons mais dont les attentats de Manhattan, en septembre 2001, donnent un aperçu possible. La guerre se poursuit. Hier, c'était le bloc Ouest contre le bloc Est, deux mondes aux forces répertoriées, dominés par des nations modernes, prêts à un affrontement classique. Aujourd'hui, le face-à-face est plus difficile à cerner. Notre Europe, riche et peuplée de personnages âgés, n'a pas fini d'être soumise à des pressions migratoires d'une force incroyable venant du Sud et de l'Europe de l'Est, devenu un tiers-monde depuis l'écroulement du système communiste. Les populations blanches représentaient 35 % de la population du xxe siècle. Elles sont aujourd'hui 12 ou 13 %, et en l'an 2020 elles seront 6 % qui détiendront 65 à 70 % de la richesse mondiale. L'islamisme a beau jeu de fustiger le matérialisme occidental. L'avenir n'est pas exempt de menaces.

Il faudra bien que des hommes et des femmes continuent de consacrer leur vie à la défense d'une collectivité nationale. Avez-vous remarqué cette coïncidence : la fin du service national, longtemps présentée comme une apothéose, le passage de l'armée dans l'ère moderne, avec une surmédiatisation des derniers conscrits et des derniers exemptés, s'est effectué dans un silence gêné ? Pourquoi ? Alors que la France abandonnait un système multiséculaire de défense, l'Amérique mobilisait contre l'organisation terroriste Al Qaeda. Sans même parler de sa fonction de creuset, qui permettait à tous les jeunes Français de se rencontrer et de vivre ensemble, le service national représentait une préoccupation collective. Aujourd'hui, sera-ce uniquement l'affaire de professionnels payés pour mourir pour notre liberté ?

AK : La violence peut exploser à tout moment dans une société, sous l'effet de forces qu'elle porte en son sein, que ce soit les mouvements régionalistes, les partis extrémistes ou les mafias ethniques. Notre époque est-elle prête à y faire face ? J'en doute.

HSM : Depuis 1990, les Européens avaient l'impression fallacieuse de vivre dans un monde en paix. Or il y a, de façon permanente, près de trente conflits sur la surface du globe. Après la chute du mur de Berlin, qui semblait clore quarante ans de guerre froide, des belles âmes ont prophétisé qu'il n'y aurait plus d'affrontements. Aussitôt après, la guerre du Golfe a été déclenchée. Puis la guerre des Balkans, qui n'en finit pas de s'étendre jusqu'en Macédoine. La guerre civile en Israël et en Algérie ne s'éteint pas. La prolifération nucléaire a été inconséquente, et nos enfants en porteront le fardeau.

L'attentat de New York a mis au grand jour l'existence d'un projet global de terreur. Mon propos n'est pas d'être un rabat-joie mais de rappeler à chacun que l'Histoire est tragique. Nous avons la chance d'en être plus conscients parce que toute une partie de notre vie a baigné dans le drame. Notre devoir est de prévenir que la violence peut resurgir un jour ou l'autre et se répandre comme un fleuve en crue. J'ai vu, en juin 1940, la « Grande France » s'écrouler en trois semaines et je ne l'ai jamais oublié. Prenez les puissants d'aujourd'hui, toujours entre deux avions privés et trois conseils d'administration, avec des rémunérations faramineuses. Leur monde peut imploser en quarante-huit heures. Et combien d'entre eux seront sous la table, les mains moites, à essayer de sauver leur peau ? Il faut toujours avoir à l'esprit qu'une communauté humaine est fragile ; elle conquiert sa légitimité tous les matins.

AK : La guerre est éternelle. Elle change de forme, elle se déplace dans l'espace. Après 1945, les grandes puissances avaient trouvé un système confortable : faire la guerre par pays interposés, au Vietnam, au Nicaragua ou en Angola, pour éviter un affrontement direct. Aujourd'hui, son souffle s'est à nouveau rapproché de nous. Elle touche les Balkans, à quelques heures de voiture de nos capitales occidentales. Elle frappe New York à l'heure des bureaux.

HSM : Les moyens de combattre ont changé. Les bombardements contre la Serbie, l'Irak ou l'Afghanistan posent un grave problème éthique. La conception américaine de la guerre, née après le Vietnam, consiste à provoquer la mort sans subir de pertes humaines : des avions sans pilote, des drones et des missiles. Or depuis la nuit des temps, la légitimité du soldat vient de son acceptation du risque. Il a le pouvoir exorbitant de tuer, mais il met également sa peau en jeu. Ainsi, il n'est pas un assassin mais un combattant.

À partir du moment où le soldat ne frôle plus la mort, qu'il la sème en appuyant sur un bouton, il perd son titre de soldat et devient un exécutant. Face à cette nouvelle conception, personne n'a encore posé la question : que devient la conscience du soldat ? Je ne sais pas si les états-majors mesurent bien les conséquences de cette métamorphose de la guerre sur la mentalité des armées.

AK : Ernst Jünger écrivait déjà en 1942 : « *Les guerres d'aujourd'hui sont menées par des techniciens.* » On ne dit plus « bombardements » mais « frappes chirurgicales ». Les missiles envoyés par erreur sur les populations ne sont que des « dommages collatéraux ». Vous avez raison, c'est un vocabulaire de laboratoire.

HSM : D'autres changements sont en cours qui modèlent différemment les générations actuelles. Ainsi, la nation a été le principal vecteur de l'histoire au XXe siècle. C'était une valeur importante dans le monde dans lequel nous avons vécu. La nation est peut-être même la seule raison pour laquelle nos deux pays se sont combattus pendant soixante-dix ans. Or aujourd'hui, ce sentiment « national » semble s'évanouir, disparaître… Du moins est-il entaché de suspicion. On essaie de lui substituer un autre concept, plus apaisant : l'Europe.

AK : Je suis d'une génération qui a vu l'idée de nation caricaturée par l'idéologie. Mais depuis 1945, l'Europe est au cœur de ma vie. Je vis en France, j'ai épousé une Française, veuve d'un officier tué en Algérie, liant ainsi mon existence à une autre page douloureuse de votre histoire. Mes enfants sont franco-allemands. L'un d'eux a épousé une Italienne, perpétuant la tradition européenne des Kageneck et des Puricelli. Ils vivent à Londres. Pour nous, le Piémont, le pays de Bade et l'Alsace forment une même province sentimentale. Je suis évidemment très favorable à une Europe unissant les destins de pays voisins. Construire une communauté dotée d'un pouvoir fort, et notamment d'une vraie politique de sécurité, me semble tout à fait normal et même inéluctable.

HSM : Je vois un risque à envisager de manière prématurée un ensemble mal défini, en ayant abandonné trop vite un échelon qui, pour des raisons historiques notamment, est encore solide. L'Europe cherche à s'étendre au sud et à l'est alors qu'elle est menacée en son sein par les agissements d'entités régionales en Corse, au Pays basque, en Bretagne, en Catalogne. Dans la période « postnationale » et « préeuropéenne », nous risquons de voir se créer de multiples organisations autonomistes, mafieuses, intégristes dans ce qui sera devenu un *no-man's land* sans références et sans règles. Imaginez que ces forces centripètes, à partir du moment où elles auront pris une certaine vitesse, deviennent totalement incontrôlables. Dans la France contemporaine, avec une jeunesse qui n'a pas les références historiques qui étaient celles de ma génération, il ne faudrait pas grand-chose...

Les jeunes sans repères sont partagés entre plusieurs références : leur cité, leur pays d'origine, leur religion, mais aucune n'est fédératrice comme l'était la nation. Pour prendre une image, je redoute qu'on les amène à sauter dans une rivière dont une des berges est constituée par la France et l'autre, encore éloignée, par l'Europe, sans qu'ils sachent bien nager. Ils risqueraient de se noyer en route.

AK : Ne parlons plus au conditionnel. L'Europe est là. Elle est notre nouvelle frontière. La monnaie commune circule. L'armée européenne est une réalité. Il existe désormais un corps dit « de réaction rapide », composé de contingents nationaux mais dirigé par un état-major commun, armé par un matériel commun. Au sein de ce corps, la Brigade franco-allemande (BFA) est une unité dont la vocation me touche particulièrement. Elle rassemble aujourd'hui cinq mille hommes portant un béret bleu frappé d'un insigne dans lequel se mêlent les drapeaux de nos deux pays. Depuis sa présence en Bosnie jusqu'à sa participation au nettoyage des plages après le naufrage de l'Erika, la bfa a déjà une histoire à elle, commune aux Français et aux Allemands.

HSM : La Brigade franco-allemande est un bon exemple de ce désir d'Europe qui se heurte à des réalités difficiles à gommer. J'ai reçu le témoignage de jeunes officiers ayant servi dans cette unité. Ils en tirent une expérience positive mais ne cachent pas ses insuffisances. Le bilinguisme, s'il est effectif pour ce qui est des cadres, n'existe pas au sein des troupes, qui communiquent le plus souvent par gestes. Si bien qu'en opérations extérieures, la langue qui prévaut entre Français et Allemands, c'est... l'anglais. Les règlements de discipline restent nationaux, comme l'armement ou l'avancement. À la BFA, un officier français peut décorer un soldat allemand mais pas le sanctionner. Ce sont des détails révélateurs de la difficulté à passer outre l'histoire et les particularismes. Lors de la guerre dans les Balkans, les divergences de vue entre les gouvernements allemand et français ont eu des conséquences sur le caractère opérationnel de la Brigade.

Cet exemple pose la question de l'autorité politique qui commande à toute armée. Le corps européen que vous me décrivez, à qui obéit-il ? Qui commande à cette troupe ? Un groupe de ministres devant prendre une décision à la majorité qualifiée ? Et lorsque, comme cela s'est vu pendant la guerre du Golfe, les Anglais s'alignent rigoureusement sur la politique américaine tandis que la France et l'Allemagne veulent faire entendre une voix différente, plus modérée, qu'advient-il de cette collégialité ? Sans parler du problème de la légitimité d'une telle source de décision. Une armée professionnelle qui obéirait à une entité gouvernant sans la légitimité du suffrage universel pourrait être, un jour, source d'ambiguïtés.

Pour un adieu

AK : Ces questions se résoudront avec le temps. Comme l'unité des nations s'est faite avec les siècles, celle de l'Europe demandera une, deux ou trois générations. Ce qui importe, c'est d'encourager le sentiment que nos deux pays sont liés par une communauté de destins. Ni vous ni moi ne sommes prophètes. D'autres que nous s'y sont essayés.

Aussi je voudrais faire mienne cette réflexion de votre Victor Hugo national, qui disait que bientôt l'affrontement entre pays européens paraîtrait à nos descendants aussi incongru que les combats opposant Picards et Bourguignons. D'un voyage outre-Rhin, il revenait avec cette pensée, toujours à méditer : « *Que reste-t-il donc de tout ce vieux monde ? Qui est-ce qui est encore debout en Europe ? Deux nations seulement, la France et l'Allemagne. Eh bien, cela pourrait suffire. La France et l'Allemagne sont essentiellement l'Europe. L'Allemagne est le cœur, la France est la tête. L'Allemagne et la France sont essentiellement la civilisation. Il y a entre les deux peuples connexion intime, consanguinité incontestable. Ils sortent des mêmes sources ; ils ont lutté ensemble contre les Romains ; ils sont frères dans le passé, frères dans le présent, frères dans l'avenir.* »

Pour ma part, je ressens profondément en moi cette unité que les hommes politiques de nos pays tentent de faire grandir avec des mots et des actes. Je suis toujours ébranlé par les rassemblements franco-allemands. Ils effacent le souvenir d'autres prises d'armes où le nom de la France était vociféré, comme un ennemi à abattre. La cérémonie qui m'a le plus ému fut celle au cours de laquelle la croix du combattant européen me fut remise par un officier français. C'était à Douaumont, devant des soldats de nos deux pays. J'ai vu dans ce geste le prolongement de ce que je vis depuis un demi-siècle : la réconciliation de deux provinces séparées par un fleuve. Ma vie est devenue un va-et-vient sentimental de part et d'autre du Rhin.

Il y a quinze ans, je suis retourné travailler à Bonn pour prendre le pouls de mon pays. Une génération avait passé. Ce n'était plus le même, et pourtant j'y ai retrouvé quelque chose d'intangible. Une langue familière a résonné à mes oreilles, une manière d'être qui sera toujours allemande. J'ai eu les larmes aux yeux. Je me suis à nouveau passionné pour la vie politique. C'était à la veille de la réunification des deux Allemagne. Je sentais bien qu'il allait se passer des événements importants et je voulais les vivre de l'intérieur, comme on rentre dans sa famille pour un mariage ou un décès. Une page allait se tourner, que j'avais vue s'ouvrir quelque quarante ans plus tôt. Plus tard, je suis revenu vivre à Paris où me retient ma famille. Je ne manque jamais de multiplier les passerelles entre le pays de mon histoire et la terre d'élection de mon cœur.

Une partie de moi-même est désormais française. Si je persiste à rêver en allemand, je parle français toute la journée. La plupart de mes livres ont été rédigés dans votre langue. Ils étaient adressés à vos compatriotes, comme un témoignage, bien sûr, mais d'abord comme une demande de pardon et une parole d'espérance.

Dans ce mariage d'amour que j'ai contracté avec la France, sa langue, sa culture et sa gastronomie, se cache certainement un désir inconscient d'effacer, à ma mesure, les années d'antagonisme, de rivalité, d'affrontement et de persécution.

À quatre-vingts ans, je prends encore ma part des souffrances exprimées devant moi ou que je découvre dans les livres consacrés à la guerre. Chaque récit me transperce et m'émeut. Je m'y implique comme si c'était moi qui tenais l'arme entre mes mains, la victime à mes pieds. Cette disposition déconcerte souvent mes amis et mes proches. Certains y voient de la faiblesse, une propension à l'abaissement, d'autres me jugent en proie aux idées fixes quand il ne s'agit que d'un indispensable devoir de compassion et de purification. La rédaction de ce livre a d'abord été pour moi une nouvelle étape de ce travail. Et bientôt, son parachèvement.

Votre sollicitude, Hélie, votre manière unique d'écouter, d'interroger et de prendre aussi la mesure d'un événement pour l'analyser m'a touché. Plutôt que d'accabler le vaincu que je suis, vous l'avez écouté, encouragé, consolé et, je crois, compris, parce que vous connaissez en profondeur les symptômes douloureux de cet état.

Aujourd'hui, il me semble que le fossé est moins grand entre un Français et un Allemand qu'entre ceux qui ont vécu l'épreuve de la guerre et ceux qui sont nés après. J'ai ressenti cela durant nos entretiens. Soudain, nous étions très proches, faisant face aux regards et aux questions de nos cadets. Nous sommes deux facettes d'une même réalité, constituée par l'épreuve du feu, les blessures au combat, la peur et les morts. Nous venons d'un même monde, étranger aux mentalités d'aujourd'hui. Nous venons d'un siècle de bruit et de fureur, porteurs d'une histoire et dépositaires d'une mission à la foi modeste et considérable : la raconter. C'est chose faite.

Nous voici désormais comme le vieux Siméon dont parle l'Écriture, prêts à l'échéance, aux lèvres un couplet d'une chanson de soldat : « *J'ai rendez-vous avec la mort, à quelque barricade disputée. [...] Il se peut qu'elle me prenne la main et me conduise vers son ténébreux domaine, qu'elle close mes yeux et arrête mon souffle. Il se peut que je passe encore auprès d'elle...* »

HSM : Cet hiver j'ai eu quatre-vingts ans, comme vous. Il m'arrive d'oublier mon âge et d'être, quelques instants encore, un garçon de quinze ans assis sur l'escalier de la terrasse, face au magnolia, songeant à la vie qui l'attend, avide de tout, un livre ouvert sur les genoux. Ainsi mon cœur se trouble-t-il parfois : j'espère encore à l'heure où je n'ai plus rien à attendre. L'immense inconnu des jours à venir qui s'ouvrait à l'adolescent fougueux a laissé place au mystère de la mort, tout aussi infini, un horizon sans fin, tandis qu'au premier plan se tiennent les questions éternelles sans réponse.

Le temps creuse un fossé infranchissable. À chaque fois que je côtoie des jeunes, j'ai le sentiment que plusieurs siècles nous séparent. Nous sommes nés tous les deux dans la foulée de la guerre de 1914-1918. Le monde que nous portons en nous est plus vieux que notre carcasse. J'ai connu dans mon enfance un patois mâtiné de langue d'oc. À Buchenwald, j'ai côtoyé des bûcherons qui semblaient sortir du Moyen Âge et, en Indochine, j'ai combattu aux côtés des descendants directs des Pavillons-Noirs. Nous sommes des musées vivants et fragiles qu'un coup de vent peut transformer en un petit tas de poussière.

Longtemps, j'ai été un homme d'action, un simple combattant projeté aux avant-postes parce que c'est là qu'on se battait et que l'on mourait. J'ai fait la guerre pendant vingt ans ; j'ai eu la peur comme compagne, ainsi que le chagrin, la faim et la soif. J'ai parfois été vainqueur et parfois vaincu. J'ai connu les camps, la prison, j'ai été décoré et dégradé. On m'a entouré et j'ai éprouvé la solitude. Je garde en moi des noms qui ne disent rien à personne : Prudhomme, Klimovicz, Hamaceck, Eggerl, Bonnin, Bertrand... Ils sont les puissants du monde où j'ai vécu.

Notre livre est pour moi une sorte de testament, un au revoir à mes camarades et aux lecteurs qui ont bien voulu me suivre. J'ai longtemps été un adepte du silence. Je vais désormais le retrouver pour vivre simplement les dernières années qu'il me reste. En réalité, c'est vers la source que j'ai voulu revenir en traçant le mot fin sur le manuscrit de ma mémoire. Homme de guerre, j'ai aimé la paix, et c'est par elle que je veux conclure ce cycle d'écriture. J'aurais pu écrire mon dernier livre avec un Vietnamien ou un Algérien, mais les blessures de ces deux pays saignent encore. Ils connaissent la dictature et la haine : la violence n'a jamais vraiment quitté Alger, et les geôles du parti communiste vietnamien enferment trop de justes qui ne demandent que la liberté de penser et de croire. Vous étiez là, allemand et francophile, chaleureux et fraternel. Avec vous, j'ai beaucoup appris. Notre passé commun prenait une profondeur de champ inconnue, les couleurs revenaient. J'entendais d'autres voix.

Nous sommes les seuls peuples qui, après s'être affrontés de manière effroyable trois fois en moins de cent ans, sont devenus des partenaires indéfectibles. Une génération aura suffi. Ces quelque vingt ans que nous avons racontés d'une guerre à l'autre, de chaque côté du Rhin, auriez-vous cru, en 1943, vous sur le front russe et moi dans un wagon à bestiaux, que nous en déroulerions le fil pour nos descendants quarante ans plus tard, dans la quiétude ? Aussi ce récit est-il d'abord un livre d'espoir.

Je me souviens de ma stupeur, il y a dix ans, à la terrasse d'un café de la Petite France à Strasbourg, lorsque j'ai vu déambuler quelques soldats allemands en uniforme. C'était la paix, mais inconsciemment je n'ai pas pu m'empêcher de voir surgir des silhouettes arrivées de 1940, voire de 1914 ou de 1870. Vous connaissez la phrase de Kipling : « *Il n'y a plus ni est, ni ouest, ni frontières, ni races, ni naissance, lorsque deux hommes forts se tiennent face à face* » ? Mon père s'est battu à Verdun contre les vôtres, deux de vos frères sont morts au combat, l'avion de mon frère Louis a été abattu au-dessus de l'Allemagne, beaucoup de mes camarades reposent dans des fosses communes sur votre sol. Mais ce jour-là, des soldats allemands baguenaudaient dans la capitale européenne. La guerre était terminée.

Notre destin à tous les deux est accompli. Rien de ce qui reste à écrire ne changera le sens de notre vie ; quelques virgules vont s'ajouter en bas de la page. Dans les forêts du Harz, en 1945, vous auriez pu être tué, vous auriez pu m'achever. La vie nous a réunis. Dans un an, dans dix ans, de l'autre côté de l'existence, retrouverons-nous nos frères d'armes ? Toutes ces souffrances, ces villes dévastées, ces soldats défigurés, ces déportés exterminés trouveront-ils leur signification ? Il y a un temps pour tout ; un temps pour vivre et un temps pour se battre, un temps pour aimer et un temps pour témoigner. Pour moi est venu le temps de la contemplation, encore et toujours essayer de comprendre. C'est l'heure où les ombres s'allongent. Avec moins de forces, plus de douleurs, une mémoire qui se brouille et l'indéfectible chaleur des miens, chaque aube qui se lève est une petite-fille de l'Espérance.

Je vous remercie, August, de m'avoir donné l'occasion de cet adieu en allemand et en français, comme les deux faces d'une même histoire. Chaque page de ce livre est une feuille d'arbre déposée sur la tombe de nos camarades. Entendez-vous, comme moi, leurs voix dans vos rêves ? Mes frères de la nuit et de la lumière, faites-moi une place et donnez-moi l'accolade.

Table

TROISIÈME PARTIE
La guerre

QUATRIÈME PARTIE
Hier, aujourd'hui, demain

Remerciements

L'idée de ce face-à-face revient à François-Xavier de Vivie.

Qu'il soit remercié d'avoir provoqué la rencontre entre Hélie de Saint Marc et August von Kageneck et d'avoir permis qu'elle se prolonge jusqu'à ce livre.

Merci également, pour leur contribution, à :

Wolf Albes, Mehdi Ba, Yves et Mijo Beccaria, Jean-Baptiste Bourrat, Jean-Christophe Buisson, Laurence Corona, Marc Dapoigny, Rachel Grunstein, Anouchka Krygelmans-Sato, Aurore de Neuville, Françoise Pham, Noël Roquebert et Isabelle Souchard.

7357

Composition Nord Compo
Achevé d'imprimer en France (Manchecourt)
par Maury-Eurolivres le 20 mars 2005.
Dépôt légal mars 2005. ISBN 2-290-33686-6
1er dépôt légal dans la collection : septembre 2004

Éditions J'ai lu
84, rue de Grenelle, 75007 Paris
Diffusion France et étranger : Flammarion